小学館文庫

駄犬道中こんぴら埋蔵金

土橋章宏

小学館

目次

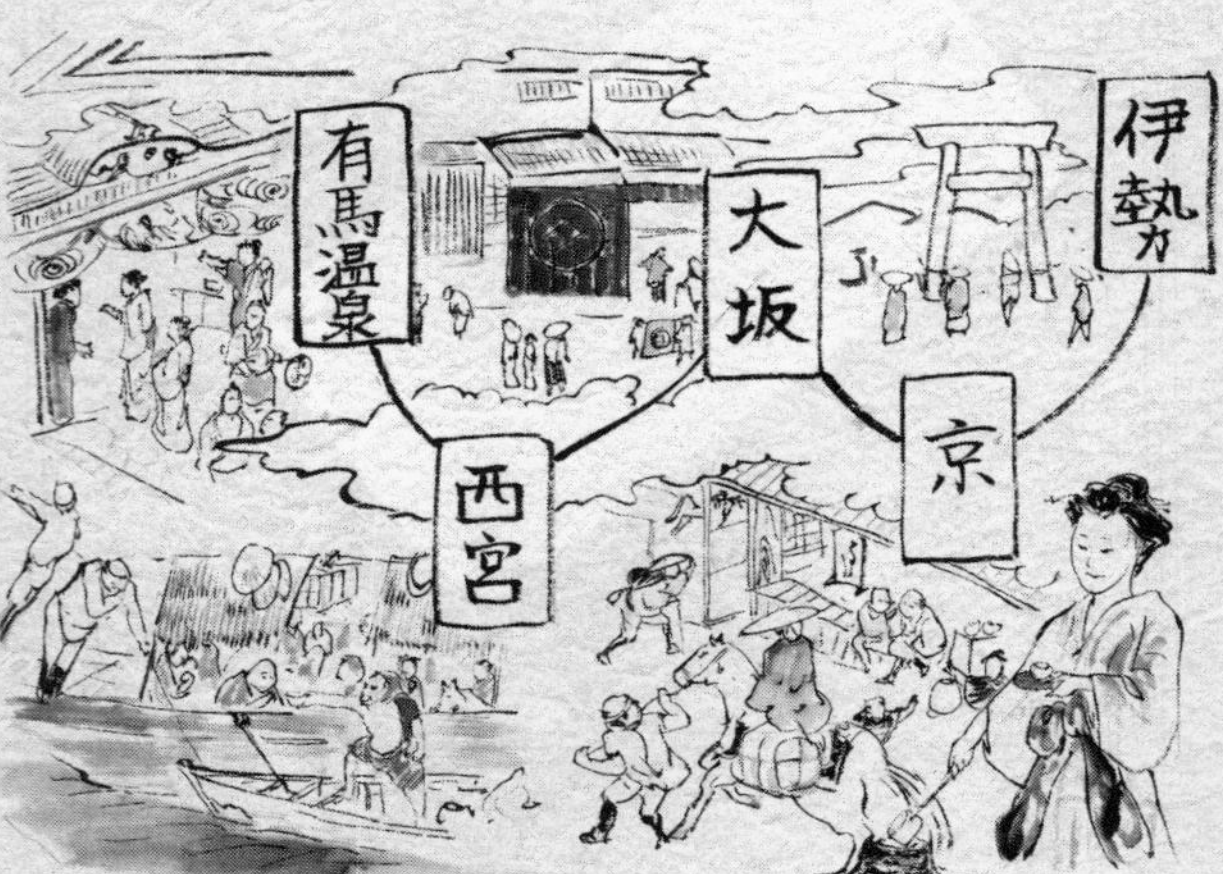

兵庫津
明石
姫路
有年
三石

イラスト／涌井陽一

駄犬道中こんぴら埋蔵金

一　伊勢

おかげ参りを終えた辰五郎《たつごろう》と三吉《さんきち》、沙夜《さよ》、そして代参犬の翁丸《おきなまる》は、しばらく伊勢に落ち着いていた。参拝客が後から後から押し寄せ、ガマの油が飛ぶように売れたからである。

「父ちゃん、今日もたっぷり儲《もう》かったね」

夕暮れ、宿への道を歩きながら、三吉が頰《ほお》をゆるめた。あとで稼ぎを帳面につけるのは三吉の役目である。

「どうだ三吉、俺の思いつきは。これぞガマの油三刀流よ」

辰五郎もいい心持ちで答えた。

このところ辰五郎がガマの油を売っているあいだに、三吉と沙夜が浅蜊《あさり》を獲《と》ったり油を混ぜたりして商品をせっせと作っている。三人がかりの商売であった。

しかも「伊勢の御利益入りガマの油」とやったものだから、参拝を終えて帰る人に、飛ぶように売れた。辰五郎の言い分によれば、「伊勢の材料を使って、祈禱《きとう》しながら作ったものだからどんな傷も治る」とのことである。

こうなると一日の稼ぎは一両（約六万円）を超えることもあった。

「おいらの働きが大事だってことがわかったろ？」

三吉が胸を張った。

「けっ、生意気言うな。お前は翁丸と合わせてようやく一人前さ……。あれ？」

辰五郎は懐がやけに涼しくて、胸に手を当てた。

「ねえぞ！　確かに、ここに財布があったんだが……」

「まさか落としたの⁉」

「くそっ、俺の稼ぎが！」

辰五郎が怒髪を逆立てて来た道を引き返そうとすると、「わんっ」という犬の鳴き声が聞こえた。

「おお、ワン公、俺の財布見なかったか？」

「わぉん？」

しかし、くぐもった声でこたえたのは翁丸ではなく、赤い犬だった。

「あれ？　誰だ、お前？」

犬のほうだって、誰だと聞かれても困るらしい。赤犬は困った様子で顎《あご》を上げた。

「あっ、そいつは俺の財布じゃねえか」

赤犬の足下にあるのは辰五郎の財布だった。

「わんっ」

「そうか……。お前、届けてくれたのか」

辰五郎は財布を手に取った。

「ありがとうよ、お前は命の恩人だ。こいつは俺が、がらにもなくまじめに働いて稼いだ金なんだ……」

なんでも奪い合う博徒の修羅の世界で生きてきた辰五郎は、赤犬の情けに感動を覚えつつ、頭を撫《な》でた。

「悪銭じゃないお金はちゃんと戻ってくるんだね」

「悪銭ばかり稼いでるように言うな。それより、こいつも代参犬みたいだぞ？」

辰五郎は赤い犬の首につけられたしめ縄に気づいた。喉《のど》の下には翁丸と同じような巾着《きんちゃく》がぶら下がっている。

「ほんとだね。翁丸といっしょだ」

「そうらしいな。よし、これは駄賃だ」

辰五郎が稼ぎの中から十文を出して巾着の中に入れてやった。

「まさか父ちゃんが寄進するなんて……」

三吉が目を丸くして言った。

「こいつはちゃんとご利益を形で示してくれたからな。神さまなんて目の前に現れねえから、いるかどうかわかんねえだろ?」

「でもさ、お伊勢さまのおかげで儲かってるんでしょ」

「ま、そう言えばそうか。今日はお礼を言っておくかな。南無南無。しかし、世の中には立派な犬がいるもんだ。財布を届けてくれるなんてよ。それに比べてうちのワン公ときたら……」

「そういえば翁丸はどこ行ったんだろ。さっきまでそこらにいたんだけど」

「どうせメス犬の尻でも追いかけてるさ。それか旅籠《はたご》でもう丸まっちまってるか」

神宮の大きな常夜灯に火が入れられ、参拝客も徐々に減ってきている。

「そうだ。母ちゃんに赤福餅《あかふくもち》を買って帰ろうよ」

「そうか、沙夜ちゃん好きだもんな。というか、おめえは気軽に母ちゃんと呼べていいなぁ……」

辰五郎は、沙夜を妻と呼ぶにはまだわだかまりがある。父親がどこにいるかもわからない三吉を息子にするのはよいとしても、沙夜はまだ若く、自分のような一回りも年上の男が妻にしてよいものかと悩ましく思う。

(沙夜ちゃんはなんで俺みたいなのと一緒にいるんだ?)

もともと博徒の自分である。女がもっとも所帯を持ってはいけない種類の人間だろう。沙夜は心に傷があるとはいえ、まだ若く、相手はいくらでもいるはずだ。

「父ちゃん、買ってきたよ」

三吉が赤福餅の包みを持ってやって来た。

「おお、すまねえな」

沙夜の白いふっくらとして優しい顔を思い浮かべながら赤福餅を手に取ったとき、目の前をさっと白い影が跳んだ。

「あっ！」

気がつくと手の上の赤福餅が消えていた。

「こら、ワン公！」

「わぐっ⁉」

四本足で地面に踏ん張った翁丸は、絶対に返さぬとでもいうように、ひと息で赤福餅を飲みこんだ。

「この野郎、出せっ！」

辰五郎は翁丸の口を上下に開こうとしたが、がんとして拒む。この白い紀州犬は江戸城大奥の重鎮、麗光院《れいこういん》さまが、足の悪い御身にかわり、伊勢、そして金毘羅《こんぴら》への代参犬としてつかわした犬だが、めっぽう下品で欲が深い。特にするめには目がない。

「こうなったらしょうがないよ。翁丸にあげようよ」

「ったく、食い意地の張った犬だ」

辰五郎は顔をしかめた。

「あれ、ぐったりしてる？」

三吉がかがみ込み、翁丸の目を見ると、瞳孔《どうこう》が開いていた。

「うわっ、息してないよ！」

三吉が叫んだ。

「ええっ？」

辰五郎が顎をゆすったが、確かに翁丸はぴくりとも動かない。

「やばい、こりゃ餅だ！　喉に餅が詰まったんだ」

「どうするの⁉」

「そうだな、餅を茶で流し込もう」

「お茶って言ったって……」

「あそこだ！」

辰五郎は茶店に走り込み、

「ちょっと借りるぜ！」

と、置いてあった湯飲みの茶をひったくって、翁丸のところに戻った。

「三吉、口を開いて押さえてろ」

「うん！」

辰五郎は翁丸の鼻の穴を指で挟むと、口にほうじ茶を流し込んだ。しずくが三吉に跳ね飛ぶ。

「熱っ！　父ちゃん、このお茶熱いよ！」

「あれっ、淹《い》れたてかな」

「！」

熱さにびっくりしたのか、翁丸の目に生気が蘇《よみがえ》った。しかし餅はまだ喉を抜けてはいないらしい。翁丸は辰五郎の胸を前脚で何度も引っ掻《か》いた。

「いたたたっ。落ち着けワン公」

辰五郎は翁丸の後ろ脚をつかむと、逆さに吊《つ》り上げ、背中を叩《たた》いた。

「三吉、口の中に手を入れて餅を引っ張り出せ」

「嚙《か》むんじゃない？」

「いや、相手が子供なら大丈夫だ」

「わかった。待ってて、翁丸！」

三吉は口に手を入れた。

その途端、翁丸ががぶりと嚙んだ。

「痛っ！　嚙んだじゃないか、父ちゃんの嘘《うそ》つき！」

「おかしいな、カンが外れたか。とにかくそこで引くな三吉。押せ。大きな歯はもう抜けちまってるからよ」

「こ、こう？」

三吉がずぶりと手を突っ込んだ。

「餅はあるか？」

「なんか柔らかいのがある……」

「それだ！　引っ張れ」

「うん！」

三吉が手を引くと、赤いものが出て来た。

「馬鹿、それは舌だろ！」

「うわあっ、翁丸が死んじゃう」

三吉が真っ青になった。

「慌てるな、もう一回やれ。餅はもっと奥だ」

「うんっ」

三吉は再び手を差し入れた。

「あったか？」

「うん、きっとこれだよ」

「引っ張り出せ！　切れないようにしろよ」

「やってみる！」

三吉がずるりと手を抜くと、今度は白い餅がぐいっと伸びて、すっぽ抜けた。翁丸は、むさぼるように息をする。

「餅を嚙まないで飲むやつがあるか、このごうつくばりめ」

「くぅん……」

翁丸が申し訳なさそうに辰五郎を見た。

「翁丸のぶんも買ってあったんだよ。ゆっくり食べればいいのに」

三吉が新しい赤福餅を差し出した。

とたんに翁丸は尻尾《しっぽ》を後ろ脚に挟むと首を振った。

「なんだ、まんじゅうこわいかよ」

辰五郎は苦笑いした。


旅籠に帰ると、沙夜が全員の布団を整えて待っていた。辰五郎の着物は火熨斗《ひのし》がかけられ、きれいに畳まれている。

「おかえりなさい」

朗らかに声をかけてくる姿が瑞々《みずみず》しい。かつて川崎で身投げしようとしていたときの暗い雰囲気はもうまったく感じられなかった。

「額に汗して働くってのはいいもんだなぁ、三吉」

辰五郎は風呂《ふろ》に入る用意をしながら言った。

「そんなこと言って、また博打《ばくち》に行ったんじゃ……」

「行ってねえよ。お前だけ働かしてそんなことできるか」

「ふうん」

三吉が微笑《ほほえ》んだ。ここのところ、ちょっとは辰五郎のことを見直しているらしい。

「さて。稼ぎも今日まででしまいだ。明日からまた旅に出るぜ」

伊勢に滞在中、貯《た》めた金は二十五両（約百五十万円）ほどになる。これだけあれば十分、金毘羅参りにも行けるだろう。代参犬翁丸の最終目的地である。

「いよいよ四国に行くんですね」

「ああ。京、大坂と抜けて、西国街道を行くんだ」

「父ちゃん、金毘羅には大坂から船が出てるんだよ」

三吉が全国名所図会を見ながら言った。

「馬鹿。船で行ったら西国の名物が食えねえじゃねえか」

「えっ？」

「陸で行けば温泉番付西の大関、有馬温泉がある。灘《なだ》の酒に、姫路の白鷺城《はくろじょう》……。お前は見たくないのか？」

「うん。見たい！」

三吉の顔が明るくなった。

「よし、決まりだ。旅ってのは急いじゃなんねえ。日常を忘れてゆっくりと歩くもんだ。まずは松坂、それから伊賀を越えて行こうぜ」


翌日、辰五郎たちは慣れ親しんだ伊勢を後にした。

強い陽《ひ》ざしが頬に当たる中、津まで北上し、伊賀への道に到る。ここから京へと到る予定である。

「父ちゃん、けっこう険しい道だね」

伊賀街道は、東海道と違ってあまり整備をされておらず、細い山道だった。

「ここらへんは伊賀越えの難所よ。昔、信長が明智光秀に討たれたとき、家康公が、忍者に守られながら、命からがら逃げだしたっていう、いわくつきの道さ。逃げ遅れた穴山梅雪はここらで斬《き》られちまったらしい」

「ふうん」

三吉はまわりをきょろきょろと見た。どの道にもさまざまな歴史が重なっているものだ。

「父ちゃんは金毘羅さまに行ったことあるの？」

「さすがに四国までは行ったことねえな。だからよけいに楽しみなんだ。まあ、それはそれとして、まず大坂に行きてえ。俺の大恩人がいるからよ」

「あ、父ちゃんのガマのお師匠さんだったね」

「おうよ。もうだいぶ年食っちまってるだろうが、風の便りじゃ、元気にやってるみたいだ」

辰五郎はまぶたの裏に懐かしい面影を思い浮かべた。

幼少時の辰五郎が、見世物小屋で玉乗りをやっていた頃、年上の演者からよく飯を奪われたものだ。しかしガマの油売りの和助《わすけ》だけはそっと自分の食べ物を分けてくれた。

「どうせ俺の命なんか短けえんだ。若いもんに食わせてやったほうがいいやな」

そう言って和助はふちの欠けた茶碗《ちゃわん》を差し出したものだ。そうやって食った、空《す》きっ腹《ぱら》に沁《し》みる熱い汁飯の味を、辰五郎は今でもよく覚えている。

その後、和助は意に反してずいぶんと長生きしているらしい。もう齢《よわい》七十にもなっているはずだ。

（あのとき、師匠は四十くらいか。つまり、今の俺と大して変わらねえ）

年を取ったものだと思う。かつて師匠が辰五郎に飯を恵んでくれ、今では辰五郎が三吉を息子として面倒を見ている。

「ねえ父ちゃん、ほんとにこの道でいいの？」

「いいともよ。絵図にもそう書いてある」

「なんだか獣道みたい……」

「そりゃそうだ。家康公でさえ難儀したんだからな」

辰五郎がそう言ったとき、沙夜がくすくすと笑った。

「どうした、沙夜ちゃん」

「いいえ、前にご公儀の方が言ったことを思い出しまして」

「なんか言ってたっけ？」

「ほら、辰五郎さんが上様に似てるっていう話です」

「はは、あれか。確かにそっくりだったよ。ワン公が俺と見間違うくらいにな。するってえと、やはり俺は高貴な方の落とし胤《だね》なのかもしれねえなあ……」

辰五郎は苦み走った顔をした。

「また始まったよ、父ちゃんのホラ話……」

「何がホラだ。世が世ならお前なんか俺の影も踏めねえんだぞ」

「踏めるよ？　ほらほら」

三吉が辰五郎の影の上をぴょんぴょん跳ねた。

「やめろ、けがれる！」

辰五郎が影を踏まれないように逃げ回った。

「二人とも、転びますよ」

沙夜が微笑んだとき、翁丸がぴんと尻尾を立てた。

「わん！」

と一声吠《ほ》えて、誘うように駆け出す。

「おっ、うまいものの匂《にお》いでも嗅《か》ぎつけたか？」

「そろそろ日も暮れるし、旅籠も探さないとね」

「よし、ワン公。いいところへ案内しろよ」

「わんっ」

藪《やぶ》の中、白い尻尾をふわふわと揺らしながら、翁丸は走った。

翁丸が辿《たど》り着いたのは旅籠ではなく、峠の茶屋だった。

「なんだワン公。旅籠じゃねえな」

「あのまんじゅうが欲しかったんじゃない？」

三吉が皿の上に盛られた塩まんじゅうを見て言った。

「こいつ、赤福餅で苦しんだことはもう忘れたのか」

「翁丸もお腹《なか》がすいたと思いますよ。……もし、お茶とおまんじゅうをください」

沙夜が店の女に声をかけ、赤い縁台に三人は並んで座った。

「おまちどおさま。あんたたち、旅籠を探しているのかい？」

「おう。ここらへんは道がややこしくてよ」

「じゃあ、あたしもそろそろ店じまいだし、いい宿へ案内してやるよ。どうだい？」

「ほんとですか？」

沙夜がにっこり微笑んだ。

「ここらへんの道は迷いやすいからねえ。あんたたち今日はついてるよ」

女はにこやかに笑うと店を閉め、荷を背負い、辰五郎たちを先導して歩いた。

「犬も歩けば棒に当たるってやつだな」

「わん？」

翁丸が聞き捨てならぬとでもいうように辰五郎を振り返った。

「父ちゃん、翁丸が怒ってるよ」

「まあこれから行くところがいい宿だったら、飯をたっぷり食わせてやるさ」

言われて翁丸の目尻がすぐに下がった。

「わんっ」

「忘れんな。よく嚙んで食うんだぞ」

辰五郎が笑った。

一町（約百九メートル）ほど歩くと、大きな建家が見えてきた。玄関には大きな提灯《ちょうちん》がかけられ、小さな蛾《が》がむらがっている。

「おいおい、こりゃ旅籠って感じじゃねえな」

辰五郎が顔をしかめた。

「なんか雰囲気が悪いね」

三吉も眉《まゆ》をひそめた。

「あら、さっきの方はどちらに？」

峠の茶屋にいた女が消えている。

「こりゃ狐《きつね》にでも化かされたか？」

辰五郎が首を傾《かし》げたとき、

「いらっしゃい」

と、野太い声がした。

「なんだなんだ？」

「よく来たな」

声と共に、ぞろぞろと男たちが出てきた。皆、目つきが悪く、腰には傷だらけでよく使い込まれたように見える山刀がぶらさがっている。

「ええと、なんか道を間違えちまったみたいだな。さ、帰ろう、みんな」

明るく言って辰五郎が引き返そうとした途端、山刀が飛んできて足下に刺さった。

刀身がびぃぃんと震える。

「間違っちゃいねえよ」

先頭にいた男が薄く笑った。

「あの、あんたら旅芸人の一座かい？」

期待をこめて聞いた。

「父ちゃん、どうみても盗賊だよ……。早く命乞《いのちご》いしなきゃ」

三吉が泣きそうな声で言った。

「ふふ、その坊主はよくわかってやがる。まさしく俺らは盗賊よ。わかったら金目のものを置いていきな」

「なんだと？　俺に金目のものがあるとでも……」

そこまで言って、辰五郎は懐の財布の重さに気づいた。いつもは宵越しの金を持たない辰五郎だが、伊勢でまじめに働いて貯めた金がある。これだけはなんとしても取られたくない。

「おい、ワン公！　出番だ」

呼んでみたが、翁丸は一番後ろにいる沙夜の着物の陰にしっかりと隠れていた。

「なんだそのバカ犬は。役に立たねえな。さ、覚悟を決めろ。金より先に命を取られたいか？」

「くそっ、金も命も取られたくねえ」

辰五郎は窮した。多分、自分一人ならなんとかなるだろう。〈土壇場の辰〉と言われたこともある。逃げ足の速さにかけては自信があった。砂でも投げつけて目をくらまし、さっさと獣道にでも飛び込めばいい。浅手は負っても、命までは取られないだろう。

しかし今は三吉と沙夜がいる。一緒に逃げるのは難しかった。

（つまり俺の土壇場は、家族の土壇場ってことだ）

すっかり追いつめられた。家族というのは、いいこともあれば悪いこともある。

「どうするの、父ちゃん？」

三吉が震えながら聞いた。

「くそっ。まじめに働いたからバチが当たったんだ」

「ええっ？」

「この辰五郎さまもヤキがまわっちまったってことよ」

辰五郎は賭場《とば》で何度も見たことがある。家族のことを思って勝負に徹しきれず、負けていった者たちを。

　そのときは馬鹿めと嗤《わら》っていたが、今や自分がその立場だった。

　三吉と沙夜は、おびえきっている。金を出したって命が助かるとは限らない。

　しかしその姿を見て、辰五郎はやる気になった。荷を地面に下ろしてほどき、中の竹筒を右手で握る。

「そうだ、おとなしく金を渡しゃいいんだ」

　頭領の声に同調するように、盗賊たちがにやにやと笑った。

　辰五郎はさらに左手で懐のするめを取り出した。

　その刹那《せつな》、沙夜の後ろから、ひょいと翁丸の顔がのぞいた。

「てめえら、俺に手を出してただですむと思ってるのか」

　辰五郎が竹筒を握ってずいと前に出た。

「はっ。今さら何を言いやがる?」

「俺は伊賀の忍び、服部半蔵の配下、自来也《じらいや》だ。そして後ろにいるのは地獄の忍犬、翁丸。覚悟しろ!」

　言いながら、竹筒に入れたガマの油を口に含んだ。頭領のそばに一人、煙管《きせる》をふかしている奴がいる。それを目がけて、ガマの油を鋭く吹いた。

　霧状になった油は煙管の火が燃え移り、大きな紅蓮《ぐれん》の炎となって盗賊たちを襲った。

「うわあっ！」

盗賊たちが肝を潰《つぶ》した。昔、見世物小屋の演者がこの芸をよくやっていたものである。幼い辰五郎はしつこくいじめられたが、こんなときに役立つとは、あのころの苦労も捨てたものではない。

辰五郎はさらに、頭領のほうへ、するめを放《ほう》った。

「わん！」

先程までの弱気を脱ぎ捨てた翁丸が、欲望をむき出しにして頭領のほうに跳びかかった。

「な、なんだ⁉」

頭領が慌てて頭を抱え、伏せた。

「わんっ！」

翁丸がするめをくわえて頭領の背中にのしかかった。

「今だ！　三吉、走れ！」

言いざま、辰五郎は沙夜を抱きかかえた。茂みに飛び込めば後を追ってくるのは困難だ。

しかし、沙夜を抱えているぶん、逃げ足は遅くならざるをえなかった。ガマの油の火はもう消えている。逃げ出す辰五郎の姿を見て、勢いを得た盗賊の下っ端たちが追ってきていた。翁丸はするめをくわえると、さっさとその場から走り去った。

「待ちやがれ！」

後ろで刀を抜く音が聞こえた。

「辰五郎さん、私を置いて逃げてください！」

「前に言ったろ、沙夜ちゃん」

「えっ？」

「自分を大事にしなって。どんなときでもだ」

「でも……」

「俺は女を盾にして逃げるような無様な生き方はしたくねえ」

辰五郎は弾みをつけて沙夜を茂みに投げ入れると、脇差《わきざ》しを抜いて追っ手のほうを向いた。

三吉は逃げ切ったかと心配になったが、すばしっこいから多分大丈夫だろう。

それにあいつは男だ。

今は沙夜を逃がす間を作ることができれば十分だった。

「おい。この刀はな、正宗《まさむね》が裏庭で鍛えた、抜けば玉散る氷の刃《やいば》で……」

「うるせえ！」

盗賊の振り下ろした刀を受けると、脇差しは、ぽきりと折れた。さすがは安物である。

「殺してからゆっくり金をもらおうかい」

「へっ。俺の忍術を見て驚くなよ」

辰五郎が、少しでも時を稼ぐため、最後のはったりで忍者の手印を組んだとき、赤い影が目の前を跳んだ。

「ひゃっ!」

悲鳴とともに盗賊の首筋から血が噴き出し、地面に転がった。

「えっ⁉」

横を見ると、そこにいたのは赤い犬だった。

「あっ! お前は……」

その犬を見たことがあった。まさに伊勢で財布を拾ってくれた犬である。今、その口には辰五郎の脇差しの折れた切っ先をくわえていた。

「これ、お前がやったのか?」

「わんっ」

赤犬は脇差しの切っ先を地面に置くと、尻尾を振った。

「すげえ犬だ。うちのワン公とは大違いだな」

遠くから追っ手の声が聞こえ、辰五郎は赤犬の先導で茂みの中を走った。

三吉や沙夜と再会したのは伊賀の街道にある旅籠の一つであった。やはりあの茶屋の女は嘘の道を教えたようで、きちんと街道を行けば、旅人たちの集まる宿があった。そのうちの一つの旅籠の前で翁丸がのんびりと丸まっていた。

「おい、ワン公」

「わんっ？」

顔を上げた翁丸は辰五郎を見て尻尾を振った。

「とっとと逃げやがって。相変わらず役に立たねえ奴だ」

辰五郎は口を尖《とが》らせた。

「あ、父ちゃん！」

「辰五郎さん！」

奥から声がした。今まさに宿帳を書き終わったところらしく、三吉と沙夜は走ってきて辰五郎に飛びついた。

「おう。お前らも無事だったか」

辰五郎はなんとなく照れて言った。

「父ちゃんこそ、もう死んだかと思ったよ。盗賊に捕まらなかったの？」

「それがよ、もうだめだと思ったときにこいつが来てくれたのさ」

辰五郎が赤犬の頭を撫でた。

「あっ、その犬って、財布を拾ってくれた犬じゃない？」

三吉も覚えていた。

「おう。きっとこいつは神の犬だ。盗賊と戦って勝っちまうなんてよ。おめえ、名前はなんてえんだ？」

「くぅん」

赤犬は後ろ脚で立った。首には巾着がぶら下がっている。

「そこを見ろってか」

「わんっ」

「よし。ちょっとおがませてもらうぜ」

辰五郎は巾着を広げた。代参犬はふつう、その名前や参拝先が書いてある紙や木札を持っている。案の定、赤犬の巾着の中にも木札があり、その他にも初穂料や路銀が入っていた。

「えーなになに、『この犬、金毘羅講により、金毘羅参りに向かうものなり。道中なにとぞよろしく願い奉ります』か。お前、金毘羅参りの代参犬なんだな」

「わんっ」

赤犬が元気よく答えた。

「父ちゃん、名前は書いてないの？」

「多分、どっかの村で飼われている犬なんだろう。名前はねえんだ」

「じゃあ名前をつけてあげようよ」

「ふむ……。そうだな、こいつは金毘羅犬だから、金太《きんた》にしよう」

「きんた？」

「金が太いと書く。金運がよさそうだろ？」

「またお金のことばっかり……。でも、金太か。呼びやすくていいね。よろしく、金太！」

「わんっ」

金太が嬉《うれ》しそうに、くるりとその場で回った。

「わあ、すごいね金太。そんな芸ができるの？」

三吉の顔がぱっと明るくなった。

「だろ？　この犬はできがいい。歌舞伎《かぶき》で言うなら新之助、果ては海老蔵、団十郎よ。華があらぁな」

「クシュッ！」

隣で聞いていた翁丸がくしゃみをした。

「おいワン公。てめえは鼻汁なんか垂らしやがってほんとに……」

「わうん」

「よし、こうなったらお前とはここでお別れだな」

「わ、わん？」

翁丸が驚いたような顔をした。

「だってそうだろう？　無駄飯は食う、すぐ道に迷う、俺が危ないときには一番に逃げる……。その点、この金太はしっかりしてるぜ。旅の道連れとして大いに頼れる奴だ」

「わぉん……」

翁丸の瞳《ひとみ》が揺れた。

「でも父ちゃん、翁丸だって役に立つこともあるよ」

「わんわん！」

翁丸が同調するように吠えた。危機感を覚えたのか、金太の真似《まね》をして、くるりとその場で回ろうとする。

しかし案の定、足が絡まり、ぶざまに転んだ。

「くぅ～ん」

翁丸が哀れな目で辰五郎を見た。

「翁丸、大丈夫よ、辰五郎さんは冗談で言ってるだけだから」

沙夜が笑いながら翁丸の頭を撫でた。

「まあ半分本気だったけどな」

「捨てられても私が連れて行ってあげますからね」

「わんっ」

翁丸は沙夜の後ろに回ると、着物の裾《すそ》から顔だけのぞかせて辰五郎に舌を出した。

「この駄犬め！」

辰五郎は苦笑いした。

二　京

伊賀の宿を出た一行は、翌日に京へ着き、夕焼けの中、鴨川《かもがわ》にかかる三条大橋を渡った。

江戸日本橋からここまで東海道五十三次を歩めば約百二十六里（約四百九十五キロメートル）。庶民の足で歩くと十五日ほどかかる。おかげ参りの参拝客は中山道《なかせんどう》を帰りがてら善光寺《ぜんこうじ》詣《もう》でをすることが多かったが、中には京や大坂を見物したり、西国三十三所を巡礼したり、はては金毘羅神社や宮島の厳島《いつくしま》神社まで足をのばす者もいた。

辰五郎たちも翁丸に導かれ、金毘羅まで行く予定だった。

「父ちゃんが温泉なんか探すから京につくのが遅くなっちゃったじゃないか」

「いやぁ、草津っていうから、すっかりあの温泉番付の草津かと思っちまったんだ。いや、騙《だま》されたなぁ」

「父ちゃんが勝手に間違えたんだろ」

「でもおかげで琵琶湖《びわこ》も見られましたからね」

沙夜が微笑んだ。

「海みたいだったろう。波まであるんだから。熟《な》れ鮨《ずし》もうまかったしな」

「でも、おいらはちょっと……」

「ま、あれは大人の味さ。三吉はおむすびでも食ってな」

ぺちゃくちゃとしゃべりながら、辰五郎たちは、京の都へと入っていった。

さすが都だけあって、女たちの着物や持ち物もきらびやかであり、中には下女に日傘を持たせた雅《みやび》な女もいる。

「すごいね。あれは公家《くげ》の人なの？」

「どうだろうな。大店《おおだな》のお嬢さまかもしれねえが、とにかく金は持ってるんだろう」

「父ちゃん、見て！　顔の白い女の人がいるよ」

三吉が水茶屋で給仕している茶立女《ちゃたておんな》たちを指さした。確かに顔が白粉《おしろい》で真っ白になっている。

「顔にできものがあるのかもしれねえな」

「あの人たちみんな？」

「三吉。お前行って聞いてこい」

「えーっ」

「辰五郎さん、あれは舞妓《まいこ》さんじゃありませんか？」

沙夜が言った。

「舞妓?」

「聞いたことがあります。京の水茶屋には給仕しながら、三味線や踊りも見せる若い芸者さんがいるって……。若い娘は白粉をたっぷり塗っているそうです」

「へえ、さすが都だなぁ。洒落《しゃれ》てやがる」

「父ちゃん、田舎者みたいにじろじろ見ないでよ」

「京見物でじろじろ見て何が悪い。減るもんじゃねえだろ」

辰五郎が言ったとき、目の前に沙夜の白い手が伸びてきた。

「辰五郎さん、早く旅籠を探しましょう」

「えっ? ああ……。まあそうだな」

沙夜が少し頬を膨らませている。怒っているのかもしれない。

「ここは安い宿を見つけないとな。宿賃も高そうだし」

辰五郎は慌ててあたりの宿を訪ねてまわり、河原町《かわらまち》にある安い旅籠を見つけた。海千山千といった感じの女将《おかみ》に宿賃を聞くと二百十文とのことで、東海道の他の宿とさほど変わりはない。他の旅籠は軒並み、二百五十文を超えている。

「よし、ここにしよう」

辰五郎たちは足をすすぎ、部屋を取ると荷をほどいた。すっかり旅慣れてきている。

しばし三人で畳の上にごろごろと寝転び、たまった疲れをほぐした。

庭では翁丸と金太が戯《じゃ》れている声が聞こえる。

「仲良くやってるようだな」

「友達ができて翁丸も喜んでるんじゃない？」

「あいつは間抜けだから金太にいろいろ教えてもらえばいいんだ」

「父ちゃんだって草津を温泉と間違えただろ」

「おかしいなぁ。翁丸の馬鹿がうつったかな」

しゃべってるうちに、とろんといい気持ちになって来て、辰五郎は眠りに落ちた。

ふたたび辰五郎の目が覚めたのはもう真夜中で、部屋には行灯《あんどん》の明かりが一つあるだけだった。

辰五郎の体には、うすい布団がかけられていた。隣には沙夜と三吉が眠っている。

（やべえ、晩飯を食い損ねた！）

辰五郎は飛び起きた。きっと沙夜が寝かしたままにしてくれたのだろうが、猛烈に腹が減っている。宿の台所に握り飯の一つでも残ってはいないかと、辰五郎は廊下に出て静かに歩き出した。

——と。

隣の間から、ぴしっぴしっという鋭い音が聞こえる。

（おいおいこの音はまさか……）

辰五郎の目の色が変わった。

指をしゃぶり、障子にそっと突っ込むと、濡《ぬ》れて小さな穴が空いた。のぞき込むと、部屋の中が見える。

（やっぱりだ。やってやがる！）

辰五郎の顔に笑みが広がった。

中では二人の男が、真剣な面持ちで花札を叩きつけていた。その手つきから見てなかなかの腕前と思える。

「ちょいとごめんよ」

こらえきれずに辰五郎は外から声をかけた。

「な、なんでえ」

慌てたような声が聞こえた。ばさっと座布団をかける音も聞こえる。

「へへっ、役人じゃねえさ。懐かしい音を聞いて、ついな。よかったら俺も仲間に入れてくれねえか」

男たちは障子を開けた辰五郎を値踏みするように見た。

かつて寛政の改革でかるた（ポルトガル語でカードゲームを示す「ｃａｒｔａ」が語源）が禁止されたあと、庶民はご禁制の抜け道として新たにこの花札を考案した。

それまでは数字十二枚で四つの紋標《マーク》であったものを、花札では数字と紋標を隠すために、各月四枚を十二か月とし、和歌かるたを元に絵柄をつけたのである。

もっとも、この花札さえも今や禁じられつつあるので、花札賭博《とばく》をする者は、まわりに警戒する必要があった。

「役人じゃねえとしても、その筋の玄人じゃねえだろうな?」

男は辰五郎を疑わしそうに見た。

「違う違う。ただの博打好きさ。金ならほら、ここにある」

辰五郎は伊勢で働いて貯めた二十五両を見せた。

「ほう。持ってるな」

「なら来いよ。いっちょやろうぜ」

「よしきた」

久しぶりの花札である。博打好きの血が大いに騒いだ。花札というやつは言葉通り戦いに華があっていい。

「三人ならコイコイじゃなくて花合わせだな」

額の広い男が言った。

「よし。親を引こう」

親が決まり、三人に札が配られ、勝負が始まった。辰五郎の手札には美しい月の昇った坊主札がある。

(これに菊に盃《さかずき》が来りゃ月見で一杯か)

辰五郎はほくそえんだ。他にも三光が狙《ねら》えるし、手札には赤タンも二枚ある。

しかし終わってみると辰五郎は役にならず、逆に、親は〈花見で一杯〉の役ができていた。

「じゃ兄さん、二十両だよ。よろしくな」

親の男は手を出した。

「冗談はよせ。花見で一杯は十文だろ」

「冗談じゃねえ、俺たちはこの道に命をかけている渡世人だ。一文につき二両が相場だ。子供みたいな端金《はしたがね》で博打やってるわけねえだろ!」

額の広い男が啖呵《たんか》を切り、懐の匕首《あいくち》を握って見せた。

(やられた!)

辰五郎は総毛立った。旅の者がのんきに花札をしていると思いきや、相手は筋金入りの博徒だったのである。最初こっちに「玄人じゃねえだろうな」などと弱々しく聞いておきながら、実は自分が玄人だったとは実に厚かましい。

「そうかい。そりゃ最初から聞かなかった俺が悪かったな」

辰五郎はすっと目を細めて二十両を出した。ようやく気合いが入ってきた。

「へえ、素直じゃねえか。あんたもいっぱしの男だな」

親の男が笑った。

「兄さん、さっきから腹が鳴ってるな。ちょいと待ってろ」

男は部屋を出ると宿の台所のほうへ行き、すぐに巻き寿司《ずし》を持って帰ってきた。

「ほれ、寿司食いねえ」

「夜中に寿司が出てくるとはすごい宿だな」

辰五郎は驚きつつも手を伸ばした。

「お前、知らねえのか。ここは札付きの博打宿よ。夜中まで博打やっててうるせえから、宿賃も安いってこった。他の部屋でも丁半からチョボイチまでやってるぜ」

男が渋く笑った。

（そういうことだったのか）

どうもとんでもない宿を選んでしまったらしい。もっとも辰五郎には極楽のような宿だ。

「で、続きはやるのかい？」

額の広い男が聞いた。

「もちろんさ。さっきのを取り返さなきゃならねえからな」

辰五郎は、にっと笑った。最初は油断して負けたが、そうとわかれば辰五郎も花札で積んだ修業に物を言わせるまでだ。

そこから何回かは辰五郎も慎重に勝負をした。一進一退の攻防が続く。しかし少しずつ負けがかさんでいた。これは相手の二人が通し（符牒《ふちょう》）を用いつつ互いの手を知り、一緒になって辰五郎から金を巻き上げようとしているからだろう。半刻《はんとき》（約一時間）後にはさらに四両ほど負けが増え、残り一両となっていた。

（不利だな、これは。腕はこっちが少し上だが、二人がかりとなると……）

このまま目の前にある金を持って宿から出てしまう手もある。絶対に負けてはならない勝負なら、厠《かわや》に行くふりをして逃げるのも一手だ。

しかし今は宿に家族がいる。逃げ切れない。かといって負けたままではやめられない。何か手はないのか——。

そんなことを考えていたとき、障子の外から声がした。

「ごめんなすって。もしかして花札ですかい?」

三人の手は止まった。役人なら即座に座布団をひっくり返さねばならない。

しかし声は続いた。

「俺っちは伊賀の定吉《さだきち》っていうけちな鳶《とび》人足でさぁ。ひとつお仲間にくわえてもらえませんか」

目の前の二人は顔を見合わせ、渋る気配を見せた。

「いいぜ」

辰五郎は即座に言った。目の前の二人がグルなら、こっちも味方が必要だ。この定吉という男の正体はわからないが、二人が渋っているところを見ると、知り合いではないのだろう。

「ありがとうよ。花札なんてなかなかお目にかかれなくてな」

定吉と名乗った、ひょろりとした男は、足音も立てずに入ってきて、辰五郎の隣に座った。

「おっ、花合わせだね」

目を輝かせて言う。

「兄さん、ここの賭《か》け金はちいと高いぜ」

辰五郎が言った。他の二人が、よけいなことを言うなという風にこっちを見る。しかし辰五郎は、博打においてはなるべく公明正大にいきたかった。

「いくらなんだい？」

「一文が二両だ。種はあるか？」

「へえ、きつい博打だね、そりゃ」

定吉はなんでもない風に言って懐から胴巻きを取り出し、中身を見せた。中には小判の束がのぞく。

「ま、百はあるだろうぜ」

それを見た二人の男の目が光った。

「よし、入りな」

そうして花札のまわりには四人の男が集まった。

「ここで会ったのも何かの縁だ。あんたらの名前を聞かしてくんな」

定吉が言った。

「いいだろう。俺は源助《げんすけ》という。こっちは連れの虎造《とらぞう》さ」

額の広い男が言った。

「よろしくな。あんたは？」

定吉が聞いた。

「俺は深川の辰五郎。金毘羅参りに行く途中でね」

「そういや宿の軒先に代参犬が二匹いたな」

「ああ、あれも旅の道連れさ」

「ふふ、そりゃ楽しそうだ」

話しながら、辰五郎と定吉は花札の勝負に入り込んでいった。

半刻ほどあと、二人が定吉に目標を変えた隙《すき》に辰五郎は少し浮いた。定吉はかなり負けている。

「ちょいと厠へ行ってくるぜ」

　定吉が部屋を出た。

「じゃあ俺も」

　辰五郎が続いて席を立った。

　厠の前で二人は顔をつきあわせた。

「気づいてるか、辰五郎さんよ」

　定吉が聞いた。

「ああ。あいつらはグルだ」

「それだけじゃねえ。あれはガン札だ」

「そうか、やっぱりな……」

　辰五郎は腕を組んだ。

〈ガン札〉とは、札の表面にわずかなひっかき傷や汚れをつけ、裏の絵柄が何かわかるように細工してある札である。長年の使用により、偶然そうなっただけで、イカサマとは言えない場合もある。ただ、その傷により、長い勝負になると差がついてくる。辰五郎と定吉は二人に対抗するため、今や暗黙のうちに組んで戦っていたが、ガン札までは覚え切れていなかった。

「通しはできるか」

定吉が聞いた。こいつも玄人らしい。

「だいたいはな」

「よし」

辰五郎と定吉は二人の間での通しを決めた。たとえば親指で薬指の腹を触れば〈藤《ふじ》にほととぎす〉など、手持ちの札を教え合うのである。それは相手方もやっており、こちらがやったとて文句を言われる筋合いはない。

「でもやっかいなのはガン札だな」

「俺っちは違う花札をひと組持ってる。ここぞの勝負で使うことにしよう。俺っちが仕掛けたら賛成してくれ。儲けは山分けだ。あとで桐《きり》の間に取りに来てくれ」

定吉がにっと笑った。

二人が部屋に戻り、無言のうちに勝負が再開された。定吉と通しを使い合って、戦いはだいぶ公平になった。ガン札といえど、最初に配られた手札の運もあるから、必ず勝てるというわけではない。また辰五郎のほうでもガン札を覚え始めていた。印は全《すべ》ての札についているわけではなく、だいたい高い札についているので、こちらも覚えやすい。さらに辰五郎は札に爪《つめ》を立て、タネ（中くらいの点の絵柄）のガン札を仕立て始めていた。

そして辰五郎に親がまわってきて札を配るときには、山札の一番下をのぞき見た。このイカサマを〈尻のぞき〉という。さらに、ガン札で何を配るかがとっさにわかれば、一枚飛ばして下のカス札を相手に配った。玄人同士、泣き言はない。相手がガン札を使っている以上、ヒラ（イカサマなし）の勝負をしていては不利である。定吉も筋金入りの博徒と見え、勝負はさまざまに動いた。

（たまらねえ）

辰五郎は胸躍った。自分の腕を大いにふるって、互角の勝負である。それがもっとも面白い。寿司を食い、酒を飲みながら花札を叩きつけているとすぐに夜が白んできた。

「最後の大勝負と行こうかい」

源助が三白眼を光らせた。

「もう朝だね。いいともよ。でもこの札が一つ折れちまってる」

定吉は〈松に鶴《つる》〉の札を見せた。たしかにそれは真ん中から折れている。

辰五郎がぴんと来て言った。

「鶴がまるわかりじゃ興ざめだな。誰か新しい札を持ってねえのか」

「ああ、俺っちが一つ持ってるよ」

定吉が思い出したように言って新しい花札を出した。

（こいつ、芝居がうまいな）

辰五郎はほくそ笑んだ。

「いや、待て。お前の札なんぞ、どんな仕掛けがあるかしれたもんじゃねえ」

「何言ってやがる。今の今までてめえたちの札で勝負してたじゃねえか。俺の札を疑うってことは、てめえら、さっきまでの札にガンでもつけてやがったのかい？」

「い、いや、そんなことは……」

「だったら俺の札でもいいだろ。どうだい、辰五郎さん」

「ま、親は源助さんにしたらいいじゃねえか。よく切って札を配んな。札に仕掛けもないようだし」

辰五郎は定吉の出した札を見ながら言った。傷も汚れもついてない。どうやら新品のようである。

「ほら、あんたが切りな」

辰五郎は源助に花札を渡した。源助も仕掛けがないのを確認したようで、黙々と切っていく。

手札は全て配られたが、辰五郎の手はまるで駄目であった。

（やっぱツキは戻ってねえか）

肩を落としたとき、定吉が外向きの障子の隙間を見て言った。

「こりゃ変だ。虹《にじ》が出てやがるぜ」

「えっ」

辰五郎が外を見た。しかし日が昇りつつあるだけで、虹は出ていない。

「てめえ、目がおかしいんじゃねえか?」

「おかしいな、飲み過ぎたか」

定吉が頭をかき、何気なく自分の手札をこちらに向けた。

そこにはすでに五光の役ができていた。

(こいつ、やりやがった!)

辰五郎は驚いた。札を配ったのは源助である。それまで定吉は手すら触れていない。

ということは、思いつくイカサマは一つしかなかった。

辰五郎は源助と虎造の注意を自分に引きつけた。

「おお、こりゃ猪鹿蝶《いのしかちょう》か」

カス札を材料に、山札からよい札を取っていく。さらには赤タンができそうだと見せかけて、二人を焦らせた。

そしてようやく畳の上の山札は尽きた。

「ちぇっ、惜しいな。役無しだ」

辰五郎は札を放り出して畳に転がった。

「こっちは青タンだ。四十両出しな」

虎造が言った。

「待てよ」

定吉が笑みを浮かべて手を並べた。

「俺は五光だ。二百両、耳を揃《そろ》えて払ってもらおう」

「ええっ！」

源助が目をむいた。

辰五郎に誘導されたため、今まで完全に気配を消していた定吉の大きな手に気づかなかったのである。

「五光だと？　こんな土壇場でありえねえだろ！」

「できちまったものはしょうがねえ。それとも何か？　五光などできるわけねえから払わねえってのかい？」

定吉がぎらっと目を光らせた。

辰五郎は黙って有り金を全部渡し、借金の証文を書いた。

「くそっ」

源助と虎造は自分の負け分、六十両あまりを叩きつけて席を立った。

「最初から握りこんでやがったな」

二人が去ったあと、辰五郎が聞いた。五光の札は最初から札の中になく、定吉が持っていたのである。

「わかったのかい。たいしたもんだ」

「お前こそな」

「ま、さっさとずらかろう。仲間でも呼ばれたら厄介だ。金は後で」

「桐の間だったな」

定吉と辰五郎はさっと立ち去った。

部屋に帰ると沙夜と三吉はまだ眠っていた。

(いい勝負だった)

辰五郎はふうと息をはいた。

(世の中にはまだまだ強い奴がいるってことだ)

辰五郎はそんなことを考えながら、いつのまにか眠りに落ちた。

しかしその眠りはすぐ破られた。

「起きてよ、父ちゃん。朝飯も食べないつもりなの？」

三吉が揺り起こしていた。

「眠いな。もう少し寝かせてくれ」

「でももう発《た》たなきゃ、追い出されちゃうよ」

そこまで聞いてはっとした。あの定吉という男も宿を発ってしまうのではないか
――。

「まずい！」

飛び起きると辰五郎は桐の間へと向かった。しかし仲居に聞くと、もう早い内に宿を発ったとのことであった。

「くそっ、やられた！」

辰五郎は頭を抱えた。昨日の勝負では仲間だったが、勝負が終わればやはり他人である。有り金全部さらわれてしまった。

（やっぱり所帯じみちまってやがる。昔の俺ならこんなしくじりはしなかった）

辰五郎はうっかり信じてしまったことに後悔した。しかしあの定吉という男に、どこか俠気《おとこぎ》を感じたのも事実である。

とぼとぼと部屋に戻ると、三吉が驚いた顔をしていた。

「父ちゃん、なんでおいらの荷物に路銀入れてるんだよ」

「えっ？」

「ほら」

三吉が差し出した荷物の中には、昨日取られた二十五両がきっちり収まっていた。小判にはこよりが巻き付けられている。

辰五郎が小判を受け取り、こよりをほどくと、中にはこう書かれていた。

〈所帯持ちに博打は無用　定〉

辰五郎は唸《うな》った。

「あの野郎、味な真似を……」

つまり、定吉は最初から辰五郎が家族連れであることを知っていたのだろう。もちろんあの源助と虎造のことも、仲居から素性を聞いていたに違いない。全て確かめてから勝負に来たのだ。

「くそっ」

辰五郎は憤った。当たり前と言えば当たり前のことである。勝つには万全の手を打つことだ。たんに花札をやりたくて遊んだ辰五郎とは比較にならない。大勝負に備えなかった自分が悔しかった。

「なんてこった……」

「わんっ」

翁丸が嬉しそうに寄ってきた。

「やめろ。俺はお前の仲間じゃない」

「わう～ん」

翁丸が辰五郎の足をぺろぺろと舐《な》めた。

「俺は間抜けじゃねえったら！」

翁丸は目尻を下げて笑った。

この日、辰五郎たちは六条の本願寺に参拝することにした。

西国を旅する者にとっては「丸金（金毘羅）か京六か」と言われるほどの人気で、参拝客が詰めかけている。きっとおかげ参りの流れもあるのだろう、参道が狭くなったところで辰五郎たちはもみくちゃになった。

「こりゃたまらん。芋洗いだ」

「でも大きなお寺だね、父ちゃん」

「御利益も大きいといいがなぁ」

辰五郎たちは素早く人混みを抜けると、群衆の足の間から翁丸も這《は》い出てきた。もまれて毛が逆立っている。

「もう京は十分だ。天下の台所、大坂にうまい飯を食いに行こうぜ」

「父ちゃん、そのガマの師匠って人によっぽど会いたいんだね」

三吉は少し笑った。

「いや。別に、そうでもねえけどな」

辰五郎はなんとなく虚勢を張った。

「でもまだ金閣寺も清水寺も回ってないのに京を抜けるなんてさ」

「まわりを見てみろ。今は混んでるだろ。そういうときは帰りにまとめて回りゃいいんだ」

「はいはい、わかったよ、父ちゃん」

三吉はにっこり笑った。

「大坂に行こう。おいらもその人に会ってみたいからね」

「なんでだ？」

「だって父ちゃんの親代わりなら、おいらの祖父《じい》ちゃんみたいなものだろ？」

「なるほど。ちげえねえや。ひとつ、孫ができたと言って驚かせてやるか」

辰五郎は嬉しそうに笑った。

三　淀～大坂

街道に戻ると、辰五郎たちはさっそく大坂へ向かった。淀、枚方《ひらかた》、守口を南下すると、高麗橋《こうらいばし》に到る。

和助の家に近づくにつれ、辰五郎の足は弾んだ。もう十年以上会っていないが元気だろうか。幼い頃の辰五郎を知るのはもはや師匠の和助一人だけである。つもる話もあった。

「大坂ってところは川がいっぱいあるんだね」

三吉が茶店で買ったおこし（米でできた菓子）を頬張《ほおば》りながら感心したように言った。

「ここは商人の町さ。荷を載せた船がそこらじゅう走り回ってやがる。水の都とも言うんだぜ」

船場の周辺には豪商の店舗が立ち並んでいる。中でもひときわ栄えているのが呉服を扱っている越後屋《えちごや》で、大きく張ったのれんも見えた。

辰五郎は横道に入って谷町筋へと向かい、一軒の古い家の前に立った。

「よし、ここだな」

辰五郎は手の中の小さな書き付けを確かめた。

「おい、師匠！　俺だよ。辰五郎だよ！」

辰五郎はどんどんと戸を叩いたが返事はない。

「おい、いるんだろ、師匠？」

辰五郎は戸の隙間をのぞき込んだが暗くてよくわからなかった。

「どうする、父ちゃん？」

「こうするさ」

辰五郎は近くにあった大きな石を抱え上げると、戸に向かって投げつけようとした。

師匠に何かあったのかもしれない。

そのとき、からりと戸が開き、白髪の老人が顔を出した。

「誰だ？　うるさいのう」

「あっ、師匠！」

「なんだお前は！　何をやっとる」

和助は大石を持ち上げた怪しい姿の辰五郎を睨《にら》んだ。

「え？　ああ、これか。なんでもねえ」

「その間抜け顔……。もしや、お前、辰五郎か?」

「だからさっきからそう言ってるじゃねえか」

「はあ。よく考えれば師匠の家を壊そうとする奴なんざ、お前しかいねえ。おちおち寝てられねえな」

和助は渋い顔をした。

「寝てたって師匠、もう昼だぜ。……お、おい!」

辰五郎の見ている前で、師匠の和助は崩れ落ちた。

「ちょっ、しっかりしろ! 師匠!」

辰五郎は慌てて和助を介抱した。

しばし後、部屋の布団に寝かされた和助の目が開いた。

「おおよかった! 師匠、生きてたか」

辰五郎は手を握った。

「勝手に殺すな。気持ち悪いから手を放せ」

和助は辰五郎の手から無造作に手を抜くと、さっと沙夜の手を握った。

沙夜が驚いて手を引いたが、そのしわくちゃの手はしっかり握って放れない。

「辰五郎。俺に妾《めかけ》を連れてきてくれるとはよい心がけだ」

和助が、にたっと笑った。

「ちょ、放せよ！」

辰五郎が慌てて沙夜の手を奪い返した。

「何が妾だ。これは俺の……その、女房みたいなもんだ」

「みたいなもん？」

「ああ。で、こいつは俺の子さ。三吉っていうんだ」

辰五郎は三吉の頭に手を置いた。

三吉が少しはにかんだ顔をする。父親がいることにすら慣れていないのに、祖父までできたら、ますますどう対応していいかわからないのだろう。

「なんか似てねえな」

和助が言った。

「そうかな？」

「でも、この子はかしこいぞ、辰五郎。ここんとこ、額がちょっと出てるだろ。こういう子はな、そろばんが得意なんだ」

「へえ。師匠って人相も見たっけ？」

「馬鹿。人相見なんてほとんどあたらん。よく知っとるだろ。ただな、この額のとこだけは嘘をつかん。お前からこんな子が生まれるとは、母親がよほどしっかりしていたのか……」

「つまり、とんびが鷹《たか》を産んだんだね」

三吉が言った。

「おい、誰がとんびだよ」

辰五郎が言った。

「坊主。とんびなどもったいない。こいつはカラスよ」

「カラスとはなんだ！」

「病人の耳元でカアカア騒ぐな」

「都合のいいときだけ病人になりやがって……」

辰五郎は頰を膨らませた。

「ねえねえ、おじいちゃんが父ちゃんにガマの油を教えたの？」

「いいや。こいつは盗んだんだ」

「盗んだって⁉」

三吉の目が丸くなった。

「おい師匠、人聞きの悪いこと言うなよ」

「だってよ、俺は別に教えてねえ。気がついたら油を売る真似してやがったんだ」

「ふうん」

三吉は少し嬉しそうに辰五郎を見た。三吉も一度、辰五郎の見よう見真似でガマの油を売ったことがある。

「毎日毎日見てたら、そりゃ覚えるだろ。油作りだって俺に手伝わせてたくせに」

「まあ、あの頃は一座も元気でよかった。懐かしいよなぁ」

和助がしみじみと言った。

「俺には最悪の思い出だがな」

「お前は一番に飛び出しちまったからな。あの後の大変さを知るめえ」

「さあね。一座がすってんてんになったのならいい気味だぜ。まあ師匠のことは気になっちゃいたが……」

「みんな、お前のことをうらやましがっていたよ」

「えっ？」

意外だった。勝手に逃げて憎まれていたのではなかったのか。

「威張っててもな、あんなところにいるのは結局みんな嫌だったのさ。座長が儲けをほとんど取っちまうしよ。だが、そこから離れりゃ本当に一人きりになっちまう。一人ってのは怖いもんだ。そんな中、お前は一人で飛び出して行っちまった。クソ度胸だけはお前が一番だったよ」

「ふん。ただ生きて腐っていくだけなんてまっぴらさ。俺は自分に賭けたんだ。なくす物なんざ何もなかったからな」

「うまくいったんだな。こうして生きてて、女房も子供もいるんなら」

和助が笑って辰五郎の頭を撫でた。しわだらけになったが、懐かしい師匠の手だった。一人隠れて泣いていた自分の弱さを知っているのは和助しかいない。

「ま、菊佐《きくざ》って外道に殺されかけたけどな。命がありゃ、毎日あれこれ楽しいもんよ。……ところで師匠、昔の連中は訪ねてこないのかい？」

辰五郎は部屋を見まわした。掃除が行き届いておらず、埃《ほこり》が積もっている。近所の者が飯だけは届けている様子があるが、明らかに男の一人所帯だ。

「金の切れ目が縁の切れ目さ。すっかり見ねえな」

和助は苦く笑った。口だけは相変わらず達者だが、弱っているのが目に見える。さっき倒れたのも、体に力が入らないからだろう。

「なんでえ、みんな師匠に世話になったくせに」

「大坂までわざわざ来たのはお前だけだ。昔からやけに律儀なところがあったよ、お前は」

「え？　やっぱり、そうかな？」

「だからすぐ騙される。火吹きの捨蔵《すてぞう》に、蛇女のおりく。みんなにいくらかすめ取られた？」

「ちぇっ。俺は宵越しの銭は持たねえんだよ」

「……ま、飯でも食っていけ。とっておきの、蛸《たこ》の干物があるんだ」

和助は震える手で台所を指さした。

「おお、大坂の蛸はうまいらしいな」

「あっちにある。あぶって食うといい」

「ほう、どれどれ……」

辰五郎が立ち上がって台所に行くと、いつのまに中に入ったのか、白い尻尾が揺れていた。

「おい、ワン公！」

「わん？」

振り向いた翁丸の口から、衣紋掛《えもんか》けのようにぴんと開いた蛸の足がぶら下がっていた。長い髭《ひげ》のようにも見える。

「馬鹿！　そいつはみんなで食うやつだぞ」

辰五郎は慌てて取り上げたが、すでに頭の半分は嚙み千切られていた。

「あーあー、こんなにしやがって……」

「おい辰五郎。そりゃ、お前の犬か？」

和助が首だけ上げてこっちを見ていた。

「まあ腐れ縁の犬だよ」

「三吉と違って、そいつはお前によく似ているぜ」

「んなわけねえだろ！」

辰五郎は顔をしかめたが、翁丸は嬉しそうに蛸をくちゃくちゃと嚙んでいる。するめと同じように、蛸の干物も大好きなのだろう。

「師匠。ちょっくら買い物行ってくる。酒やら何やらな」

辰五郎は沙夜に留守を頼むと外に出た。懐には伊勢で貯めた金がある。京の花札で定吉にこの金を返してもらえてありがたかった。こうなったら師匠にたっぷり恩返しをしてやろう。

買い物を終えて帰ってくると、部屋がきれいになっていた。沙夜が床を拭いたらしい。三吉は雑多な物を片づけている。それだけでもずいぶん部屋が広く見えた。

「おお、きれいになったな」

「勝手に動かしてしまってすみません、和助さん」

沙夜が布団で休んでいる和助に言った。

「なんの。どうせ、がらくたよ。しかし、やはり女の手が入ると違うのう」

和助は嬉しそうに目を細めた。

「いえ……」

「じじい。沙夜ちゃんの尻ばっかり見てるんじゃねえ」

「うるさい。年寄りはな、女の尻くらい見ても許されるんだ」

「いや、師匠は手まで伸ばしそうだからな」

「わしがあと五十若ければのう……」

「へっ、欲張りすぎだ、師匠」

辰五郎は憎まれ口を叩きつつ、和助と卓を囲んだ。蛸を肴《さかな》にこれまでの道のりを話しながら飲む酒は何よりもうまかった。


その夜、辰五郎たちは和助の家に泊まった。部屋は二つあり、辰五郎は和助と床を並べて寝た。

皆が寝静まった頃、和助がぼそりと口を開いた。

「辰五郎よう」

「あん？　爺は朝が早いんだろ。早く寝たほうがいいぜ」

「お前、怖がってるんだろう」

「えっ？」

「あの沙夜って女さ。不幸にしちまうのを恐れてるんじゃねえか」

「そんなことはねえ……」

否定したが、考えてみると確かにそうかもしれなかった。三吉はいい。しくじってもまだ帰るところがある。しかし、沙夜は独り身だった。

「辰五郎。お前は、親から捨てられた。だから、お前が家族を持ったとき、うまくやるやり方を知らねえ。なんせ覚えがないんだからな」

「……師匠は所帯持ったことあるのかよ？」

「あるさ。いっときだがな、惚《ほ》れ合った女がいた。あれは楽しかったのう」

和助は遠くを見るような目をした。

「どうしたんだよ、そのときの女は」

「侍の乗る早馬に蹴《け》られてな。ころりと逝《い》った。そのときから、わしはもう、どうでもよくなったよ」

「そうかい……。師匠も苦労したんだな」

「でもお前はまだ失っちゃいねえ」

「……」

辰五郎は黙り込んだ。

「こうなったらお前、一度父親に会ってみるか？」

「は？」

辰五郎は呆然《ぼうぜん》とした。自分は親もわからず、見世物小屋の前に捨てられていたのではなかったのか。

「師匠、俺の親父《おやじ》を知ってるのか？　っていうか、生きてるのかよ？」

「まあな。そいつは堅気じゃねえし、子供のことなんか気にもかけちゃいねえ。どこぞの女から泣きつかれて、やむなく俺んとこに持って来やがった。お前が会っても一つもいいことねえだろうと思って黙ってたんだ。けどな、今親父に会えば、お前があの女とどうするのか決められるかもな」

「待ってくれよ。わけがわかんねえや」

「いいか。親がいねえってことは、自分のよりどころがねえってこった。でも親に会えばよりどころだけはできる。煮るなり焼くなり好きにすればいい。ま、あいつもくせ者だから、返り討ちにあうかもしれねえが」

「どこにいるんだよ、そいつ……」

辰五郎はおそるおそる聞いた。

「四国の高松だ。三つ目の庄右衛門《しようえもん》って男でな。お前と同じ博打うちよ。西国では名が通ってる」

「ふん。血は争えねえってか」

「おい。あいつは強いぞ。なんせ三つ目というくらいだ。賽子《さいころ》の目がまるで見えてるみたいに勝つんだとよ」

「けっ。うさんくさい野郎だぜ」

言いながらも辰五郎は迷った。今さら会って何になるというのか。怒りも恨みも今まで生きてきたうちの長い風雨でとけてしまったように思える。

しかし金毘羅に参れば高松は近い。天が行けと言っているようにも思えた。

「それとな、辰五郎。もう一つ言っとくことがある」

「なんだよ、いったい」

心の定まらぬまま辰五郎が聞いた。

「俺はな、もう死ぬぜ」

「えっ？」

驚いて辰五郎は和助のほうを見た。

「実はな、さっきからそこでお迎えが待ってやがる」

「あの白いのはうちのワン公だぞ」

「いや、待ってるのは真っ黒な奴さ。せめて今晩持てばと思ったんだが……」

「おいおい、馬鹿なこと言うなよ」

「ふふ……。この年になるとな、生きてるのも死んでるのもそう変わらねえ。死ぬなんてのは眠るみたいなもんさ。もうすぐあっち側に行くことになる」

「やめろ。俺に看取《みと》らせる気か」

辰五郎は急に心細くなった。

「死に水は酒で頼むぞ。灘の銘酒がいいのう」

「気の弱いこと言うなよ」

辰五郎は布団に起き上がった。

「あとはそうさな……。もう一度女とやりたかった。あの子、沙夜ちゃんだっけ？」

「死ね！　今すぐに死ね」

辰五郎がかっとしたとき、ふと和助の息が聞こえなくなった。

「おい、死んだのか」

「……」

和助の答えはなかった。

「馬鹿野郎！　俺より年上はもうあんたしかいねえんだぞ」

まぶたが熱くなった。

「こんなにたやすく死にやがって……」

「いや……、まだだ……」

「えっ？」

辰五郎は慌てて目をこすった。

「言い残したことがあるのを忘れていた。せっかく花畑が見えたってえのに……」

「なんだよ。未練があるならずっと生きてろよ！」

「火鉢の底にな、巻物がある。そいつを掘り出してくれねえか」

「あ、ああ……」

辰五郎が灯明を近づけて火鉢を掘ってみると、そこには古色蒼然《そうぜん》とした巻物があった。

「師匠、なんだよこれ？」

「大きな声では言えないがな、埋蔵金の絵図よ」

「埋蔵金だって⁉」

「そうとも。顔見知りの大泥棒から預かったんだが、それっきり連絡《つなぎ》が来ねえ。とっ捕まったか、死んじまったのかもしれねえな」

「……」

辰五郎は巻物を見つめた。これに埋蔵金のありかが描かれているというのか。

「お前、父親に会いに行くなら渡してくれねえか。俺の形見だって言ってな」

「なんで親父なんかに渡すんだよ？」

「俺の女房は馬に蹴り殺されたって言ったろ。その馬に乗ってた侍をな、闇であいつが叩き斬ったんだ」

「えっ……」

「何をしても女は帰ってこねえ。でもな、あいつのしてくれたことが一番わしを癒《いや》してくれた。これはその礼さ」

和助は苦しそうに言った。

「いいのか。俺がネコババしちまうかもしれねえぜ」

「言ったろ。お前は義理固いってな。でも、そんな生き方はやめて楽になってもいいんだぜ。かしこく立ち回るほうがはるかに生きやすい。わしはそうなってもちっとも恨まん」

「いや、巻物を賭けて勝負してやるさ」

辰五郎は言った。

「えっ？」

「博打うちなんだろ、親父は。だったら俺は博打で勝つ。親父がどんな男なのか、戦ってみりゃわかる。埋蔵金を賭けての大博打さ」

「ふっ。ふっふっふ……。なるほど、お前ら親子にはぴったりかもしれん」

「師匠、結果を聞くのを楽しみにしてろ。それまで死ぬなよ。四国でたっぷり土産も買ってきてやるから」

「おお！　天女の群れじゃ。まっ裸じゃ！」

「おい、俺の話聞けよ！」

安らかな笑顔になった和助は、すでに息を引き取っていた。

翌朝、辰五郎は沙夜と三吉に、和助が死んだことを告げた。沙夜と三吉は黙って葬儀の手配を手伝ってくれ、夜は近くの旅籠に宿を取った。辰五郎は近所の寺から坊主を呼び、通夜をした。訪れるのは近所のごく少数の者たちだけである。師匠の死を知らせる相手のあてもなく、辰五郎は一人、遺体のそばにいた。

「師匠。あんたの脇差し、形見にもらっていいかな。俺のやつは折れちまってよ」

むろん返事はない。風のない夜で、線香の煙がまっすぐに立ち上っている。

辰五郎は和助の脇差しを帯にさし、自分の折れた脇差しを遺体の上に載せた。

「死んだ女房としっぽりやんな」

辰五郎が独りごちたとき、家の前で声がした。

「ごめんなすって」

立ち上がって、戸口まで出てみると、渡世人らしき男が二人、立っている。

「焼香かい？」

「ここに和助はいるか？」

男が傲慢《ごうまん》に言った。

「この支度を見てわからねえか。亡くなったんだよ。あんた知り合いか？」

「死んだって？」男たちは顔を見合わせた。

「それで、この家はこのあとどうなるんだい？」

「さてね。俺はちょっとした知り合いだから詳しくはわからねえ。多分借家だろうから、新しく店子《たなこ》でも入れるんじゃないか」

「……あんた、巻物を見なかったか」

男の一人が聞いた。和助が火鉢に隠していたあれのことに違いない。

「ちょっと待てよ」

辰五郎は男たちを睨みつけた。

「知り合いならまずは名乗って線香の一本でも上げたらどうだ。俺は深川の辰五郎、故人とは昔からの知り合いだ。そちらさんは？」

二人はまたも顔を見合わせた。どう考えても和助と親しくしていたとは思えない。

「俺たちは和助に奪われた巻物を探してる。死んだのならこの家にあるに違いない」

「巻物？　海苔《のり》巻きなら明日の葬式で頼むが、急ぎならどっかの寿司屋を当たりな」

「おい！　こっちは急いでるんだ。家捜しさせてもらう」

「ふざけんじゃねえ！」

辰五郎は怒鳴った。

「やい！ やいやいやい。ここに仏さんが寝てるのが見えねえのか。てめえの目は節穴か！ 通夜の席で家捜しだと？ どこのどいつが言ってやがるんでい」

若い方が黙って懐から匕首を抜いた。血を見てでも巻物を奪いたいらしい。

だがまったく引く気はなかった。かつて、和助はいつも辰五郎をかばってくれた。いじめられて泣く辰五郎に和助はこう言ったものだ。

「男ってのはな。喧嘩《けんか》に勝つ負けるじゃねえ。損得も関係ねえ。誰に脅されても引かないでずっと立ってるってことだ」

辰五郎はその言葉を胸に、和助の脇差しを抜いた。

(師匠の家は守る。何があってもだ)

二人がつっかけ、辰五郎は刀を振った。しかしそこはガマの油の仕掛け刀であり、切っ先だけしか相手を切れない。

若い男が匕首を腰だめにして構えた。必殺の気配である。

(三吉、沙夜ちゃんを頼むぞ)

辰五郎も全身の力をこめて捨て身の攻撃に出ようとしたとき、びしっという音を立てて、若い男のこめかみに何かが当たった。男が頭を押さえてうずくまる。畳の上には派手な模様の花札が落ちていた。

辰五郎はとっさに倒れた男の手首を蹴飛ばして匕首を奪った。

その横で、もう一人の男が倒された。

ひょろっとした男がそれを抱きかかえる。

「あっ。お前は！」

「あんた、こんなとこで何してるんだ」

その男は京の博打宿で会った伊賀の定吉であった。

「ここは俺の師匠の家だよ」

「師匠……。そうか」

定吉は和助の亡骸《なきがら》をちらりと見た。

「あんたも師匠と知り合いかい？」

「いや、俺っちの本業は鳶職でね。前からここの屋根の修理を頼まれてたんだが……。爺さん、逝っちまったのか」

定吉は手を合わせた。

「ほらよ、定吉」

辰五郎は床に落ちた花札を拾った。菊に盃の札である。

「しかし、おめえ何もんだよ。軽業師か？」

「俺っちは伊賀の出だからね。先祖が忍びをやってたんだ」

「ふうん……。お前も忍者みたいなもんか？　じゃあこれは手裏剣か」

辰五郎が花札を返すと、定吉の手からするりと札が消えた。まるで手妻（手品）のようである。

土間に転がった若い男が頭を押さえて呻《うめ》いた。

「やい！ てめえ何が狙いだ。巻物ってなんなんだよ」

辰五郎は匕首を首に突きつけた。

「埋蔵金だ。鼠小僧《ねずみこぞう》の……」

「鼠小僧？ なんだそりゃ」

「へっ、そんなことも知らねえのか。鼠小僧は江戸の大盗賊よ。そいつが集めたお宝はざっと千両」

「千両！」

心の臓がどくんと脈打った。千両とは大ごとである。辰五郎の手元が狂い、匕首が少し首にめり込んだ。

「よせ！ よせったら……。その巻物の絵図にお宝を埋めた場所が書いてあるっていうんでな。奪ってこいと親分が言ったんだよ……」

「親分？ どこの一家だ？」

「それは言えねえ。しゃべったら殺される」

「今死にたいのか？」

辰五郎が匕首に力を込めた。

「やれ。親分に殺されるよりましさ」

「ちっ。だいたい俺は巻物なんか知らねえんだ」

辰五郎は肩をすくめた。

「それは親分の前で言い開きしろ。いずれお前は捕まるよ。ま、親分の拷問と来たら、とてもこの世のものとは……」

「ぶっそうなこと言うなよ。俺は知らねえ」

「おい、辰五郎さんよ。巻物持ってるなら渡したほうがいいぞ」

定吉が言った。

「だから知らねえって」

「だったらいいが、こいつらは多分、厄介だ」

定吉は男の着物の袖をめくった。そこには碇《いかり》のような刺青《いれずみ》があった。

「誰だろうと知らねえものは知らねえ。番所まで行って、役人を呼んでくるから、ちょいとこいつらを見張っててくれ」

定吉に言い置いて辰五郎は番所へと向かった。

しかし役人を連れて帰ってくると、男たちの姿はなかった。

定吉の姿も消えている。

「誰もいないじゃねえか。狐にでも化かされたんじゃないのか」

岡っ引きが辰五郎を睨んだ。

「いえ、確かに不届きなやつがいたんですけどね」

辰五郎は首を傾げてあたりを見まわした。部屋には和助の遺体が一つあるだけである。さきほどの争いの痕跡《こんせき》すら消えていた。

「いったい、どうなってんだ」

辰五郎は岡っ引きに謝って帰ってもらうとまんじりともせず朝をむかえた。そのまま和助の葬式を済ませ、師匠の墓を作って線香を上げた。

土まんじゅうに黄色い菊の花を飾る。

「師匠、これから四国に行ってくるぜ。金毘羅に参拝がてら親父ってやつの顔も見たいし、勝負で勝って埋蔵金も頂きたいしな」

辰五郎は立ち上がった。

「俺はまたおもしろおかしく生きていくぜ。あんがとよ、師匠。あんとき俺を生かしてくれてよ」

辰五郎は沙夜と三吉、翁丸が待つ旅籠へと向かった。旅に出てしまえばおかしなことにも巻き込まれないだろう。

そして巻物はしっかりと辰五郎の懐にしまわれていた。

四　西宮宿

「飯食らわんか、酒飲まんか。さあさあ、はよ買いくされ！」

西国街道へ出る道すがら、大坂天満橋《てんまばし》の八軒家《はちけんや》船着場から三十石船に乗り込んだ辰五郎たちの前に現れたのは、飯や汁物、酒などを売る枚方の小舟の群れであった。三十石船が風よけで船足をゆるめたと見るや、船べりへ鉤縄《かぎなわ》を引っかけて素早く近づいてくる。

「父ちゃん、この人たち海賊じゃないよね？」

三吉が目を丸くした。物売りの態度があまりにも横柄なため驚いたらしい。

「こいつらは食らわんか舟といってこのあたりの名物なのさ」

辰五郎は笑った。これらの舟は、かつて大坂夏の陣で徳川方の荷役に協力した功績で幕府から〈不作法御免〉の特権を与えられている。それだけに相手構わず、けんか腰でやって来る。

「こんな言い方されて買う人いるのかな？　父ちゃんより言葉づかいが悪いよ」

「あんなのと一緒にすんな。俺のは、いなせな江戸弁だ」

「あ、買ってる！」

三吉の指さすほうを見ると後部にいる乗り合い客の一人が飯を受け取り、銭を投げるようにして渡していた。茶碗や箸《はし》などは返さねばならず、小舟は客が食べ終わるまで待っている。

辰五郎たちがいる船べりにも、ひゅっと鉤爪が飛んできて、縄をたぐり、ぐいぐいと小舟が寄ってきた。

「そこの家族連れの親父、貧乏面せんと飯食らわんか？」

「やかましい！　買って欲しかったらもっと豪勢な飯を持ってきやがれ」

辰五郎が言い返したとき、

「わん！」

と翁丸が勢いよく吠えた。さっそく飯の匂いを嗅ぎつけたらしい。

「おう、犬公。お前、話わかりそうやな。飯食らわんか」

「わんっ！」

翁丸は尻尾を振って辰五郎を振り返った。その目は飯を買えと言っている。

「どうする沙夜ちゃん？　腹は減ったか」

「ええ、少し」

沙夜は翁丸を見て微笑んだ。

「ワン公、ついてるな。やいてめえ、大盛りで三膳《ぜん》よこせ」

「毎度！」

船員は飯と汁の載った盆を器用によこした。辰五郎が受け取って沙夜と三吉に配る。

「父ちゃん、いつになく気前いいね」

三吉がどんぶりの飯をかき込みながら言った。

「まあな。なんてったってお前、四国に行けば、どでかい埋蔵金が待ってるんだぜ」

辰五郎の顔が思わずにやけた。千両あったらなんでもできる。二十両もあれば庶民の家族が一年暮らしていけるほどなのだ。

「でも博打に勝たなきゃ手に入らないんでしょ？」

「勝つさ。田舎の博徒に負ける俺じゃねえ」

「けど、相手は父ちゃんの父ちゃんだって言ってたじゃない」

「そんなの父親じゃねえさ。だいいち顔も知らねえ。子供を捨てた、ただのろくでなしよ」

「ふうん……」

三吉が汁を飲みながら辰五郎を見た。どこか心配しているような目つきである。

「この年になるとな、親がどうとか、もう関係ねえんだ。てめえの暮らしで精一杯だからな。乳くさいガキじゃねえ。それに今は沙夜ちゃんとお前がいる。食わしていかにゃなんねえ。そのためにも千両は絶対に頂くさ」

「父ちゃん……」

「ん？　俺のありがたさが身に沁みて涙が出そうか」

「父ちゃんの飯が……」

「飯がどうしたい……あっ！」

茶碗の上に白い頭が揺れていた。

「こらワン公！　がっつくんじゃねえ」

辰五郎は翁丸の首をつかみ上げた。

「わうう……」

「くそっ、もう半分も食っちまいやがって。油断も隙もねえな」

「はっはっは、やりよんな犬公。人さまの飯を犬が食うなんて、わしも初めて見たで」

食らわんか舟の男が腹を抱えて笑った。

「おい、犬が食っちまったんだ、飯をもう一つ、ただでよこせ」

「なに言うてんねん。あんさんの犬やろ。うすら馬鹿みたいな顔がそっくりやがな」

「なんだと、この野郎！」

「なんやねん、江戸っ子が。文句あるんやったら淀川に沈めるど」

二人が口げんかしている間に、翁丸はすっかり飯を食べてしまった。ついでに汁にも舌を伸ばしたが、熱かったらしく、きゃんと鳴いて沙夜の横に丸まる。

「辰五郎さん、私の分でよかったら、まだありますから」

「沙夜ちゃん、それじゃあんたの分がよ……」

「もともと翁丸に分けてあげようと思っていたんです」

「そうか、すまねえな」

辰五郎は飯の入ったどんぶりを受け取った。

「もう船出てまうで。さっさと食らわんかい！」

「やかましい！　黙って待ってろ」

辰五郎は急いで飯をかき込むと、器を返して腹を撫でた。

「ちぇっ。せわしなくて食った気がしねえ」

ぶつぶつ言っていると、先ほど、食らわんか舟で飯を買っていた中年の講談師らしき男が近寄ってきた。

「兄さん、あの飯、いくらで買いなさった？」

「ああ、六十文だったかな」

「そりゃやられましたなぁ」

「やられたって何を？」

辰五郎は目をぱちくりした。

「ありゃせいぜい三十文ですよ。上方《かみがた》でなにか物を買うときには値切らないと損ばかりします」

「そうなのか？」

「まあ今後気をつけなされ」

「くそっ、イカサマかよ！」

辰五郎がやり込められた様子がおかしくて、船客たちはくすくすと笑った。翁丸もにやにやした目つきで辰五郎を見ている。

「ちくしょう、あいつら口も悪いが、根性も悪いな」

「そしてあんたは間が悪い」

講談師が茶々を入れて、さらに客たちは笑った。

その後ますます風は荒れ、舟は進めず、辰五郎たちは仕方なくそのまま岸に降りた。もう少し北には大きな街道があるが、待っているのにも飽きたので、村々の道を辿って西国街道を目指す。

「父ちゃん、次の宿はどこなの？」

「西宮《にしのみや》だ。酒がとびっきりうまいところさ」

辰五郎は澄み切った吟醸の味を思い浮かべ、舌なめずりをした。

江戸でも名高い灘の銘酒は、六甲山から湧《わ》き出る〈宮水〉から造られる。また、酒造りに適した上質の酒米の存在も大きく、六甲おろしの吹きすさぶ中で寒造《かんづく》りされる。上方で生産され、江戸で売られるものを総じて〈下りもの〉というが、灘の下り酒はもっとも人気のある商品の一つであった。

やがて辰五郎たちは武庫川《むこがわ》につきあたり、渡し船に乗った。

ここは尼崎側の岸の茶店に安兵衛という長い髭の名物親爺《おやじ》がいたことから〈髭の渡し〉と呼ばれている。

清流に手を浸して涼を取ったりしながら辰五郎たちは船の上でほっとひと息ついた。

晴れわたった空の下にこんもりとした甲山《かぶとやま》が見える。

渡し舟から下りてさらに進み、門戸厄神《もんどやくじん》の前を通って南へ歩くと、西宮宿に到る。

枡形《ますがた》の街道を西に進むと、酒屋が軒を連ねているのが見えてきた。

「俺はちょいと利き酒をしてくる。三吉は沙夜ちゃんと昼飯を食っててくれ」

「うん。でも昼間だから飲み過ぎないようにね」

「ちょいと味見するだけだ」

辰五郎は三吉たちと別れると弾む足取りで立ち呑《の》みの店に寄った。

「親爺、冷やを一つくれ」

「へい」

親爺は小ぶりの碗を床几《しょうぎ》に置くと、徳利《とっくり》から酒を注《つ》いだ。肴は干した蛸と白身魚の干物のようである。

「こいつは鯛《たい》か？」

「へえ。よくわかりなさったね」

「魚のことなら任せときな」

辰五郎は胸を張った。

「こいつは麦わら鯛だよ。秋になるともっと脂がのる。今は蛸が旬《しゅん》でさぁ」

「へえ。蛸はやっぱり釣りかい？」

「そうだねえ。だいたいは蛸壺《たこつぼ》沈めて捕ってるけど、うちの嬶《かかあ》なんかは蟹《かに》を餌《えさ》にして手釣りで引っかけてくるよ」

「いいなぁ。やりてえなあ」

江戸では釣り将軍とも呼ばれた道楽者の辰五郎の心が躍った。

「ここらに釣りをさせる船宿はあんのかい？」

「あるよ。ちと高いが、兵庫津の山城屋に行けば確かだね」

「山城屋か。ありがとうよ」

「ところで、その犬は兄さんのかい？」

「えっ？」

辰五郎が横を見ると、翁丸が板の壁に手を当てて、立ち上がっていた。

「ワン公、何やってんだ？　三吉と一緒に行ったんじゃないのか」

「わぐ……」

翁丸が鯛の干物を狙って必死に舌を伸ばしている。

「酒も飲めねえくせに肴好きだな、お前は」

辰五郎は干物を一つ食わせてやった。翁丸は尻尾を振って何度も噛む。

「大丈夫かい、そんなもの食べさせて？」

店の親爺がびっくりしたように聞いた。

「こいつ、干物が好物なんだよ」

辰五郎は苦笑した。

乾き物は腹のこなれが悪いから犬はあまり好まないものだが、翁丸は実によく食べる。

（まあ胴が長いからな。腸も長いのかもしれねえ）

辰五郎は翁丸の頭を撫でて、さらに碗を傾けた。

「でも親爺、この酒ちょっと水っぽくないか？」

「そりゃ十文だからね」

「もう少し濃くしてくれよ。値が張ってもいいからさ」

「あいよ」

親爺は勝手口の横にある酒樽《さかだる》から柄杓《ひしやく》で酒をすくい、辰五郎の碗に注いだ。

このあたりの酒屋は、大坂から江戸への下りものの酒に水を足して売っているため、店ごとに味は違うし、入れる水によっても値は変わってくる。

「こいつはうめぇ！　たまらねえ」

酒が濃くなると、こくとこしがどっしりと感じられた。

（やっぱりこれだな。旅は思い切り楽しむにかぎる！）

碗の酒を飲み干すと、間をおかずにおかわりした。

「いい香りだなぁ。もう一杯くれ。どんぶりで飲んでもいいくらいだ」

辰五郎はどんどん気分がよくなって、今にも踊り出しそうなくらいだった。

「あんた、うわばみだね」

店の隅のほうにいたぎょろ目の大工が声をかけてきた。

「まあな。江戸は深川界隈《かいわい》でうわばみの辰と恐れられているのは俺のことよ。俺が通れば酒がなくなっちまうっていうんで、酒屋が店を閉めるくらいさ」

「へえ、わいも相撲取りと呑んで負けへんくらいやけどな」

大工が大きな腹を突き出した。

「馬鹿言え。相撲取りにも下戸はいるだろ」

「阿呆《あほ》か。わいが呑んだのは稲妻《いなずま》やで」

「えっ、稲妻って、あの稲妻雷五郎《らいごろう》か？」

「せや」

辰五郎はびっくりして少し酔いが覚めた。稲妻といえば松江藩お抱えの力士であり、〈雷電《らいでん》と稲妻雲の抱えなり〉と、雷電と並んで川柳に詠まれるほど強い大関である。

辰五郎は、江戸での勧進相撲のあと侍に囲まれた稲妻が両国で飲んでいたのを見たことがあるが、まさに笊《ざる》であった。

（でもこいつはほらを吹いているだけだろう）

辰五郎は高をくくった。金でも貢いでないかぎり、町人が有名力士と一緒に呑む機会などまずない。

「兄さん、わいを疑ってるやろ」

「まあな。稲妻は言い過ぎじゃねえのか」

「よっしゃわかった。そこまで言うんやったら、いっちょ飲み比べしよやないか」

大工がぎょろ目を動かして言った。

「へっ。酒は味わうもんだろ。金もかかるしな」

「なあに、兄さんが勝ったらお代はこっちが出したる。どうや？」

「へえ、そんなことをしてくれるのかい？」

そこまで言われると、辰五郎の心にも火がついてきた。もともと勝負好きである。その上うまい酒がたらふく飲めるというのなら、乗ってみるのも一興だろう。


「まずは一升いこか」

大工が平然と言った。

「待て」

「え？」

「ちょいと裏の厠に行ってくる」

辰五郎が碗を置いた。

「逃げるんとちゃうやろな」

「ただ酒を無駄にするわけねえだろ」

辰五郎は店の外に出て、しばらくしてから帰ってきた。

「さ、やろうぜ」

「おい、今まで飲んだ酒を吐いてきたんとちゃうか？」

「そんなもったいないことをするか。裏の厠で、ほんとに一升飲めるか試して来たのさ」

辰五郎はうそぶいた。

「阿呆抜かすな！」

「親爺、始めようぜ」

辰五郎はにやりと笑った。

親爺も心得たもので、「とっておきの酒を出しますよ」と、一升樽を二つ用意し、辰五郎と大工の前に置いた。

勝負が始まると、二人はどんどん碗を空け、飲んだはしから、親爺がわんこそばのように柄杓で酒を注いでいく。

（うめえ。こりゃたまらん）

何やらさっきよりさらに酒の味がよくなっている気がした。

「こりゃまだまだいけるな」

「こっちもや。この酒は水みたいに透き通った味やな」

二人は微笑みをかわして余裕を見せつつ、肴もつまみながらひたすら飲んだ。

しかし二升目に入るころ、辰五郎の体ががくんと落ちた。

（なんだこりゃ？　俺はもう酔っ払っちまったのか）

辰五郎は焦った。これでは勝負が終わる前に寝てしまいそうである。

辰五郎は腿《もも》をつねって必死に酔いを覚まし、さらに飲んだ。

一方、相手の大工は苦しそうに腹を押さえていた。

「どうした。もう降参か？」

辰五郎があざ笑うと、

「なんやて……。お前こそ、目が血走ってるで。おとなしく寝てまえ」

と言い返して、またぎょろ目を動かした。

辰五郎はさらにもう一杯飲んだ。

「俺はうわばみって言ったろ。もともとは八岐大蛇《やまたのおろち》の末裔《まつえい》で……」

そこまで言ったとき辰五郎の膝《ひざ》が崩れた。碗を取り落としそうになり、慌ててつかみ直す。

「親爺！　悪いがこのまま注いでくれ」

土間にあぐらをかいた辰五郎が言った。

「うちは立ち呑みの店なんだがなぁ……」

「いいから早くしてくれ。儲けさせてやるから」

辰五郎と大工はさらに碗をあおった。

ぐわんぐわんと揺れる頭を押さえつけていたとき、辰五郎を待ちかねた三吉と沙夜がやって来た。

「父ちゃん、まだ飲んでるの⁉　そんな恰好《かっこう》して」

「おお、三吉か。大きくなったなぁ」

「なってないよ。父ちゃんが寝転んでるせいだよ」

「えっ？」

辰五郎は驚いた。頬が冷たいと思ったらどうやら土間に伏しているのである。

「くそ、負けるか。ワン公、俺の足を噛め！」

「わん……？」

翁丸が嫌そうな顔をした。

「ほら、干し鯛をやるから」

辰五郎は干物を足の上に載せようとした。翁丸はそれ目がけて噛みついてくるはずである。しかし酔っ払って手が滑り、自分の顔の上にぽとりと落ちた。

「あっ！」

「わんっ！」

目の前に翁丸の真っ赤な口が広がって、干物ごと鼻をがぶりとやった。

「いてえっ！」

目の前に三尺玉の花火が飛んだような気がして、辰五郎は跳ね起きた。

「この馬鹿犬！」

「くうん」

もぐもぐと口を動かしながら翁丸は沙夜の後ろにさっと隠れる。

「ちくしょう、鼻はついてるかな……」

おそるおそる鼻を触ると、傷はついていたがなんとか無事に残っていた。

「まったく、ふてえ犬だ」

「今のは父ちゃんが悪いよ」

三吉が笑いながら言った。

「きんきん声で言うな。頭に響くだろ」

辰五郎はよろめきながら碗を突き出した。

「さあ、もう一杯」

「もうやめといたほうがええんちゃうか?」

大工が笑って言う。

「うるせえ。俺は一度も勝負をおりたことがねえ。俺があきらめるときは死ぬときよ」

注がれた酒を辰五郎は再び飲んだ。もう味もさっぱりわからない。

「まだまだいけるな」

大工は余裕綽々《しゃくしゃく》といった感じで碗の酒を飲み干した。

「こいつ、ほんとに稲妻と飲みやがったのか……」

しかし辰五郎の足の力が抜けて、再び転びそうになった刹那、大工は突然、ぶうっと酒を吐いた。

辰五郎の顔にしずくが飛ぶ。

「う、嘘や！　こんなはずあれへんのに……」

辰五郎がぺっぺと唾《つば》を吐き、顔をぬぐった。

「吐いたら負けだ。お代はまかせたぜ」

言った刹那、辰五郎はこんどこそ本当にのびた。


飲み屋の小座敷で辰五郎が目を覚ましたのは、もう夕刻であった。

「む……。ここは？」

きょろきょろと周りを見回しながら辰五郎は起き上がった。

「兄さん、ようやく気がつきなさったね」

「おう、親爺か……。はぁ、頭が痛え」

「ふふっ、そりゃそうさ」

親爺がくくっと笑った。

「なに笑ってやがる？」

辰五郎は親爺を睨んだ。

「あの大工はな、いんちきをしてたんだよ」

「いんちき？」

「あんた勝負の前に厠に行っただろ。そのとき大工が、水でまったく薄めてない、混ぜ物なしの酒をあんたの酒樽に仕込んだんだよ」

「ええっ！」

どうりで途中から酒の味がよくなったはずだ。大工は酔いつぶして飲み比べに勝つつもりだったらしい。

「きたねえ野郎だな」

「何を言いなさる。あんたもやりなすっただろう？」

「へへっ、まあな。おかげで助かったぜ」

辰五郎はにやっと笑って鼻を掻いた。

厠へ行くと見せかけて、勝手口から親爺を呼んで金を渡し、大工の酒にたっぷり水を足すよう頼んだのである。

「酒ってのは、胃の中に消えちまう。でも水は残って腹を膨らます。これが飲み比べで勝つためのイカサマよ」

「いんちき比べだったんだねぇ」

「親爺。一番ずるいのはお前だ。大工からも口止め料をもらっただろ？」

「えっ、なんか言ったかい？」

親爺は片耳に手を当てた。

「肝心なときだけ耳が遠くなりやがって。食えねえ爺だな」

「はは、だから呑み屋をやってんだよ」

「言いやがる」

辰五郎は苦笑した。

「ところで俺の連れはどこに行った？」

「旅籠で待ってるってさ。この先の淡路屋ってところだ」

「そうか。邪魔したな」

辰五郎は立ち上がった。

「そうだ、迎え酒をもう一杯だけもらおうか」

起き抜けの酒を飲んだ辰五郎は千鳥足で、三吉たちの待つ旅籠へと向かった。


翌朝早く辰五郎たちは宿を発った。起き抜け、辰五郎はまだ頭がきんきんとしていたが、喉の渇きを冷たい井戸水で癒すとすっきりして、歩き出すことができた。

街道を西に半里（約二キロメートル）ほど歩き、芦屋川《あしやがわ》の手前に来ると辰五郎は北に進路を逸《そ》れた。

「ちょっと寄り道していくぜ」

「何かあるの、父ちゃん？」

「聞いて驚くな。有馬温泉だ」

「なんだ温泉か」

「おいおい温泉番付の西の大関だぜ？　東の草津温泉と並んで日本一なんだぞ」

辰五郎は我がことのように自慢した。

温泉番付とは、寛政年間のころから作られ始めた全国各地の温泉の序列を記した物で、効能の高さを元に番付が作られている。

時期や地域によって順位に変動はあるが、最高位はいつも変わらず、東の大関が草津温泉、西の大関が有馬温泉となっていた。

「辰五郎さんはいろいろ楽しいところを知ってるんですね」

沙夜が微笑んだ。

「俺と家族になってよかっただろ？」

「はい」

てらいもなく答えた沙夜から、辰五郎は思わず視線を逸らした。

「照れるなよ、父ちゃん」

「わんっ」

「うっせえぞ、お前ら。さ、そうとなったら行くぞ」

辰五郎は素早く芦屋川沿いの道を北に進み始めた。

五　有馬温泉

しかし、辰五郎一行が進めども進めども、温泉らしき一角は見えなかった。

「父ちゃん、こんな山に登るの？」

三吉がふうふう言いながら、愚痴をこぼした。

「楽しみってのは苦しみのあとにあるんだ。登って汗かいて温泉に入る。これが絶品よ」

同じく汗まみれになった辰五郎が答えた。

「辰五郎さん、温泉にはどんな効き目があるんですか？」

辰五郎に手を引かれた沙夜が聞いた。

「それが有馬には金の湯と銀の湯ってのがあってな。金の湯は赤くてしょっぺえが、傷に効くらしい。で、銀の湯は透き通ってるんだが、神経痛にいいんだってさ。肌もつるつるになるらしいぜ。もっとも沙夜ちゃんは元からつやつやだけどな」

「そんなことないです」

沙夜が恥ずかしそうにうつむく。

「金の湯に入りな。長旅でいたんだ足にもいいはずだ」

「でもさ、父ちゃん、温泉があったらガマの油はいらないね」

「馬鹿！　なんてこと言うんだ。ガマの油は持ち歩ける。温泉が後ろからついてくるか？」

「ついてくるのは翁丸だけだけど……あれ？」

三吉が振り返ると、翁丸はかなり後ろにいた。舌をだらりと出してのろのろと登っている。

「翁丸、おいで！」

「わふ……」

翁丸は小さく喘《あえ》いだ。

「父ちゃん、坂道だよ」

「そうか、お前は疲れやすいんだったな」

辰五郎は眉をひそめた。

「ワン公、あと少しだから元気出せ。沙夜ちゃんも三吉もな。もうすぐ極楽だ！」

しかしいくら歩いても温泉に着かなかった。むしろ道は細くなっていく始末である。

「おかしいなぁ。そろそろあってもいいころだ……」

「父ちゃん、まさか道に迷ったんじゃないよね」

「もちろんだとも。まあちょいと近道はしたが」

「えっ！」

「しかし、近道したのに遠くなってるってのは、いったいどういうことだろうな？」

「それが道に迷ってるって言うんだよ、父ちゃん！」

「まあ待て。こんなときはワン公に食べ物のにおいを追わせよう。有馬にもきっと飯屋があるはずだ。さあ行け、ワン公！」

「翁丸、もう動けないみたい」

三吉が翁丸を見て言った。すっかりへばっているようである。

「こらワン公、立て！」

「くぅん」

翁丸は座り込んで、もはや一歩も動こうとしない。

「参ったなぁ」

「父ちゃん、おいらお腹すいたよ」

「そうか、もうそろそろ昼どきか」

辰五郎がまわりの茂みを見まわしたとき、中でガサッと音が鳴った。

「おい、なんだ今の？」

「猪《いのしし》じゃない？」

　三吉が青ざめて言った。

「いや、鼬《いたち》だろう。もしかしたら鼠かもしれねえが」

「熊《くま》かもしれないよ」

「物ごとを悪いほうに考えちゃいけねえ。きっと猿だ。熊なら食われちまうじゃねえか」

　それを聞いて三吉は震え出した。

「父ちゃん、逃げようよ……」

「馬鹿、熊だったら逃げるとまずいだろ。死んだふりをしなきゃならねえんだ」

「そうなの？」

「そんな風に聞いたことがあるぜ」

　そう言っている間にも、怪しい音はさらにこっちへ近づいて来る。

「まずい……。こうなったら、しっかり目をつぶれよ。沙夜ちゃんもな」

「はい……」

「おいワン公、お前犬だろ！　がんばって追い払え！」

「わんっ」

　翁丸は先ほどまでの疲れも見せず、素早くふもとのほうへと逃げ出した。

「くそ、あいつめ！」

「き、来たよ、父ちゃん！」

茂みの向こうに獣の皮のようなものが見えた。

三吉は素早く倒れこみ、死んだふりをした。

「南無三」

辰五郎も死んだふりをする。地面に横たわりながらも沙夜の手をしっかりと握った。

やがて茂みから何かが出てきたような気配がして、足音が近づいてきた。それは辰五郎の横で立ち止まる。ハアハアという獣の荒い息が聞こえた。

湿った舌が辰五郎の顔を舐め始める。

（やめろ！　俺はまずいぞ。食ったって腹が痛くなるだけだ）

そうは思ったものの、今度は爪らしきものが顔にのって来た。目玉をくりぬくつもりだろうか。獣はまず柔らかいところから食べ始めるという。

（そうだ、三吉だ！　あいつのほうが柔らかい。熊め、よく考えろ！）

とっさにそう思った辰五郎だったが、よく考えてみれば三吉が食われるのはさすがにかわいそうだった。

（しょうがない。これも父親のつとめか）

辰五郎は腹をくくった。

「おい熊！」

辰五郎は叫んだ。

「俺を食え。ただし一人分で満足しろ。なんてったって俺は西宮でたっぷり酒を飲んだからうめえぜ。酒蒸しだ！」

腹の上で手を合わせて辰五郎は覚悟を決めた。

しかしいつまでたっても食ってくるようすはなかった。

「やい！　やるなら早くしろ、怖いだろ！」

腹を立てた辰五郎が目を開けると、目の前には赤い犬がいた。

「あれっ？　お前、金太じゃねえか」

「えっ？」

三吉も目を開ける。そこにいたのは確かに金毘羅犬の金太であった。

「なんだ脅かすなよ……。熊かと思ったぜ」

辰五郎は起き上がりながら笑みをこぼした。

「わん！」

金太も楽しげに吠える。

「なんでここにいるの？」

三吉が金太の頭を撫でながら聞いた。

「わんっ」

頼もしく一声吠えると、金太は辰五郎たちの先に立った。ついてこいと言ってるらしい。

「もしかして有馬温泉を知ってるのか？」

「わん」

金太は任せろという風に鳴いた。

「助かったぜ。お前はやっぱり名犬だなぁ」

辰五郎たちが金太の後をついていくと、森を抜け、すぐに有馬の温泉街に出た。

「ありがとう、金太」

三吉が金太を抱いた。

「わんっ」

と声を上げると金太は走って行った。

「すごいね、金太は。今は誰と旅をしているんだろう」

「さあな。温泉に寄るような粋《いき》な奴だろう。しかし、それに比べて……」

辰五郎は後ろを振り向いた。

いつのまにか翁丸が何食わぬ顔で後をついてきている。

「おい、ワン公」

「わん？」

「お前はもう、うちの子じゃねえ」

「わわん⁉」

翁丸は目を見開いた。

「さて、旅籠はどこにするか。宿の中に温泉が湧いてるところがいいな」

辰五郎はきょろきょろと歩き出した。

「父ちゃん、腹減ったよ」

「俺もだ。今日はたっぷり食うぞ」

客引きをかき分け、辰五郎は〈御所坊《ごしょぼう》〉というところに宿を取った。値は張るが、有馬でも老舗《しにせ》の宿ということだった。

通された部屋で荷をとき、さっそく辰五郎は宿の温泉へと向かった。温泉は露天になっており、そこから見える景色も素晴らしい。

辰五郎はずぶりと金の湯に浸《つ》かった。

「か〜っ、たまんねえな。肌にぴりぴりと来やがる」

山道を歩いた疲れが湯の中にとけていくようだった。しばらく動きたくない。

「父ちゃん、おいらも入っていい？」

少し遅れて来た三吉が聞いた。

「まずかけ湯をしろよ。体をきれいにしてから入るんだ」

「うん」

三吉は体の前と後ろに湯をかけると、どぼんと飛び込んだ。

湯に波が立って熱い。

辰五郎が叱《しか》ろうとしたとき、

「おい、子供。湯はもっと静かに入れ」

湯煙の奥から声がした。

「ごめんなさい」

三吉が慌てて謝る。

しかしおかしなもので、他人に三吉を怒られるとひどく腹が立った。

「子供なんだから大目に見なよ」

辰五郎は言い返した。

「しつけができてないとろくな大人にならん。親の顔が見たい」

「親ならここにいる。てめえは何さまだ？」

むっとした辰五郎が立ち上がったとき、風が吹いて湯煙が流れた。

「とくと見ろ、これが親の顔だ！」

そこまで言ったとき、片目の男の顔がはっきりと見えた。

「き、菊佐《きくざ》！　なんでここに」

「やっぱりお前か。間抜け面め」

辰五郎の足が震えた。

この鉄砲洲《てっぽうず》の菊佐という男は、借金を踏み倒した辰五郎を江戸から伊勢まで追ってきた渡世人である。その金は浅草の香具師《やし》の大親分、赤布の甚右衛門《じんえもん》から借りたもので、返せなければ、この血も涙もない刺客に殺されるしかなかった。

しかし伊勢神宮で将軍が襲撃された際、辰五郎が上様を助けた褒美の百両を、菊佐が没収し、なんとか命だけは助けてくれたのである。

「あんた、こんなところで何を……」

「ここは温泉だぞ。湯治に決まっているだろう」

「俺を追いかけて来たわけじゃねえんだな？」

「馬鹿め。先に来ていたのは俺だ」

「そうか……。そういえばもう金は取られたしな」

「人聞きの悪いことを言うな。お前は金を返しただけだろう」

辰五郎は首をすくめた。しかし、借金の利子を差し引いても、菊佐にはかなりの金が入ったはずである。だからこそ江戸に帰らず、湯治に来て羽を伸ばしているのだろう。

「金はちゃんと親分に返してくれたんだろうな？」

「親分には飛脚で金を送った。てめえはもう自由の身さ」

「そうか。そりゃよかった」

辰五郎は安心して温泉に腰を下ろした。痔《じ》の古傷も、ほのぼのと癒えていくようだった。

「しかし、一人だけ許せねえやつがいる」

菊佐が怖い声を出した。

「えっ？」

「島田宿で俺の名をかたり、賭場を荒らしたやつがいるらしい」

菊佐の片目がぎらりと光った。

（やべえ、そいつは俺だ）

辰五郎は蒼白になった。勝ち逃げしようとして囲まれたとき、菊佐の名を借りて事を収めたのである。鉄砲洲の菊佐の悪名は大井川まで広まっていたのだ。

「そりゃ、ふてえ野郎だな。あんたの名をかたるなんて」

辰五郎は胸の高鳴りをおさえてなんとか言った。

「見つけたら生爪をはいで、脳天かち割ってやる」

菊佐が湯も凍りそうな声で言った。

「そうかい。機会があったら俺も手伝うぜ……」

温泉でゆっくり温まることもできず、早々に辰五郎は三吉を連れて風呂場を出た。

やはりこの男とは関《かか》わらないほうがいい。

部屋に帰ると、沙夜も寝間着に着替えていた。沙夜は銀の湯に入っていたらしい。

部屋には早くも豪華な膳が並んでいる。

辰五郎は気を取り直し、精進料理に舌鼓を打った。松茸《まつたけ》昆布を肴に酒も飲む。島田宿でのことも菊佐にばれることはないだろう。人相書きがあるわけでもない。

それでも一応、宿の者に聞いて菊佐の部屋は確かめておいた。そこに近づきさえしなければいい。

辰五郎はすっかりいい気持ちになって寝た。起きたらまた温泉に入ればいい。今度は銀の湯だ。昼も夜も温泉づくしである。

夜半、小便で目覚めた辰五郎は手ぬぐいを持って部屋を出た。うっかり金の湯につけたため、手ぬぐいは赤く染まっている。

(月見酒で温泉もいいな。もう面倒だから温泉の中で小便しちまうか)

などと行儀の悪いことを考えつつ、露天風呂に続く階段のところで下駄《げた》をつっかけたとき、いきなり後ろから羽交い締めにされた。

「うわっ！」

「やい、おとなしくしろい！」

「誰だ、てめえ……」

辰五郎は呻いた。いつのまにか、まわりに黒い覆面をした怪しい男たちがいる。

「てめえ、巻物を持っているだろう。どこにある」

闇に白く光る抜き身の匕首が目の前に突きつけられた。

巻物とはきっと、ガマの師匠からもらった埋蔵金の絵図のことであろう。

（くそっ）

辰五郎は思わず唇を噛んだ。しかし多勢に無勢、あまりにも形勢が悪い。

「肌身離さず持ってるよ……」

辰五郎はあきらめたように言った。

「どこだ」

とたんに体の方々をさぐる手の動きが感じられた。男に触られてとても気持ちが悪い。

「そこじゃねえよ。ふんどしの中だ」

「なに？　汚ねえところに隠しやがって」

怪しい男の一人が浴衣の裾を分け、ふんどしをとろうとしたとき、声が上がった。

「おい、こいつふんどしをつけてねえぞ！」

「てめえどういうつもりだ？」

「食らえ！　これが埋蔵金よ」

辰五郎はこらえていたものを噴射した。腰を回すようにして振ると、男たちの間でしずくが飛び散る。

「うぷっ！」

「汚い！」

「下郎め！」

男たちがひるんだとき、辰五郎はするりと包囲を抜けた。

「俺は土壇場の辰五郎よ。舐めるんじゃねえぜ」

辰五郎は一目散に走り出した。

「待て！」

男たちが追いかけて来た。辰五郎は廊下を走って、一番上等な部屋である〈葵《あおい》の間〉に飛び込んだ。

男たちも後からなだれ込んでくる。

「もう袋の鼠だ。観念しな」

男たちが一斉に匕首や脇差しを抜いて余裕の笑みを浮かべた。

「お前ら、終わったな」

辰五郎がふてぶてしく言った。

「苦し紛れに何を言ってやがる」

男が辰五郎に斬りつけた。

だがその匕首は、きぃんという音に弾《はじ》かれ、長い白刃のきらめきが闇《やみ》に舞うと、男はぎゃあと悲鳴を上げて畳に倒れ伏した。

「な、何者!?」

男たちが少しひるんだとき辰五郎の笑い声が響いた。

「ふっふっふ。知らざぁ言って聞かせやしょう。この方こそ、江戸にその人ありと恐れられた渡世人、鉄砲洲の菊佐さまだ」

「な、なに……？　それは誰だ？」

「この菊佐さんの寝ているのを邪魔するとはいい度胸だ。てめえら、生きて帰れねえぜ」

辰五郎は素早く菊佐の後ろに隠れた。

「けっ、二人ともやっちまえ！」

男たちが一度に襲いかかったが、菊佐の身がふっと沈み、畳の上で鋭く回転した。

男たちは全員脛《すね》を切られ、いっせいに転んだ。

「ぐわっ！」

「むうっ！」

口々に悲鳴を上げて足を押さえ、転げ回る。

「さすが菊佐の兄貴、しびれるぅ！」

辰五郎はやんやとはやし立てた。

「辰五郎、なんだこの連中は？」

「どうやら温泉街の夜盗みたいです。このあと、俺が番所に突き出しておきますんで。兄貴はもう休んでください」

「これでは血の臭《にお》いがして眠れん。宿に言って新しい部屋を用意させろ」

「合点承知の助！　じゃあ兄貴はもう一度温泉にでも行って身を清めてください」

「何が兄貴だ。お前と盃をかわした覚えはない」

菊佐が悠然と歩み去ると、辰五郎は男たちを縁側から蹴り出した。

「さっさと逃げな。どこのこそ泥かしらねえが、俺には恐ろしい用心棒がついてるってことがわかっただろう。あきらめるんだな」

辰五郎は雨戸を閉めると、宿の者を起こしに向かった。

その間に男たちは去っていったらしい。

ここまで狙われるなら、やはり巻物にはかなりの価値があるのだろう。しかし奴らはどうやってこっちの居場所を嗅ぎつけたのか。考えてみたがわからなかった。だが菊佐がいると思い込めば、奴らも手を出せないはずだ。

辰五郎は菊佐の部屋にあった徳利の酒を一息で飲んだ。酒は剣菱《けんびし》の一級品だった。

(菊佐め、いい部屋に泊まりやがって)

辰五郎は庭先の足湯で下半身をさっと洗うと部屋に帰った。

狭い部屋の布団の上では沙夜と三吉が気持ちよさそうな寝息をたてている。

(でも菊佐には家族がいねえ。俺の勝ちさ)

辰五郎は布団に寝転ぶと、いびきをかいて気持ちよく眠った。

翌朝、しっかりと朝風呂まで堪能《たんのう》した辰五郎たちは宿を発ち、六甲山を西へ下った。ともに歩く翁丸も三吉にしっかり洗われて毛づやがよく、風に短い毛をなびかせている。

「沙夜ちゃん。温泉に入って一段と肌がまぶしくなったな」

辰五郎が目を細めた。

「何を言うんです。そんなに変わりません」

沙夜が少し頬を赤らめつつ、

「ただ、たしかに足の疲れは取れた気がします。このままどこまででも歩いていけそうなくらい……」

と、微笑んだ。

「いいな旅は。心が洗われるぜ」

辰五郎も緑豊かな山なみを見ながら言った。遠くには兵庫津の海も見える。東海道の松林もよかったが、山陽道の柔らかい緑も心なごむ風景である。

「翁丸、また会えるといいね、金太と」

三吉が翁丸の頭を撫でて言った。

「あいつは金毘羅犬だからな。行くのは同じ方向さ」

「一人で行くなんてえらいわね」

沙夜が言った。

「ほんとだ。翁丸はえらくないなあ」

辰五郎が笑うと翁丸は抗議するように屁《へ》をひった。

「うわ、くせえ！　温泉よりもくせえな、お前……」

翁丸は風を煽《あお》るように、くるくると尻尾を振った。

一方、辰五郎たちより少し遅れて発った菊佐は、六甲山の森の細い道で、昨夜の怪しい男たちに囲まれていた。

「お前たち、まだ懲りねえのか」

菊佐の片目が険悪に光った。怪我人《けがにん》まじりとはいえ、四人を相手に少しもたじろがない。

「待ってくれ。襲おうってんじゃねえんだ。あんた、あの辰五郎って男の用心棒なのか？　それを確かめたくてよ。教えてくれねえか」

先頭にいた出っ歯の男が不器用に頭を下げた。

「俺があいつの用心棒？　馬鹿言うな。あいつは筋金入りのろくでなしだ。どうでもいい奴さ」

「じゃ、じゃあ、あいつに手を出してもいいんだな？」

「ああ。かまわねえ」

「よ、よし！」

出っ歯の男が喜んだが、それにかぶせるように菊佐が言った。

「かまわねえんだがな。どうも金の匂いがする。お前ら、辰五郎のいったい何を狙ってる？」

「そ、そいつは言えねえ……。あんたには関係ないこった」

出っ歯が慌てて言った。

「ほう……」

菊佐の片目が剣呑《けんのん》に光った。

「俺の前で『言えねえ』なんてほざきやがるのか」

言ったとたんに菊佐の抜き打った脇差しがガチッと鈍い音を立て、ふたたび鞘《さや》に収まった。

「ひ、ひい！」

男が悲鳴を上げて座り込んだ。

「おっかねえな、あんた。斬られたかと思ったぜ……」

「そうか。男前になったと思うが」

「えっ？」

男の顔がふいに曇り、おそるおそる口に手を当てた。すると今までそこにあった出っ歯がきれいに消えていた。

「ぎゃあ！」

悲鳴を上げて男が震えだした。

「さて、唇が残ってるうちに話を聞かせてもらおうか。お前らいったい何もんだ？素直に言えば悪いようにはしねえ」

菊佐が脇差しの柄《つか》を握って一歩踏み出した。死体を見るような目つきである。

男たちは覚悟を決めたように話し出した。

「お、俺たちは阿波《あわ》の仙十郎《せんじゅうろう》一家の者だ……」

六　兵庫津宿

辰五郎たちは参拝客でにぎわう生田《いくた》神社を右手に見つつ海に向かって進み、兵庫津の宿へと至った。

生田神社一帯は神戸村と呼ばれ、西廻《にしまわ》り航路の北前船や朝鮮通信使の寄港地として栄えている。かつて蝦夷《えぞ》との貿易を開拓した廻船業者、高田屋嘉兵衛が活躍したのもこの地であり、行き交う人々も活気にあふれていた。

辰五郎たちが海風の匂いに包まれつつ浜辺の道を歩いていると、魚市場が立っていた。このあたりはよい漁場になっていると見え、大小さまざまな魚が並べられている。

そんな中、穴のあくほど魚を見つめて佇《たたず》んでいる倫がいた。飽きずにずっと魚を眺めている。

「父ちゃん、あの人ずいぶん熱心だね」

「どの魚にするか迷ってるんだろ。俺なら鯒《こち》の刺身だな。根魚ってのは、見た目は悪いがとにかくうめえ。鍋《なべ》にしても乙だしな」

「でもお坊さんですよ。生きものは食べないんじゃないですか」

かつて神社に嫁いでいたこともある沙夜が言った。

「じゃあ、とんだ生臭坊主ってことか。素直に豆腐でも食ってればいいのに」

辰五郎が近づいていくと、やがて僧侶は小さな鯛を手に取り、さまざまな角度から眺め始めた。

「父ちゃん、あれは何してるの？」

「目利きだろう。新鮮なものがなんてったってうめえからな。まあここらに並んでる魚は朝に網で捕ったもんだろうから、ちょっと古くなっちゃいるだろうがよ」

「ふうん」

「やっぱり魚ってのは釣りたてをすぐさばいて食うのが一番さ。だからといって釣りたてがなんでもいいわけじゃねえ。釣ったときにちゃんとしめるのが大事なんだ。これをなまけちゃいけねえ」

辰五郎が、釣りのことをしゃべりだすと長い。それを知っている三吉はすぐ、僧の元へと走っていった。

「そもそも鯖《さば》折《お》りっていうのは……って、おい三吉！　待てよ」

辰五郎は口を尖らせた。

「逃げやがったか。せっかくありがたい話をしてやろうってえのに。なあ沙夜ちゃん」

　横を向くと、沙夜もさっと目を逸らし、道ばたにかがんで花を見つめた。

「あ、あら、素敵なお花……」

「ちぇっ、沙夜ちゃんまで聞いてくれないのか。かくなる上はワン公。お前しかいねえ」

「わぅん？」

　翁丸が明らかに迷惑そうな顔をした。

「いいか、翁丸。しめるときは背骨の真ん中に畳針を突っ込むんだ。するってえと魚がびくんびくんとこう……」

「わんっ！」

　話の途中で翁丸が駆け出した。その先を見ると先ほどの僧が漁師ともめている。

「てめえがそんなに触ったら売り物にならねえだろ！」

　漁師が魚を指さして怒っていた。

「そう言われても私は僧の身です。食べるわけにはいきません」

「食べないなら、なんで触った⁉」

「骨の形を確かめてみたくて……」

「馬鹿野郎！　何かしたかったら買ってからにしろい」

「残念ながらお金がないのです。漂泊の身ですから」

僧は寂しげに、ちりりんと小さな持鈴《じれい》を鳴らした。

「おいおい、こんなところで喜捨を集めんな。俺はぜったい恵まねえぞ。魚の代金、さっさと払いやがれ」

「しかし……」

僧が一歩後ずさったとき、

「ちょっと待った！」

と、辰五郎が割り込んでいった。

「待てよ大将。その魚、俺が買い取ろうじゃねえか」

「えっ？　いいのか。さんざんこいつが触って傷んだ魚だぞ？」

漁師が眉を寄せた。

「なぁに、うちには食い意地の張った犬がいる。大丈夫さ」

「わん？」

翁丸が異議をとなえるように小声で鳴いた。

辰五郎は小さな鯛を受け取り、僧にずばり聞いた。

「あんた、もしかして絵師か？」

「いかにも。どうしておわかりに？」

僧が驚いたような顔をした。

「やっぱりな。骨の形を確かめたい、なんていうのは絵描《えか》きかと思ってよ。あの北斎だって骨の形を知りたくて、千住の骨接ぎ所へ弟子入りしたっていうからな」

千住の骨接ぎ所とは接骨医の名倉弥次兵衛のことである。葛飾北斎は文化三年（一八〇六年）ごろ、屈指の名医である名倉に入門し、骨格の理《ことわり》を知ってようやく真に人体を描く方法を得たと言われている。

遊び人の辰五郎は江戸の三大道楽、すなわち〈釣り道楽〉〈文芸道楽〉〈園芸道楽〉のうち、釣りと文芸にかけてはひどく凝っていたから、この僧形の絵師にも力を貸してやりたくなった。

「なるほど、北斎先生もそうでしたか」

僧は何やら感嘆した様子であった。

「俺は北斎の挿絵が好きでな。ちょっと古い本だが、あんた、曲亭馬琴の新編水滸画伝を読んだことがあるかい？」

「いえ、残念ながら……」

「あれは一度見といた方がいいぜ。北宋《ほくそう》の武将たちが梁山泊《りようざんぱく》を守って、組んずほぐれつで戦ってな。あの挿絵がまさに北斎だったよ。生き生きしててさ。骨まで描かれてた感じがしたな」

脳裏にありありと合戦絵を蘇《よみがえ》らせながら辰五郎は語った。辰五郎は博打の合間に貸本を読むのが、ことのほか好きであった。

「北斎先生は今でも挿絵を描かれているのですか？」

「いやそれがな、あるときから北斎は馬琴の挿絵を描かなくなったんだ」

辰五郎は魚を翁丸に放った。

翁丸はくんくんと匂いを嗅いでいる。

「なぜ描かなくなったのですか？」

「そりゃな、馬琴が嫉妬《しっと》しちまったんだ」

「えっ、あの馬琴先生が？」

「ま、これは地本問屋《じほんどいや》に聞いた話だがよ、馬琴は文章より絵のほうが優れている、って思っちまったんだとよ。で、喧嘩してそれっきりさ」

「そんなことが……」

「なにせ、『話よりも絵を見たい』なんて客もいたから馬琴も面白くなかったらしい。おまけにその頃、馬琴は北斎と一緒に住んでたから、嫉妬の相手が目の前にいて、よけいに居づらかったんじゃないか。もめたあと、馬琴の本は歌川豊広の挿絵になったよ」

「ええっ！」

僧が素っ頓狂な声を上げた。

「な、なんだよ、どうしたんだ？」

「歌川豊広先生は私の師匠です」

「えっ？　そうなのか」

「はい。実は最初、歌川豊国先生に入門しようと思ったのですが、満員だと断られまして。それで豊広先生の門下となりました。私は一幽斎《いちゆうさい》と申します」

「ふうん。なんか地味な名前だなぁ」

「どうも不肖の弟子でございまして……。先生は、機会があれば諸国の名画を見て回れとおっしゃいました。それでこうして旅をしながら、絵の修業をしているのです」

「それで魚の絵を描こうとしてたんだな」

「はい。今はすっかり花鳥図に心を奪われております」

「よしわかった。魚の骨を見せてやる」

「えっ？」

「ワン公、それをよこせ」

「わん……」

翁丸はしぶしぶ小鯛を差し出した。鱗《うろこ》がよだれまみれになっている。

辰五郎は漁師から包丁と小さなまな板を借りてくると、小鯛を洗って鱗を落とし、器用にさばき始めた。頭を落とし、三枚に下ろす。

「さあ、よく見な」

「買っていただいた上にこんなことまで……。ありがとうございます。見事なものですね」

一幽斎は深く頭を下げた。

「いいってことよ。あんたもそのうち馬琴の挿絵を描いてくれ。期待してるぜ」

「そんなことができればいいのですが……」

言いながらも、男は食い入るように小鯛を見つめた。

「ほう……。あばら骨がきれいに並んでいますね」

「腹のほうにも骨があるんだぜ。ほら」

辰五郎は腹骨をすいて見せた。柔らかいトロ身から数本の骨が浮き出てくる。

「なるほど。関節は首とひれのところにあるんですね。動きの元がわかれば絵にも命が宿ります」

「ほう、そんなもんかい」

辰五郎は鯛のひれをぴろぴろと動かした。

一幽斎は頭も割ってほしいと頼み、辰五郎はかぶと割りにして見せてやった。

一幽斎はしばらく魚を表や裏にして紙に描き写したあと、

「ありがとうございます。これでなんとか『魚づくし』が描ける気がします」

と、明るい顔を見せた。

「魚づくしだって？」

「はい。他に鱸《すずき》や鰈《かれい》、鯔《ぼら》なども描き、一つの画集にしようと思っているのです」

「待て待て、そんなにか。だったら鯛がこんな小さいんじゃ迫力が出ないだろ」

「えっ？　そうでしょうか」

「そりゃそうだ。鯛は魚の王様だぞ。鱗がちょいと黒光りするような大鯛を描いてこそ映えるってもんよ」

「そうですか……。ではもう一度探してみます」

一幽斎は少しがっかりしたようすだった。

「他にも鱸やら鰈やら言ってたな。ちゃんと揃うのか？」

「できるだけ魚市場を回ってみるつもりですが」

「でも魚には旬もあるからなぁ」

辰五郎は腕を組んだ。魚は季節によって浅場にいたり、深場に潜ったりもする。漁師が獲《と》るのはそのときに獲りやすい魚だけだ。

「だいたいそんなに魚ばかり描いてどうするつもりなんだい？」

「実は……、ある恐ろしい絵に触発されましてね」

一幽斎が言った。

「恐ろしい絵?」

「はい……」

一幽斎が唾を飲んで続けた。

「歌川豊広先生からはまず、京の円山応挙先生の絵を見るよう勧められました。それで私は円山先生とそのご高弟の方たちが遺《のこ》された絵を見て回り、自然をありのままに写し取るような繊細な絵を学んだのです」

それらの絵は円山四条派と呼ばれ、京での新しい画風とされていた。

「そういや、円山応挙の描いた幽霊は勝手に動き出すらしいな」

辰五郎が言った。

「怖いこと言わないでよ、父ちゃん」

はたで聞いていた三吉が怯《おび》えたようすで言った。

「まあ美人が出てくるなら幽霊でもいいんだが……」

「辰五郎さんは美人なら誰でも好きなんですか?」

沙夜の声が少し冷たかった。

「い、いや、嫌いだ。美人なんてまっぴらだよ……」

辰五郎は慌てて言った。

「で、その幽霊が恐ろしかったのかい？」

「いえ、そういう意味ではなくて……。恐ろしかったのは別の人の絵です。風の便りで聞いて相国寺《しようこくじ》に行き、その絵を見せてもらったのです。それは『動植綵絵《どうしよくさいえ》』と題された花鳥画でしたが、とても鮮やかでこの世のものとは思えませんでした。あんな絵を見てしまってはもう駄目です。円山先生の絵はとても素晴らしいですが、理《ことわり》はなんとなくわかりました。しかしその絵はどうやって描くのか、まるでわからないのです」

「ほう……。それは誰の作なんだい？」

がぜん興味が湧いてきて辰五郎は聞いた。

「その絵師の名は伊藤若冲《いとうじやくちゆう》といいます。なんでも独学で絵を極めた御仁らしいのですが、私は到底及ばぬと思いました」

「若冲か。知らねえなあ」

書物の挿絵や浮世絵の美人画なら辰五郎も詳しいが、ただの絵画となると辰五郎もあまり知識がない。

「そんなにすごいのかい、その絵は？」

「ええ。その絵は白く光るのです」

「光るだって？　行灯みたいに？」

「多分日の光を跳ね返しているのだろうとは思うのですが、金色の地に孔雀《くじやく》の白い羽が輝くさまは圧巻でした。他の絵でも、見る場所によって色が変わるなど不思議な色使いがあるのです。そして魚の群れた絵での藍《あい》の色使いには驚きました。私も、なんとしてもそういう絵を描きたくなった。それで今、魚が豊富に獲れるというこの兵庫津を見て回っているのですが……」

「なるほどなぁ」

「しかし駄目です。どう工夫してもあの絵には近づけません」

一幽斎は浜辺に座り込むと、両手で顔を覆った。

「あんたよ。知らねえかもしれねえが、芸事ってのは、自分がまるで駄目だと思ったとき、ようやく腕が上がるもんなんだぜ」

「えっ？」

「努力しねえとそこまで思わないもんさ。いわば、行き詰まってるからこそ、乗り越える手を考えつくってことよ」

「そんなものでしょうか」

「そうだとも」

辰五郎は自信たっぷりに言った。もっともそれはガマの師匠が言った言葉の受け売りだったが。

子供のころ、見世物小屋でうまく玉乗りができず、ひそかに泣いていた辰五郎に和助は言ったものだ。

「できるときには一気にできるようになるもんさ」と。

その後、きっかけをつかみ、辰五郎はうまく玉に乗れるようになった。乗れるようになってみれば、それはたやすい気づきだったのである。

「あんた、もうひとふんばりしなよ。その絵の理がわからないというなら、その絵にはもともと理なんかなかったりしてな。同じ道を行かねえと駄目ってことでもねえだろうし。それに、その若冲だって最初からうまかったわけじゃないと思うぜ」

「そうですね。きっとものすごい努力を重ねられたのでしょう」

一幽斎は辰五郎の励ましで少しだけ元気が出たようだった。

しかし、そこまで言われると辰五郎も若冲の絵を見たくなった。

「俺も相国寺に行ってみるか。しかし京にあるんじゃ金毘羅参りの帰りに寄るしかねえな」

「あなたたちは金毘羅さまに行かれるのですか？」

「ああ。伊勢へおかげ参りに行ったついでに金毘羅まで足をのばして参拝するつもりなんだよ」

「だったら都合がいいかもしれません。若冲の絵は金毘羅宮にもあるそうですよ」

「なに？」

「確か『花丸図』という花づくしの絵だとか……」

一幽斎が記憶を探るように言った。

「そいつはいいことを聞いた。着いたら見に行ってみるぜ」

「私もいずれ行こうかと思っています。名画はすべて糧になりますから」

一幽斎の目が少しずつ輝き始めていた。

「でも、まずはここで魚の絵を描かないとな」

「この鯛は惜しかったですが……」

「ふふっ。そんなことなら俺に任せとけ」

「えっ？」

「俺こそ江戸の釣り将軍と言われた深川の辰五郎よ。あんたの描きたい魚、すべて俺が釣ってきてやるぜ！」

「えっ？　そんなことができるのですか？」

「よくぞ聞いてくれた。いわれを話すと、まず俺が初めて釣竿《つりざお》を握ったのは大川での沙魚《はぜ》釣りよ」

「へえ……」

一幽斎が前のめりになった。

それを見た三吉が沙夜の耳に口を寄せた。

「まずいよ、また父ちゃんの釣り話が始まっちゃった。なかなか終わらないね、あれ」

「お気の毒にね。いい人そうだし……」

沙夜も苦笑いする。辰五郎の釣り話は詳細にわたっており、ひたすら長い。二人ともこの旅路ですっかり耳に胼胝《たこ》ができていた。

しかし一幽斎はうんうんと頷《うなず》きながら聞いている。辰五郎も自慢交じりで楽しそうだった。

「三吉さん、先に宿を探しましょうか」

「そうだね。こうなったら釣りをするまでおさまらないだろうし……。行こっ、翁丸」

「わんっ」

翁丸が尻尾を振ってついてきた。

二人と一匹が宿を決めて、夕陽《ゆうひ》の沈み始めた浜辺に戻ってくると、辰五郎が腕を大きく広げて何やらわめくようにしゃべっていた。一幽斎は相変わらず聞き役に回っている。

三吉がため息をついた。

「母ちゃん、あれはきっと鱶《ふか》の話だよ。細竿で青鱚《あおぎす》を釣ってたら、大きな鱶がかかったっていう……」

「たしか背中に飛び乗って針を外したのよね」

沙夜がくすっと笑った。

「あの人、父ちゃんのホラ話を信じちゃわないか心配だなぁ」

「あとでそっと注意しておきましょう」

二人は互いに頷き、辰五郎に近づいていった。

「父ちゃん、そろそろ宿に行こうよ」

「おっ、もうそんな頃合いか」

辰五郎は満足げに夕陽を眺めた。

「一幽斎さんも同じ宿に泊まりませんか?」

沙夜が聞いた。

「いえ、私はどこかの寺のお堂にでも……」

「遠慮すんなよ。今日は俺のおごりだ」

辰五郎は機嫌よく一幽斎の肩に手を回した。

「では、お言葉に甘えて……」

「ま、あんたにはちょっと聞きてえこともあるんだ。行こうぜ」

辰五郎は元気に歩き出した。

「父ちゃんの話、どうでした？」

三吉がおそるおそる一幽斎に聞いた。

「とても面白かったです。特に、青鱚を釣ろうとしたら、鯨《くじら》が釣れた話なんか……」

「うわ、話が大きくなってる！」

三吉が頭を抱えた。

「鯨の口にもぐり込んで針を外したとか……」

はたで聞いていた沙夜がくすくす笑った。

「とにかく、絵のために魚を集めてくださるとは奇特な方です。きっとこれも御仏《みほとけ》のお引き合わせでしょう」

「そうかなぁ。父ちゃんが単に釣りをしたいだけだと思うけど」

「でもお描きになりたい魚が釣れるといいですね」

沙夜が言った。

「なに言ってるんだ。俺に釣れねえ魚はいねえ。見てな」

辰五郎が胸を張った。

宿に着き、辰五郎たち三人と一幽斎は荷をほどいた。翁丸は裏庭でごろりとねそべっている。

飯を食い終わると、辰五郎はおもむろに荷物の中から巻物を取り出した。大坂のガマの師匠から託されたお宝である。

「一幽斎さんよ。実は、ちょっとわからない絵があるんだ」

「わからない絵？」

「これなんだがよ」

辰五郎は巻物を広げて見せた。それは讃岐《さぬき》の金毘羅宮付近の絵地図であった。

「これは地図のようですね」

「ああ。このどこかにちょっとしたもんが埋まってるはずなんだ。ところが、その場所がわからねえ。巻物の持ち主は死んじまったしよ」

「ふむ……。これは楮紙《こうぞがみ》に白土を混ぜて強くしてありますね」

一幽斎は巻物の紙に触れながら言った。

「へえ。丈夫なものなんだな」

「巻物は傷みやすいですからね。扱いに気をつけねばなりません」

「なるほど……」

「この絵に何かが隠されているということですか？」

「ああ。せめて印なんかが書いてあればわかりやすいんだが」

「では見てみます。行灯をこちらに……」

「おう」

辰五郎は行灯を近くに持って来た。

一幽斎は広げた巻物を行灯で照らし、さまざまな角度から絵地図を眺めた。

「光による仕掛けはないようですね」

「ふむふむ」

「日の光にあてればまた違うかもしれませんが……」

「とりあえず月にすかしてみたらどうかな？」

辰五郎は巻物を持つと縁側に行き、三日月の光を絵にあててみた。

「うーん。特に変わらねえなぁ」

辰五郎がつぶやいたとき、絵の向こうに突然大きな影が差した。

「なんだ⁉」

「わんっ！」

鳴き声とともに、さっと巻物が奪われた。

「こ、こら、ワン公！」

「ばううっ！」

翁丸が巻物をくわえて走ると、紙が地面にこすれてやぶれそうになる。

「おい！　それはちくわじゃねえ！」

辰五郎が翁丸に飛びついて取り返すと、巻物には歯形がつき、よだれで濡れそぼっていた。

「ああ、なんてことをしやがる……」

「大丈夫ですか？」

一幽斎が辰五郎の元に駆けつけて来た。

「大事な絵が濡れちまったよ」

「早くこちらに」

一幽斎は巻物を受け取ると、手ぬぐいを出して、叩くようによだれを拭いた。

「幸い絵に乱れはありません。あとは乾かせばいいだけです」

「助かった。火鉢であっためよう」

辰五郎は火鉢で火を起こすと、巻物の表面を向けた。

「まったく、あの駄犬と来たら……」

「あっ！　ああっ！」

辰五郎の対面にいた一幽斎が唐突に叫んだ。

「どうした？」

「こ、これは……」

一幽斎の指が絵を指して震えている。

「うん？」

辰五郎が絵を裏返してみると、金毘羅宮本宮本殿の裏にうすい二重丸が青い線で浮き出ていた。

「うわ、なんだこりゃ！」

「これはどうやら、『あぶり出し』のようです」

「あぶり出しだって？」

「たとえばみかんの搾り汁に筆を浸し、紙に文字を書いて乾かします。その後、火であぶると書いた文字が金色に浮き出てくるのです」

「ああ、知ってる！　香具師が縁日のおみくじなんかで売るやつだろ？」

「ええ。あれは塩水か酒を使うのですが、この色の具合だと別のものですね」

「へえ……」

「あっ！　消えた」

一幽斎が声をあげた。

「どうした？　なんで消えた」

「わかりません。通常のあぶり出しなら焦げて跡が残るんですが、これはすっかり消えてしまうようです」

しかし一幽斎がもう一度火鉢であぶると、青い二重丸が浮き出た。

「よかった……」

「面白い仕掛けだな」

「どうやら巻物の謎《なぞ》が解けましたね」

一幽斎が微笑んだ。

「あんたがいてくれて助かったぜ。お礼に明日、いい魚をたっぷり釣り上げてやるからな」

辰五郎はしっかりと巻物を懐へしまい込んだ。

このとき——。

旅籠の天井裏に一人の男が忍んでいた。

男は天井を歩いて来た大鼠と目が合うと、手に持っていた米粒をそっと撒《ま》いた。

鼠は転がった米粒のほうへと走っていく。

部屋で笑いあう辰五郎と一幽斎を見ながら、

「なかなかやるねえ」

と、男はつぶやいた。この男、京の河原町で辰五郎と花札博打をうった伊賀の定吉である。定吉がずっと追ってきていることに、辰五郎は、いまだ気づいていなかった。

翌朝、日の昇る前から辰五郎は舟を仕立てて沖に出た。先頭に辰五郎、後ろには三吉と一幽斎が乗っている。

「父ちゃん、ほんとに釣れるの？」

「ああ。西宮でしっかり聞いたんだ。山城屋は釣れる船宿だってさ」

「まかせときな坊主」

真っ黒に日焼けした年嵩《としかさ》の船長が胸を叩いた。

「私も船に乗る必要があったんでしょうか」

一幽斎がやや青い顔をして聞いた。

「見てるのもいいが、釣るのもいいぜ。魚の息吹が糸を伝ってくる。まあ素人は遍羅《べら》がせいぜいだろうが、鳥山にでも当たればでかいのが釣れるかもしれねえよ」

「しかしなにやら胸のあたりが気持ち悪いのです……」

「ははーん、あんた船に弱いんだな。ま、吐いたら楽になるって」

言ってる途中に早くも一幽斎が船べりから頭を突き出して呻いた。

「もう吐いたのか。早いな」

辰五郎は苦笑いを浮かべた。

兵庫津の海はやや荒れていた。しかしあまりに凪《な》いでいると、「凪倒《なぎだお》れ」と言って釣れないこともある。これくらいがちょうどいい。

「みなさん、どうぞ」

船長の合図で辰五郎は仕掛けを下ろしていった。糸は手巻きであり、その先端には錘《おもり》と、釣り針にかけられた芝海老《しばえび》がついている。

辰五郎は三吉の仕掛けも作ってやった。

「父ちゃん、餌は浅蜊じゃないの？」

三吉が聞いた。以前、辰五郎と三吉は平塚宿で一緒に鮍《かわはぎ》釣りをしたことがある。そのときは、潮干狩りでとった浅蜊を餌に使い、鯛まで釣れた。

「沖釣りの餌は海老のほうがいいんだ。なんでも釣れるしな」

辰五郎はおごそかに言った。

「あっ、来た！」

三吉が叫んだ。

「なに？　巻き上げろ」

辰五郎が言うと、船長も手網を持って構える。三吉が糸を巻き上げてみると、かかっていたのは鯵《あじ》だった。

「なんだ、小さいや」

「贅沢《ぜいたく》いうな。干物にするとうめえんだぞ」

辰五郎は針を外すと船の中のいけすに放り込んだ。自由になった鯵は元気に泳ぎまわる。

辰五郎が船首に戻り、自分の糸巻きを握った瞬間、

「こっちも来ました！」

一幽斎の上ずった声が聞こえた。

「ほんとか？　今度は何だよ」

一幽斎が巻き上げてみると、浮いてきたのは眼張《めばる》だった。

「眼張か。まあ素人はそんなもんだろうな」

「思ったより黒っぽいですね」

「それは多分、磯《いそ》眼張だ。沖眼張はもうちょっと赤いんだ」

「なるほど。眼張にも種類があるのですか」

一幽斎は器用に針を外すと、魚を大事そうにいけすに入れた。

「やれやれ、手伝うのが忙しいな」

辰五郎は再び船首に戻った。

しかしようやく手に持った仕掛けにはぴくりともあたりがない。

（おかしい。潮が止まってるのか？　それとも糸が太すぎるのか……）

辰五郎がいろいろ考えていると、

「また来た！」

と、三吉が叫んだ。

引いたり引かれたりしたあと、上がってきたのはかなり大きな魚である。

「すごい引きだったよ！　ねえねえ、これなんていう魚？」

三吉が顔を紅潮させた。

「そいつは鯖《さば》だな。よく釣れるやつだ」

辰五郎の声が少し震えた。子供のくせに脂ののった金鯖を釣り上げるとは、親の面目丸つぶれである。

「また来ました！」

今度は一幽斎の仕掛けにかかった。こちらは引き上げてみると、大きな鰡だった。

一幽斎がさっそく鰡の丸い魚体を観察している。

「一幽斎さんよ。いいのが釣れたじゃねえか」

「ええ、どうやら船酔いもおさまってきました。釣れると元気になりますね」

一幽斎がげんきんに笑った。

しかし、先ほどから頻繁に誘いをかけている辰五郎の釣り糸はぴくりともしない。大した誘いもせず、ただ餌を流しているだけに見える三吉や一幽斎の糸には次々と魚がかかっている。

（やっぱりツキが落ちていやがるのか？）

辰五郎は焦って何度も餌のつけ方を変え、誘い方も工夫してみた。だが何をやっても釣れない。雑魚《ざこ》の一匹もかからない。

（なぜだ！　おかしい）

辰五郎は唇を嚙んだ。まわりが釣れているのに自分だけ釣れないというのは地獄である。まるで自分が生きる価値のない人間のようにさえ思えてくる。

虚《むな》しく糸巻きを握り続けていると、辰五郎は悔しさを通り越し、もはや悲しくなってきた。

こうなったらせめて三吉の手助けをしてやるか――。

しかし、魚をとりこんでいる三吉に近寄っていくと、

「父ちゃんはいちいち来なくていいから」

などと小癪《こしゃく》なことを言う。どうやら仕掛けの作り方もすっかり覚えてしまったらしい。

「馬鹿。餌のつけ方が大事なんだ」

辰五郎は顔になけなしの笑いをへばりつかせながら、素早く三吉の仕掛けを海に放り込んだ。

船首に戻った辰五郎は再び自分の釣り糸を持って魚の反応を待った。船長がここに舟を停《と》めているからには、海の底に岩礁などがあって間違いなく魚はいるはずである。

あとは海老が魚に見えれば食ってくるに違いない。

（来いっ！）

辰五郎は祈った。だが次の刹那、

（待てよ。あまりに殺気を出しては魚に気づかれる。ここは脱力だ）

と思い直し、あんぐりと口を開け、伸びをした。

「父ちゃん、なにバカみたいな顔してるの？」

「違う、わざとだ！　これも策のうちだ」

「でもまだボウズだし。ほんとに江戸の釣り将軍だったの？　本当は釣り足軽だったんじゃない？」

容赦ない口っぷりだった。いつも辰五郎の釣り話を長々と聞かされているだけに三吉も手厳しい。

（この口の悪さ、誰に似やがった！）

腹が立ったが、ここで怒っては、まるで負け惜しみである。

「戦でも将軍は最後に控えてるだろう？　最初に戦うのが足軽さ」

かりそめの余裕をかき集めて辰五郎がなんとか耐えたとき、糸にドスンという衝撃があった。

「あたった！」

辰五郎は立ち上がった。重い手ごたえを感じながら手釣りの糸を巻き上げる。

「父ちゃん、来たの⁉」

「やりましたね、辰五郎さん！」

一幽斎はどこかほっとしたような顔をしていた。内心、自分だけが釣れて辰五郎が釣れないことを慮《おもんぱか》ってくれていたのだろう。

（人の心の痛みがわかるやつだ）

辰五郎は思った。釣りをしていると人の本性がよく出る。

「こりゃでかいぜ！」

辰五郎はうきうきしながら引き上げてきた。船長も手網を構える。

しかし上がってきたのは大きな海星《ひとで》だった。

「あっ！　外道か……」

辰五郎の膝の力が抜けた。

「さすが釣り将軍。勝ち星だね」

三吉が笑う。

辰五郎は、やけになって聞いた。

「一幽斎さん、こいつは絵になるかい？」

「それは……。魚ではありませんから」

「そうか。魚じゃないよなぁ。知ってたよ」

一幽斎は気の毒そうに顔をそむけた。

辰五郎は針から外した海星を海に投げた。それはくるくると回転しながら水中に落ちていく。

「船長、そろそろ場所を変えようぜ」

辰五郎が提案した。

「じゃあ何を狙いなさる？」

船長が聞き返した。

「そうさなぁ、やっぱり鯛だろう」

辰五郎が言った。

「鯛か。まあここらじゃ無理だが、明石のほうまで行けば、なんとか上がるかもな」

「よし行こう。魚の王様は、やはり鯛だからよ」

辰五郎の決定で船は明石の海峡付近へと向かった。

ツキがないときは河岸《かし》を変えるのも一つの手である。

船長が船を停めたところで、釣り糸を下ろすと、いきなりあたりがあった。

「よしきた！」

辰五郎が引き上げてみると、やや小ぶりの鯖が水面に浮いた。

「やった！　釣れた！」

辰五郎ははしゃいだ。ついに魚の姿を見たのである。沈黙が長かっただけに、よけいに嬉しかった。

「よしっ。俺はついにやったぞ！」

「父ちゃん、鯖ってよく釣れるんじゃないの？」

「この鯖は形がいい。そこが大事なんだ」

辰五郎は威張った。

「鯖がいるってことは真鯛も近くにいるよ」

船長が声をかけた。がぜんやる気になる。

しかし辰五郎が鼻息荒く餌箱を開けると、中身は空だった。激しい誘いで餌がなくなったのである。

「やべえ、餌が切れた！」

辰五郎が焦ったとき、

「父ちゃん、見て！　鳥があんなに！」

三吉が叫んだ。顔を上げると、鷗《かもめ》の群れが次々と海中に突っ込んでいるのが見えた。

「鳥山だ！　鰯《いわし》が来てやがる」

辰五郎の体がかっと熱くなった。鳥山があるときは必ずといっていいほど大物が釣れる。

「来た！」

「わ、私にも！」

三吉と一幽斎が続けざまに声を上げた。銀色に輝く鱸《すずき》が船底に跳ねる。

「船長！　追加の海老をくれ」

「あいよ。一匹三百文だ」

「三百文だって⁉」

辰五郎は愕然《がくぜん》とした。あまりにも高すぎる。

「三百文の海老なんかあるか。鯛より高えじゃねえか！」

「そりゃ陸《おか》での話だろ？　鳥山が来てるときの海老は値千金だで」

船長はひひひと笑った。

「三吉、餌よこせ！」

「今かかってるところだから無理だよ！」

「どうしなさる？　鳥山は消えるのも早いよ」

船長が余裕綽々の笑みを見せた。

「くそっ、足もと見やがって。わかった、一匹よこせ！　後で払う」

「毎度あり！」

辰五郎は船長から海老を入れた木箱を受け取ると針に刺し、すぐに仕掛けを放り込んだ。その途端にがつんと来る。

「あたった！」

辰五郎が歓喜に満ちて力いっぱい引いた瞬間、ぱちんと糸が切れた。

「なに⁉」

辰五郎が焦って引き上げてみると、仕掛けはなく、糸の先が風に吹かれているだけだった。

「船長！　新しい仕掛けと餌をくれ」

「仕掛けは一朱、餌は五百文だよ」

「ふ、ふざけんな！　なにが一朱だ。だいいち、海老までさっきより値上がりしてるじゃねえか！」

「嫌なら別に買わなくていいさ」

船長は煙管をくわえ、ぷかりと吹かした。

「く、く、く……」

辰五郎は歯ぎしりしながら仕掛けと海老をまた買った。今釣らなくていつ釣るのか。船長は釣り好きの心をよく心得ていた。

「てやっ！」

辰五郎が再び仕掛けを投じると、またすぐに魚があたった。だが引き上げてみると、また鯖であった。

「お前の顔は見飽きたって。早く次を……」

言いかけたとき、船長が悪魔のように笑うのが見えた。さらに高く吹っかけてくるだろう。辰五郎が頭を抱えたとき、鯖がぼっと魚を吐いた。丸々と太った鰯が、船底でぴちぴちと跳ねる。

「これだ！」

辰五郎は素早く鰯を拾い上げると目を隠すように摑《つか》んだ。おとなしくなった鰯の鼻に針をかけ、海に放り込む。

鰯はぐんぐんと沈んでいった。

――と。

鰯が激しく泳ぐ気配のあと、ドンという衝撃とともに糸が引っぱられた。糸巻きがカラカラと激しくまわる。辰五郎は出て行く糸を素早く握りしめた。

「あちっ！」

ぎゅっと摑んだにもかかわらず、糸は引き出され、辰五郎は軽く火傷《やけど》をした。しかし止めないと糸はすぐなくなってしまう。辰五郎は糸を背負うと、肩で摩擦を受け、糸を巻き始めた。

「辰五郎さん、大きいですね」

「ああ。こんなすごい引きは久しぶりだ」

「もしかして、鯨ですか？」

「ふふ。そんな小さい獲物だったらいいけどな」

「おお……」

一幽斎が辰五郎に尊敬のまなざしを向ける。

「船長、船を回してくれ！」

「あいよっ」

大魚の引きに合わせ、船長が船を操る。魚に船を引かせることで少しずつ弱らせるやり方だった。

（さすが釣らせると噂《うわさ》の山城屋だ。銭はかかるが腕は確かだな）

辰五郎は苦笑しつつも、船長の操船のうまさに頼もしさを覚えた。

三吉も釣りをやめ、辰五郎の、魚との戦いを見ている。

四半刻《しはんとき》（約三十分）ほど魚と綱引きをしたあと、ようやく海面に姿を見せたのは、三尺（約九十センチメートル）はあろうかという大鯛であった。

「どうだ三吉！　これぞ鰯の泳がせ釣りよ」

た。

「すごいや、父ちゃん！」

鯛のあまりの大きさに三吉も目を丸くしている。

海に浮いた大鯛を二人がかりで舟に引き上げたときには、鳥山はすっかり消えてい

「よし帰るか」

「うん」

辰五郎は喜びに目を細めて言った。

たくさん釣った三吉も満足して頷く。

「ボウズにならなくてよかったですね」

一幽斎が笑った。

「坊主はあんただろ」

辰五郎が苦笑した。

「でもな、あの鳥山を見たとき、思ったんだ。海面近くに青物がいるが、鯛は底のほうだってな。ふつう鯛ってのは海老のほうがいいんだが、鰯を追いかけてるときだけは別だ。そんなときに生餌を使うんだが……」

「あーあ、また父ちゃんの長話が始まったよ」

三吉が肩をすくめて目を閉じた。早起きしたからか、すぐに寝息をたて始めた。

船が兵庫津に帰るまでの半刻、一幽斎はずっと辰五郎の釣り話を聞く羽目になった。しかし嫌がらずにずっと耳を傾けていたのは一幽斎の人柄だろう。

宿に帰ると、沙夜と翁丸が出迎えに来た。桶《おけ》に入れた大量の魚を見て翁丸が嬉しそうに吠える。

「待て待て。まずは絵にしてからだ」

「はい。目に焼き付けます」

一幽斎が嬉しそうに言った。

その夜、魚は刺身や焼き物になって供された。あまりに量が多いので、近所の者たちにもふるまってやる。

「辰五郎さんが一番大きな魚を釣ったんですね」

沙夜が辰五郎に酒を注ぎながら言った。

「まあな。ほんのちょっとしか本気を出してないんだが……」

「嘘ばっかり。途中まで釣れなくて泣きそうだったのに」

三吉が言った。

「あれはお前たちを落ち込ませないためさ。俺が先に釣ったらしょぼんとしちまうだろ」

「優しいんですね、辰五郎さん」

「甘えていいんだぜ」

辰五郎は沙夜の肩を抱いた。沙夜もまんざらではないらしく身を預けている。

「うわ、すっかり天狗《てんぐ》になってる……」

「俺は江戸の釣り将軍よ。もう少しで明石の海から魚が消えちまうとこ……」

最後まで言えず、辰五郎は沙夜の膝を枕に寝てしまった。

「父ちゃん、やっぱり疲れたんだね。釣ろうとしてしゃかりきになってたもん」

「三吉さんに親の威厳を見せたかったのよ」

「もともと立派な親じゃないんだから、無理しなくていいのに」

三吉が笑った。

「でも子供と一緒に遊んでくれるなんて、いいお父さんじゃないかしら」

沙夜が辰五郎の頭を撫でながら言った。

「どっちが子供かわからないけどね」

三吉が微笑んだ。

翌朝、辰五郎が起きると一幽斎が熱心に、絵に向かっていた。

後ろからのぞき込むと、大きな鯛が描かれている。その鱗のひとつひとつが細やかに輝いていた。

「お、おい、この絵、光ってるじゃないか!」

辰五郎が驚いて言った。

「はい。染料に雲母《きら》を入れてみたのです。若冲先生の絵の輝きとは違いますが、これはこれでいいと思いました」

一幽斎が用いた雲母は、川の流れの中でよく光を跳ね返す石である。伊藤若冲が雀《すずめ》の目などに用いた漆と、対をなす技法といっていいかもしれない。

ほかにも、鯔《ぼら》の絵などができており、海のうすい空色がなんとも心地よかった。絵に派手さはないが、落ち着きがある。

「師匠の絵や他の名画を見て何度も打ちのめされましたが、私は私の絵でいいのですよね。何やら迷いがとけた気がします」

「そりゃあよかった。きっと俺のおかげだな」

「はい。お礼と言っては何ですが、これを……」

一幽斎が一枚の絵を辰五郎に渡した。

「やや、これは……」

「はい。小鯛の絵です」

「ああ、最初にさばいた小さい鯛か」

「この魚が辰五郎さんに会えるきっかけを作ってくれました」

一幽斎がにっこり笑った。

「そうか。じゃ頂いておくぜ。達者でな」

「はい。辰五郎さんも」

今後もしばらく兵庫津に留《とど》まり、絵の工夫をすすめるという一幽斎に別れを告げると、辰五郎たちは宿を発った。

街道を歩きつつ、辰五郎はもらった絵を広げた。

「まあ地味な絵だが、こんな絵を描けるだけでも大したもんだ。俺なんか頭に浮かんだものを描いてもぜんぜん違う形になっちまう」

「父ちゃんは字も汚いしね」

「馬鹿。味があると言え」

「わんっ」

振り返ると翁丸がタレ目の目尻を下げていた。

「ワン公、笑うんじゃねえ」

辰五郎は唇を尖らせた。

「ほら見て、父ちゃん、『一幽斎廣重《ひろしげ》画』だって。きれいな字だなあ」

「廣重？ 一幽斎は名字だったのか。しかし、やっぱり売れそうにない名前だなぁ……」

辰五郎は絵をくるくると巻いて荷物にしまった。

数年ののち、一幽斎廣重こと歌川広重は東海道五十三次の風景画を描いて大人気を博し、北斎と並び称されることになるのだが、今の辰五郎は知るよしもない。

ただ、気持ちのよい男に会ったという思いが残っているのみであった。

七　明石宿

辰五郎一行は兵庫津を出ると、左手に淡路島を見つつ海辺の街道を歩いた。青空が広がり、追い風が背中を押してくる。そんな中を一里ほど行くと、青松の間から白い砂浜が広がっているのが見えてきた。浅瀬では地元の童《わらべ》たちが裾をまくって海に入り、しぶきを立てて遊んでいる。

「父ちゃん、きれいなところだね」

「ほんとだな、三保の松原に勝るとも劣らねえ。どうやらここが須磨浦《すまのうら》ってとこらしい。てことは、右手のほうが鵯越《ひよどりごえ》だな」

辰五郎が日に手をかざしつつ、北に見える山々を仰いだ。

「鵯越って、あの源平合戦の？」

三吉が聞く。旅籠で夜な夜な聞かせてやった源平合戦をちゃんと覚えているらしい。

「そう、義経が弁慶とともに精兵七十騎で逆落としをかけたところさ。道案内の猟師は止めたんだが、『鹿が降りられるなら馬も下れる、いざ！』ってな。後ろから攻められて、一ノ谷に陣取っていた平家はびっくり仰天、そのまま海まで逃げてやられちまったんだ。ここがその合戦場さ」

「へえ……」

三吉は過去に思いを馳《は》せるように砂浜を見つめたあと、ちらっと翁丸のほうを向いた。

「その崖《がけ》、翁丸でも降りられるかな？」

「死ぬだろうな」

辰五郎は即答した。

「そもそも山に登れるかどうかも怪しい」

「わん？」

翁丸が不服そうな声を上げた。

「なんだよ。じゃあ登ってみるか？」

「くぅん」

翁丸はさっと目をそらした。

「ったく、大奥育ちの高貴な犬のくせに、てんでだらしない奴だ。金太ならきっと行けるだろうな」

「また金太に会いたいね」

「会えるさ。あいつは気のきく奴だ」

話を聞いて悲しそうな顔をする翁丸の頭を、沙夜が撫でた。

「大丈夫よ、翁丸。あなたは代参犬なんだから。お参りだけすればいいの」

そう言われてようやく翁丸は小さく尾を振った。

だが、笠《かさ》の下にのぞく沙夜の顔色が少し悪かった。翁丸は心配そうに見上げたが、とくにできることもないので、そのまま忘れてしまった。

須磨浦をすぎ、さらに海辺の道を進むと、昼過ぎに明石宿へ着いた。

同じ方向へ歩く者の中には、背中に大きな天狗の面を背負った者もいて、辰五郎たちと同じく金毘羅参りに行くことがうかがわれた。

辰五郎がこのあたりで昼飯でもと思っていると、前方から甘くて香ばしい匂いが漂ってきた。

いち早く駆け出した翁丸がその店先にちょこんと座る。走るのは苦手だが、うまいものを見つけるのは得意である。辰五郎が店ののれんを撥《は》ね上げて、中をのぞくと、半球の形にへこんだ穴がいくつもある銅板で海亀《うみがめ》の卵くらいの大きさの白い玉を焼いていた。

「なんだ、それは。餅かい？」

辰五郎が声をかけた。

「これは玉子焼きといってこのあたりの名物です」

板前が愛想よく答えた。

「玉子焼き？　つまり卵を焼いてるのか？」

「小麦の粉を鶏卵の黄身でといて焼くんです。味見がてら、いかがですか？」

「よし、買った。何やらうまそうだ。三人前頼むぜ」

「へい。しばらくお待ちを」

板前は菜箸を取り出すと、白い玉をくるりくるりと回し始めた。するときつね色がついて、どんどんきれいな球の形になっていく。

「父ちゃん、面白いね！」

「おう、こんな料理は見たことがねえや。やっぱり旅はいいなぁ」

歓声を上げながら辰五郎たちは近くの椅子《いす》に腰掛け、できあがるのを待った。

明石の〈玉子焼き〉は、普通の卵焼きと区別するため、〈明石焼き〉とも呼ばれることがある。これは卵白を固めて製造される珊瑚《さんご》のような装飾品〈明石玉〉を作る際、余ってしまう鶏卵の黄身を料理に使い始めたのが起こりで、小麦粉と浮粉とを鶏卵と出汁《だし》でといて銅板の穴に流し入れ、その中に干し蛸や穴子を入れて焼いて食するものである。

「お待ちどおさまでした」

板前がじかに運んできた玉子焼きは、小さなまな板に並べられきれいに盛りつけされていた。その横に、出汁の張られた椀《わん》が用意されている。

「うまそうだな！」

辰五郎が箸でつまむと、玉子焼きはどろりと崩れた。

「あれ、柔らかいぞ？」

「そっとつまんで、出汁につけてお召し上がりください。まな板がちょっと傾いていて、取りやすいはずです」

板前が言うので、辰五郎はその通りやってみた。

なるほど、右のほうが高くなって、玉子焼きのツラが水平に並ばず、取りやすい。

そのまま出汁につけてすすり込むように食べてみた。

「う、うめえ！」

辰五郎ははふはふと嚙みながら声を上げた。玉子焼きの生地が出汁と混ざり、溶けるようにほぐれていく。嚙みしめると、半熟の出汁卵がぴゅっと飛び出てきて口の中に広がった。中心にある干し蛸がいいあんばいな塩味で、生地のうまさを層倍に引き立てている。

「おいしい！」

三吉も声を上げた。

「わんっ！」

見ているのに耐えきれず翁丸が吠えたので、辰五郎は明石焼きを一つ箸でつまんだ。

「ほら、食え」

「わわん」

翁丸がすぐ口に入れる。しかし次の瞬間、

「あひゃん！」

と、翁丸は跳び上がった。

「駄目だよ、父ちゃん！　翁丸は猫舌なんだから」

「ああ、そうだった。すっかり忘れてたよ」

「玉子焼きは出汁につけてどうぞ。熱さを冷ますためもありますので」

感じのよい板前が微笑んで言った。

翁丸はそれでも、玉子焼きを口から吐き出さず、もぐもぐと嚙みしめている。

「なるほど、よく考えられてるなぁ。沙夜ちゃん、どうだ玉子焼きの味は？」

辰五郎が振り向くと、沙夜は胸を押さえてうつむいていた。

「どうした、やっぱり熱すぎたか？」

辰五郎が言った途端、沙夜は卓につっぷした。

「沙夜ちゃん！」

「母ちゃん！」

辰五郎と三吉が同時に叫んだ。

「どうした！」

辰五郎が駆け寄って抱き起こすと、顔色がひどく悪い。

「大丈夫です。ちょっとめまいが……」

気丈に答えたが、辰五郎はさっと沙夜を抱き上げた。体が熱を帯びている。

「こいつはいけねえ。医者だ！　医者を呼んでくれ！」

「へ、へい！」

板前は素早くのれんをおろすと駆け出していった。

辰五郎が店の奥の畳敷きに沙夜を横たえ、じりじりと待っていると、近くに住む医者がやってきた。

「これは喉《のど》が腫《は》れて熱が出ておりますな。風邪でしょう。今宵《こよい》一晩、安静になされ」

「寝てりゃ治るのか？」

「ええ。滋養のあるものをとって寝てればよいのです。そう、卵などがいいでしょうな」

「おお、おあつらえ向きじゃねえか。ここがまさに玉子焼き屋だ」

辰五郎はほっとして、横たわっている沙夜を見つめた。

「ごめんなさい、辰五郎さん。金毘羅参りの途中で……」

「いいってことよ。すぐに旅籠を探してくるからな。なんなら有馬に戻ってもう一回湯治してもいいんだぜ？」

「大丈夫ですから。火照ってなんだか気持ちいいくらい……」

「そうか」

辰五郎が沙夜の手を握ろうかどうか迷ったとき、

「あの……」

と、板前が声をかけた。

「な、なんでえ？」

辰五郎はおっかなびっくり振り向いた。

「よかったらうちに泊まりませんか。裏の家で旅籠もやっているんです」

「なに？　そりゃいい。だったら毎食、玉子焼きをつけてくれよな」

「はい。ちょっとここで休んでもらって、夜の飯どきに家へ移りましょう。早くよくなるといいですね」

「よし。俺は葛根湯《かっこんとう》でも買ってくるか」

辰五郎は言うと、さっそく店を飛び出した。

辰五郎が出て行くと、気のよさそうな板前は、目を閉じて横たわっている沙夜を見つめた。注ぐ視線がどこか熱い。

三吉はそんな板前を見て首を傾げた。

「なんかまずいことになりそうな気がするんだけど……。ね、翁丸？」

三吉が店の入り口を見ると、玉子焼きを食べ終えた翁丸は、早くも土間の隅に丸くなり、いびきをかいている。

「なんだよ……。父ちゃん、早く帰ってくるといいなあ」

三吉は沙夜と板前を交互に見つめた。


そのころ、辰五郎は通りに出て、葛根湯を探していた。

辰五郎は熱が出たらとにかく葛根湯を煎じて飲むことにしているし、それはいつでも効き目があった。ここはひとつ沙夜のために、どうしても手に入れたい。

しかし、探し歩いたものの薬屋が見当たらず、辰五郎は途方に暮れた。

「おかしいなぁ。江戸じゃ三歩も歩けば見かけるもんなんだが」

探しどころが悪いのか、ひとつも見つからない。

薬屋を探して家々の間の少し細い路地に入っていくと、おや、と足を止めた。小さな家の前に女が立っている。しかもただの女ではない。着物の胸元を大きく開き、男を誘うような風情である。抱き心地のよさそうな、ぽっちゃりとした体つきであった。

「ちょいと兄さん。ちょんの間、寄っていかないかい？」

女はそう声をかけてきた。どうやら素人に近い私娼《ししょう》らしい。

「悪いが俺は女房持ちで……」

辰五郎は手を振った。もともとこういう客引きの面倒を嫌い、家族連れを装っておかげ参りをした辰五郎である。

しかし、女が大胆に裾をひらりと持ち上げた瞬間、辰五郎の足が動かなくなった。

（なんて艶《なま》めかしい脚をしていやがる）

女の引き締まった白い太ももから急に目が離せなくなった。ふくよかなのに足が細いとは、ずいぶん変わった体つきである。

辰五郎は悶々《もんもん》とした。これではまるで盛りのついた猫である。

（そうか、あの玉子焼きだ！）

辰五郎は思い当たった。鰻《うなぎ》、山芋、にんにくと、精つくものは数あれど、実は鶏卵が一番効く。その証拠に、鳥屋などは鶯《うぐいす》に鶏卵を干したものを与えて繁殖させる。あの店で調子に乗って食べた玉子焼きは、つごう二十個以上。体がうずくはずである。

「悪いが俺は葛根湯を探さなきゃならねえ」

辰五郎はかろうじて言った。

「葛根湯？　それならうちにあるよ。分けてあげようか」

「ほんとか？」

「ええ。おいでな。ついでにあたしが極楽に連れて行ってやるけど、どうだい？」

「まあ極楽は遠慮しとくが……」

辰五郎は袖を引かれるまま、ついふらふらと一軒家に入ってしまった。

中に足を踏み入れると、部屋の真ん中に赤い床が敷かれ、その脇には小さな箪笥《たんす》と行李が並んで、香が焚《た》きこまれている。襖《ふすま》の隙間からのぞく隣の間には囲炉裏が見えた。どこか生々しい生活感がある。

「あんた、今日はどこに泊まるつもりなんだい？」

「宿場を入ったところにある玉子焼き屋の裏だ。連れが寝込んじまってな」

「ああ、川北屋だね。あそこの玉子焼きは絶品だろ？」

「まったくだ。なんだかえらく精がついちまったぜ」

それを聞いて女が笑った。

「さ、ちょいといいことしよう。五十文払っておくれな」

「えっ、それだけでいいのか？」

辰五郎は驚いた。西国の女はこんなにたやすく身を売るものなのか。

葛根湯を分けてもらうんだしな……と辰五郎が自分に言い訳しながら金を払うと、女はするりと紺絣《こんがすり》の着物を脱いだ。

「本当にやるのか……」

などと言いながらも辰五郎は期待して女を見た。だが、袷《あわせ》の下にはまだ赤い単衣《ひとえ》の着物を着ていた。

「お前さん、冷え性なのか？」

この暑いのに二枚も着物を重ねるとは珍しい。てっきり襦袢《じゅばん》の艶姿《あですがた》が現れると思っていた辰五郎は、ちょっとがっかりした。

「ここから先は百文の決まり。知ってるでしょ」

「いや、知らねえが……」

それがこのあたりの私娼のやり方なのか。辰五郎は誘われるままに財布から百文を出して渡した。とりあえず襦袢までは見たい。

「おおきに」

女は嬉しそうに言うと帯をとき、単衣を脱いだ。するとその下からは薄い浴衣が現れた。

「な、なんだそりゃ！」

辰五郎は目をむいた。

「これを脱いじまったら襦袢を見せなきゃなりません。あと百五十文を……」

「じらしやがって！」

辰五郎は熱くなった。早く見たいのになかなか見せないとはたいした手管である。もしかすると女もそれを楽しんでいるのかもしれない。

だがここまで来たら後に引けない。辰五郎は唇を噛んで百五十文を払った。こうなったら全てひんむいてやるのも一興だ。

「はい、確かに」

女は銭を財布にしまうと、浴衣を脱いだ。その下からようやく白い長襦袢が現れた。

しかし白い長襦袢はうっすらと透けており、どうやらその下にも半襦袢を着込んでいるようである。女はふくよかに見えたが、そうではなかった。単に厚着だったのである。

「お、おい、汚えぞ……」

「もっと脱がしたいかい？　だったら二百文だよ」

女が艶めかしく、しなを作った。

辰五郎は唸った。これはまずい形である。博打でいうなら、負けが込んで、いくらでも金を使ってしまう形勢だ。そんなときにはどう転んでも勝てない。頑張れば頑張るほど負ける。損切りのしどきなのだ。

女の脱いだ着物は今や布団の上に重なっていくつもの襞《ひだ》を作っている。

(そうか、こいつは筍《たけのこ》剝《は》ぎだ！)

辰五郎は思い出した。かつて江戸にいたころ、仲間の遊び人から聞かされた、女狐の話である。女に誘われ茶屋に上がったくだんの遊び人だったが、着物を脱いでも脱いでも女体に行きつかず、脱ぐたびに金を搾り取られたという話だった。特に最後の一枚は一両と高額で、泣く泣く裸も見ずに帰ってきたとのこと。女のすべてを見たいという男の欲を利用した、狡猾《こうかつ》な手管である。

「なるほど、筍剝ぎとはこのことか。むいてもむいても終わらないわけだ」

辰五郎が頷いた。

「えっ？」

「猿芝居はもういい。この土壇場の辰五郎、ついにお前のイカサマを見破ったぜ！」

辰五郎は気持ちよく見得を切った。もっとも、すでに三百文を取られてはいるが。

「ちぇっ、ここまでかい」

女が半笑いで言った。

「ま、俺相手によくやったほうさ。ちょいと楽しかったぜ」

辰五郎も笑ったとき、

「お甲、何やってやがる！」

という鋭い声が玄関から飛んできた。

辰五郎が驚いて振り向くと、大工職人の法被《はっぴ》を着た男が、土足で部屋に駆け上がってくるところだった。

「あ、あんた……！」

女が大きく目を見開いた。

「てめえが間男か！　やっぱりおかしいと思ったぜ」

男は目から火を噴きそうな勢いで辰五郎を睨みつけた。

「ちょ、ちょっと待て。俺は葛根湯を分けてもらいに来ただけで……」

「嘘つけ！　人の女房をこんな姿にしといて葛根湯もクソもあるか！」

「い、いや、この人が勝手にそういう商売をしてたんだ。なあ、姉さん、頼む、説明してくれよ！」

お甲はおびえた目で亭主のほうを見た。

「違うよ、あんた！　さっきこの人が無理やり上がり込んできて、言うことをきかないと殺すって……。間男なんかじゃないよ、私を襲おうとしたんだ。そいつをやっつけて！」

お甲は顔を両手で覆うと声を上げて泣いた。

「てめえ……」

男は地獄の鬼のような形相で辰五郎を見た。

「ちょ……、ちょっと待てよ！」

「この野郎！」

男が辰五郎を殴りつけた。

「ぶっ殺してやる！」

「なんてこった！」

辰五郎は部屋の奥の障子を蹴破って逃げ出した。極楽どころか地獄である。

「待て！　このろくでなし！」

男が追ってくる。

「ろくでなしはてめえの女房だろ！」

辰五郎は慌てて川に飛び込んで逃げた。

一方、玉子焼き屋の裏にある旅籠〈川北屋〉では、沙夜が夕食をとっていた。膳には玉子焼きにくわえ、卵雑炊まで用意されている。

「お客さん、大丈夫ですか？」

板前が心配そうに見た。その横に三吉もいる。

「忙しいところをすみません。少し寝たらだいぶよくなりました。あの……」

「伊佐治《いさじ》と言います。もう店は閉めましたから」

「ありがとうございます、伊佐治さん」

沙夜は箸を置き、頭を下げようとした。

「そのまま、そのまま。まだ熱がありますから」

伊佐治が慌てて止めた。

「伊佐治さん、母ちゃんが寝てるときもずっと看病をしてくれてたんだよ」

三吉が言った。

「そうだったんですか。どうもありがとうございます。三ちゃん、辰五郎さんは?」

「知らないよ。買い物に行くってそれっきりさ。どうせ博打場でも見つけたんだよ。こんなときにまったく!」

「そう……」

沙夜が窓の外を見た。すっかり暗くなっている。

「あの……」

伊佐治がおずおずと切り出した。

「辰五郎さんという人があなたの旦那《だんな》さんですか?」

「ええ……」

「そうなんですか」

「あの、どうしてそんなことを聞くんですか?」

「いや、これは言ったら悪いかもしれませんが……、あなたのような気品のある方とどうも釣り合いが……」

伊佐治の声が小さくなった。

「もっともだね、伊佐治さん」

三吉が大きく頷いた。

「父ちゃんときたら、根っからの遊び人だからね。金を使うのは得意だけど稼ぐのは下手だし、下品だし、いいかげんだし……。母ちゃんは気苦労ばっかりさ。別れたほうがいいくらいかもね」

三吉の話を聞いて伊佐治の顔がひきしまった。

「だったら……思い切って言いますが、ずっとうちにいたらどうですか」

「えっ? それはどういうことでしょうか」

「つまり、恥ずかしながら、あっしはあんたに一目惚れしちまいました。見れば悪い男に捕まってずいぶんと苦労されているご様子。もしあっしにできることがあったら……」

伊佐治は真剣な表情で沙夜を見つめた。

沙夜は驚いた。今まで男からこんなにまじめに言い寄られたことなど一度もない。

「おっちゃん、つまり、夫婦になりたいってこと?」

三吉も目を丸くした。祝言はあげてないとはいえ、辰五郎と一緒にいる沙夜に思いを打ち明けるとは、あまりにも大胆である。

しかし伊佐治は本気のようだった。

もっとも、沙夜は生来美しい女である。一度は死のうとして痩《や》せ衰えていたときもあったが、辰五郎と旅をするうちに元気を取り戻し、体もふっくらとしてきた。また気持ちも明るくなってきていて、笑みもよく浮かべる。男が見たら、まずは放っておかないだろう。

「どうでしょう、沙夜さん。ひとつ考えてみてくれませんか」

「……でも私は一度は離縁された女ですよ。かわいい子供もいますし」

沙夜は三吉の肩に手を置いた。

「それなら二人ともうちにいたらいい。利発そうな子供じゃないですか」

「利発?　おいらが?」

褒められることなどめったにない三吉の顔が緩んだ。

「すみません、弱っておられるのに、つい思いの丈を語ってしまいました。今はまずはゆっくりお休みください」

そう言い置くと伊佐治は部屋を出て行った。

「どうするの、沙夜さん？」

三吉が聞いた。

「どうしようかしら」

沙夜がちょっと笑った。

「もう、こんなときに父ちゃんは何やってんだか……」

次の日の早朝、濡れ鼠になった辰五郎がようやく帰ってきた。川に飛び込んだはずが、急流で海まで流され、漁師の舟に拾われて、ほうほうの体《てい》で帰ってきたのである。

「くそっ！　とんだやぶ蛇だったぜ。博打どころか女運までなくしちまったらしい」

ぶつぶつ言いながら川北屋の戸を開けようとしたが、まだ閉まっている。どうしたものかと思案していると、翁丸がとことことやってきた。

「おっ、ワン公！　お前、早起きだな」

声をかけたとき、翁丸が何か小さな袋をくわえているのに気づいた。

「なんだ。なんか盗んできたのか？」

顔をしかめた辰五郎が袋を開けて確かめてみると、中には葛根湯と紙片が入っており、その紙片には『ごかんべん』と書いてあった。

「あっ！　あの女か」

筍剝ぎの女が、葛根湯を持ってきてくれたらしい。辰五郎はあたりを見まわしたが、すでにその姿はなかった。どうやらそんなに悪い女でもなかったようだ。

「ま、うまく亭主をごまかせるといいがな」

辰五郎はにやっと笑った。金のためか欲のためか知らないが、きっと懲りただろう。


「今帰ったぜ！」

辰五郎が垣根を乗り越えて帰ってくると、沙夜はもう布団に身を起こしていた。

「お帰りなさい」

沙夜が微笑む。

「父ちゃん、昨日大変なことが……」

三吉が言いかけたが、沙夜が三吉を見て首を振った。

「大変なことってなんだよ」

「それはええと……翁丸が夜に走り回って、困ってたんだよ」

「しょうがない奴だなぁ。玉子焼き食って精がつきすぎたんだろ」

「おかげで私も元気が出ました」

沙夜が微笑んだ。

「それより葛根湯を手に入れたぜ。煎じさせてくるからちょっと待ってな。これを飲めば、絶対によくなるさ」

辰五郎はいそがしく部屋を出て行った。

その日の昼になると沙夜はすっかり調子を取り戻し、辰五郎一行は宿を発つことにした。

「さて、行くか。今日も天気は日本晴れとくらぁ」

辰五郎は元気に歩き出した。

旅籠の前では伊佐治が見送っている。

「沙夜さん、行くんですね」

「ええ。いろいろとありがとうございました」

その言葉の中には他の意味も含まれていた。沙夜とて言い寄られて悪い気がするはずもない。

「残念です」

伊佐治が名残惜しそうに言った。

「あの……、悪い男に捕まったんじゃないんです」

沙夜が言った。

「えっ?」

「私が好きで辰五郎さんを捕まえたんです。何もいいことがなかった私をいっぱい笑わせてくれた人なんですよ」

沙夜がにっこり笑った。

「そうですか……」

伊佐治が辰五郎を見て、意外そうな顔をした。

「おい、何やってる! 早く行くぞ!」

辰五郎の声が聞こえた。

「今行きます」

沙夜が小走りに追いかける。

残された伊佐治の前には翁丸が寄ってきた。

「早く行けよ、お前も」

「わんっ」

翁丸が伊佐治の足に抱きついて腰を振った。

「犬と仲良くなってもなあ……」

伊佐治がようやく少し笑った。

八　加古川宿～姫路宿

明石宿を発ち、四里ほど海辺の道を行くと加古川宿に至る。このあたりは播磨《はりま》と呼ばれていて姫路藩の支配下にあり、寺家町《じけまち》を中心に陣屋が並んで西国街道を行く人々相手の商売で栄えていた。

特に西国街道の難所たる加古川が増水で川止めになると、この宿の旅籠に人々が大挙逗留《とうりゅう》して大変な賑《にぎ》わいになる。

辰五郎も商店が並ぶ辻《つじ》の小間物屋に立ち寄って、新しい矢立を買ったが、とにかく商人たちの口八丁手八丁が凄《すさ》まじかった。何かと言えば、よけいなものまで買わせようとする。しかし辰五郎はそれに惑わされず、逆にさんざん値切ってまけさせ、「あんさん、なかなかやり手でんな」などと売り子に褒められるに至り、ついに西国商人と渡り合えるようになったと喜んだ。実は食らわんか舟で言い値のまま飯を買ってしまったことをひそかに反省していたのである。釣り船で高い餌を買ってしまったというのもあった。西国の旅はひとつ、ふんどしを締めてかからねばならぬと思い極めていた辰五郎であった。

ところが、わらじの予備を買いに行った三吉が持って帰って来たものを見て辰五郎は目をむいた。

「三吉、なんで提灯なんか買ってきたんだ？」

「それがさ、このあたりの夜道は常夜灯も少ないから、道中は提灯があったほうがいいって……」

「馬鹿！　急ぎの旅でもないのに夜道なんて歩かねえだろ。夜は旅籠で寝てらあ」

「あっ！　そういえばそうだね」

三吉が口車に乗せられたと気づいたらしくうなだれた。

「でもまあ、ここいらの商人は口がうまいんだ。しょうがないってことよ。今度から気をつけな」

辰五郎はここで父親の威厳を見せることにした。父たるもの、広い心で子を許すことも必要だろう。にっこり微笑んで三吉の頭を撫でた。

「あのう、父ちゃん」

「ん？」

「実は火打ち石も買わされちゃって……」

「なにっ⁉　この馬鹿！」

またたく間に微笑みが消えた。我ながらこらえ性がない。

「いくらで買ったんだ！」

「二朱だけど……」

「ぼられてるじゃねえか」

辰五郎が苦い顔をしたとき、妙に白い顔をした沙夜が帰ってきた。

「沙夜ちゃん、どうしたその顔は？」

「えっ？　おかしいですか」

「おかしかねえが……」

辰五郎は当惑した。沙夜の肌には白粉が塗られ、唇にも濃い紅がさしてあって玉虫色に光っている。まるで京で見た舞妓のようだ。

「今、はやっているというお化粧のしかたを教えてもらったんです」

「それでまさか化粧の道具を買ってきたとか……」

「ええ、とても安いからって」

沙夜がにっこり笑った。

「そうか。まあ、よかったなぁ……。沙夜ちゃんは美人だから損はねえ」

「父ちゃん！　ひいきするなよ。おいらだけ怒ってずるいじゃないか」

三吉が小声で言った。

「それが夫婦ってもんだ、三吉。だがよ、控えめな沙夜ちゃんまであんなに買わされちまうとは……。加古川の商人は恐ろしいぜ」

辰五郎は舌を巻いた。瀬戸内の港近辺は昔から、豊臣秀吉が築いた商人の町・大坂と取引が多いせいもあり、海千山千の商人が集まっている。

「もう行こう。こんなところにいたら、いくら取られるかわからねえ」

辰五郎は歩き出した。

「あっ！　父ちゃん見て、翁丸が！」

三吉が声を上げた。

辰五郎が振り返ると、翁丸が小さな菅笠《すげがさ》をかぶっていた。

「お、おめえ、犬のくせになんで笠なんか……」

「わんっ」

翁丸は涼しげな顔をして得意そうである。

「父ちゃん、これってまさか……」

「嘘だろ⁉」

辰五郎は慌てて翁丸の巾着に入っている寄進の金を確かめた。

「うわっ、減ってやがる。代参犬から金を取るとはふてえ奴らだ」

「きっと翁丸も無理に買わされたんだね……」

「なんて町だよ！」

辰五郎はあきれて物も言えなかった。

もっとも辰五郎は知らないことであるが、加古川宿には、商人が客に嘘をついた罪を償うために〈誓文払い《せいもんばら》〉という年末の大安売りがある。そこで客に施すことにより一年の厄をはらっているのだが、すぐに通り過ぎる辰五郎たちには、その恩恵もない。

辰五郎一行は足早に加古川の宿場を後にした。

寺家町を出るとすぐに加古川の渡しへと至る。

この川は姫路城を守る堀のようなもので、大井川と同じく橋がない。渡しは輦台《れんだい》や人足の肩車ではなく、高瀬舟での船渡しが主となっている。

辰五郎たちは安い乗り合いの船に乗り込み、加古川を渡った。

辰五郎が船の縁《へり》に背を凭《もた》せ、ゆるやかな流れを見つめていると、

「旦那さん、金持ちなのにこんな安い船に乗りなさるのかい？」

と、船頭が声をかけてきた。

「ほう、俺がそんな分限者《ぶげんしゃ》に見えるかい？」

辰五郎は機嫌良く言った。

「いや、そうは見えねえが、舞妓を連れて犬にまで笠をかぶせていなさるから、相当なもんだと思ってよ」

辰五郎は苦笑いした。

「まあ、大きな声では言えねえが、俺は江戸の油商、井崎屋《いざきや》辰五郎よ。高い船に乗ると大店衆の知り合いが話しかけてきてうるせえんだ。だから庶民の船でのんびり行くのさ」

「へえ、しゃれてるねえ」

そんな馬鹿話をしていると船はすぐ対岸に着いた。そこから二里ほど歩くと御着《ごちゃく》宿である。そばには黒田官兵衛のいた御着城の跡があり、天川《あまかわ》を天然の堀とし、播磨の三名城の名に恥じぬ堂々とした構えを見せている。宿場も加古川と姫路の間の宿として栄えており、本陣は二十六部屋もある大きな建家であった。

辰五郎一行はここで食事をとったあと、形状が優美で〈虹の橋〉とも呼ばれる天川の石橋を渡って姫路へと向かった。

一里も行かぬうちに真っ白な天守閣が見えてくる。

「父ちゃん、何あれ⁉」

「さあ。なんだろうな？　えらくきれいだが」

かつて大坂までは行ったことのある辰五郎も、西国のこととなると詳しくない。美しい天守閣を眺めつつ、辿り着いたのは姫路宿であった。となると白い城は姫路城であろう。

「大きいね！」

三吉は堀の外から城を見上げて口を開けた。別名白鷺城とも呼ばれるその城は南北朝の時代、赤松氏が最初に築いたが、本格的な城郭に建て増したのは、関ヶ原の戦いの後に城主となった池田輝政である。

「なるほどな、天空の白鷺とはよく言ったものだ。こいつは眼福よ。金毘羅参りに来てよかったぜ」

千代田の江戸城も大きいが、天守閣が焼失していて、見た目は今ひとつである。しかしこの姫路城の雄大さはどうだろう。辰五郎が見た中では日本一の城と言ってもいいかもしれない。街道から城にいたる道筋も広くて気持ちよかった。

「ほんとにきれいですね。あら……？」

沙夜が翁丸を見て驚いていた。笠をかぶった翁丸がくるくると地面をまわっている。

「あっ、わかった、翁丸も姫路城を見たいんだ。けど笠が邪魔で見えないんだね」

三吉が笑った。

「しょうがねえやつだな」

辰五郎が菅笠を取ってやると、翁丸はようやく落ち着いて、ちょこんと道に座り、白い天守閣を見上げて「わん」と吠えた。

「翁丸にもあの美しさがわかるんですね」

沙夜が微笑んだ。

「どうだかな。でっかい最中《もなか》と間違ってるんじゃねえか」

「そういえばお腹すいたね、父ちゃん」

「そろそろ暮れ六つか。よし、今日はここで泊まろう」

辰五郎たちは夕陽の中にそびえ立つ白鷺城を見つつ、旅籠を探した。

しかし、どこの宿も混んでいた。姫路宿は西国街道のほかに、鳥取へ続く因幡《いなば》街道ともつながっており、ここから東へと向かう人々が実に多い。

ようやく見つけた旅籠は宿代もやや高かった。

庭に面した部屋を取って荷をほどくと、一行は旅で疲れた足を休めた。

「あの人たち、これからおかげ参りに行くんだね」

「ああ。やっぱりおかげ年ってのはすごいな」

辰五郎が早くも寝っ転がって言った。

伊勢神宮には東国だけでなく、西国から行く参拝客も多い。街道ではおかげ参りに行くことを示す柄杓を持っている者も、ちらほら見かけた。

夕食を済ませた辰五郎はさっそく風呂へ行った。湯殿は小さいが檜《ひのき》造りでいい匂いがする。

一緒に湯にいる者の中に、おかげ参りに行く者を見つけると、辰五郎はいろいろ旅の注意をしてやった。

「客引きの女郎も怖いが、何が危ねえってお前、大名行列よ。通り過ぎるまでじっと待っていなくちゃなんねえ。上様の行列に当たろうもんなら、姿すら見せちゃいけねえってしろものなんだからさ」

「あんた、当たりなすったのかい？」

「当たるも当たらねえも、うちのガキが行列の前に飛び出しちまってよ。あやうく手討ちにされるとこだったぜ」

「嘘こけ。江戸っ子はほら吹くのがうまいなぁ」

周りにいた者たちが笑った。

「ほんとだって！　そのあと上様の行列が襲われてよ。俺は上様に顔がそっくりなもんだから、恐ろしい刺客たちに追われて……」

「ははあ、お前さん、もしかして曲亭馬琴が好きなのかい？　作り話が次から次へと出てきやがる」

「馬琴は好きだが自分じゃ話を作らねえよ。けど参ったなぁ。言ってる俺すら信じられねえ話なんだから」

辰五郎は苦笑いした。

「それにしてもよ、姫路のお城はすげえな。一度登ってみたいもんだぜ」

四国から来たという若い男が話を変えた。

「ほんとになぁ。昔は宮本武蔵が天守閣に閉じ込められて修行したというじゃねえか。ひとつその部屋を見てみたいもんだ」

辰五郎がうっとりと言った。

「しかし見せてはくれないだろう。藩主と昵懇《じっこん》でもない限り……」

「残念だ。俺も大名に生まれたかった」

辰五郎は腕を組んだ。

「さっきは上様にそっくりだと言ってたじゃねえか。ずいぶん位が落ちたな」

旅人の一人が茶々を入れた。

「おお、そうか。上様ならどこの城でも行き放題だな。やっぱり上様にしておこう」

「おきやがれ」

辰五郎の冗談に皆が笑って風呂を出ていった。

人気の消えた風呂場で辰五郎がゆっくり足を伸ばすと背後から声がした。

「天守閣に連れて行ってやろうか？」

「えっ⁉」

振り向くと、湯気の向こうにぼんやり浮かんだのは見たことのある顔だった。

「お前は……！」

「久しぶりだな、兄ィ」

にっと笑ったのは京の都で一緒に花札をした、伊賀の定吉であった。

「お前、なんでこんなところにいるんだ？」

「俺っちも金毘羅参りよ。この前、京で儲けたしな」

「あっ！　そういえばあのときの勝ち金は山分けだったはずだぜ？」

「確かめもせず眠っちまった奴は負けだ。それに俺がいなけりゃ、もう少しで所帯を持ったまま路頭に迷うところだっただろう？」

「そりゃそうだが……」

辰五郎は苦い顔をした。

「まあ、そのかわりといっちゃなんだが、天守閣に連れて行ってやるよ。もっともあれは天守閣じゃなくて、『大天守』と言うんだけどな。宮本武蔵の修行した部屋が見たいんだろう？」

「できんのかよ？」

「できる」

定吉は自信たっぷりに言った。相変わらず男っぷりがいい。先日の花札勝負でも鮮やかな手際を見せたことだし、ここは乗ってみてもいいかもしれない。

「よし。じゃあ連れて行ってもらおうじゃねえか。どうすりゃいい？」

辰五郎が前のめりに言った。

「明日、この宿に迎えに来る。ちょいと汚れてもいい恰好で待っててくれ」

「そりゃかまわねえが……」

「決まりだ。じゃあな」

定吉は手ぬぐいを背中にかけると風呂を出て行った。

「変な奴だ。なんか企《たくら》んでやがるのか？」

辰五郎は顔を湯に半分沈めてブクブクと泡を吹いた。しかし腹はもう決まっている。何があっても切り抜けてやる、と。それに、辰五郎は怪しいことがそんなに嫌いではなかった。


翌朝、大工のようななりをした定吉が約束通り迎えに来た。

「じゃあちょっくら大天守に行ってくらぁ。留守を頼んだぜ、三吉」

辰五郎が言った。

「えー、おいらも行きたいなぁ」

三吉が口を尖らせる。

「子供は無理だ。粗相をしたら手討ちになるかもしれねえんだぞ」

「うーん、どう見ても父ちゃんのほうが粗相しそうだけどね」

「馬鹿いえ。殿さまに会ったらあまりの品の良さに、御側衆《おそばしゅう》として召し抱えられるだろうさ」

「父ちゃんが得意なのは蕎麦《そば》を食べることだけだろ」

「うるせえな。ま、沙夜ちゃんとおとなしく待っててくれ」

辰五郎は三吉に手をあげると、定吉と連れだって城に向かった。青空のまん中に大天守がどしんと居座っている。

「で、どうやって城に入るつもりなんだ？」

「これを持ってくれ」

「ん？」

辰五郎が定吉に渡されたのは大工の道具箱だった。

「おい、やけに重いなぁ」

「金槌《かなづち》に鑿《のみ》に鉋《かんな》に釘《くぎ》。金物だらけだからな」

「こんなもの持ってどうするんだ？」

「まあ見てろ」

定吉は姫路城の菱《ひし》の門（表門）に行くと、門番の侍に声をかけた。

「昨日も伺いやした大工の定吉でございます。こっちは弟子の辰五郎で……」

「弟子？」

唖然《あぜん》としている間に二人はすんなり通されて、定吉は勝手知ったるわが家のごとく城内を進んだ。

「おい、弟子ってなんだよ」

「そう言わないと入れないだろ？」

「ふうん。まあいいや。このまま大天守に行くってことだな」

「そうたやすくはいかないさ」

「えっ」

「まずは小天守の修理がある。大天守はそのあとだ」

定吉はいくつもの門を頭を下げて抜けながら、小天守へと辰五郎を連れて行った。

「おい、いつまでやるんだ」

夕暮れ、辰五郎は作業に疲れ果てて聞いた。屋根の修理や木戸の補修など、一日中、定吉の仕事にめいっぱい付き合わされた。

「ここまでだよ」

「は？」

「おかげで修理が終わったぜ。お疲れさん」

「ちょ……。待てよ！大天守は修理しないのか？」

「大天守は別に壊れてないからな」

「この野郎！」

定吉の襟首をつかんで食ってかかった。板を切ったり釘を打ったり、まるで真人間のように働いて疲れ果てたあとである。それもこれも大天守の中を見たいから我慢したのだ。

「待てよ。行かないとは言ってないだろ」

定吉が笑った。

「どういうことだよ？」

「このまま隠れるんだ」

「えっ？」

「もうすぐ侍たちは勤めを終えて屋敷に帰る。そうしたら城は留守になるだろ」

「そりゃそうだがよ……」

「宿直《とのい》の者はいるが、それをかわせばゆっくり見物できる。どうだ、豪儀《ごうぎ》だろ」

「簡単に言うな。とっ捕まったらとんでもない目に合うじゃねえか」

「それは大丈夫だ。昨日さぐりを入れて、見張りの動きはわかっている。宿直の者だって、この泰平の世の中に警戒することなんてないだろう」

「そりゃまあそうだが……」

「どうする？　行くのか行かねえのか。行かないなら俺一人で行くぜ」

定吉は細い目を夕陽に煌《きら》めかせた。

「お前も大天守を見たいのか？」

「ま、そういうことだ」

「ふむ……」

辰五郎は迷った。しかしこの定吉という男、相当抜け目がないようだから、しくじりもまずないだろう。だいいち宮本武蔵の修行部屋はどうしても見たいし、働いただけで帰るなんてまっぴらである。

「よし。待とうじゃねえか」

「わかった。大天守のそばに庭師の物置小屋がある。そこにこもってれば、ばれねえさ。酒も花札も持ってきてあるぜ」

「ほう、用意周到だな」

定吉と辰五郎は道具をしまうと、まわりをうかがいつつ姿を消した。

一方、姫路宿の旅籠では三吉が辰五郎の帰りをいまかいまかと待っていた。

「まだ帰ってこないね、父ちゃん」

「くぅ～ん」

翁丸も心配そうに鳴く。

実は今日、沙夜がまたも寝込んでいたのだった。

「明石でも倒れたしなぁ。母ちゃんが調子悪いってのに、いつまで油売ってるんだろ」

三吉がぶつぶつ言った。

城のほうでも日が暮れて闇が深くなっていた。

「そろそろ大天守に行こうぜ、兄ィ」

「待て。あともう一勝負」

辰五郎は熱くなって言った。

「わかってるだろ、兄ィにツキがないってことは。腕の差じゃねえさ」

「ちぇっ。あと少しだったのに」

辰五郎は悔しがった。だが、その「あと少し」がとてつもない道行きであることを辰五郎はよく知っている。

「あの三吉という子、かわいいじゃないか」

定吉が言った。

「まあな」

「俺もな、博打よりそっちのがよかったぜ。もっとも、家族を持てる素性じゃねえんだが」

「いったい何者なんだよ、お前は？」

「ちょいと世直しをやってる」

「は？」

「天下のご政道のゆがみを直してるところさ」

「何言ってるかわかんねえや。頭は大丈夫か？」

「はは、冗談さ。ま、ときどき自分がちょっとおかしいんじゃねえかとは思うけどな」

定吉はぐらかして立ち上がった。

定吉に先導され、辰五郎は闇の中を進んだ。城の篝火《かがりび》も届かず足元がおぼつかないが、定吉はすいすいと前を歩き、いつのまにか大天守の入り口まで辿り着いた。

「来たはいいが、戸が閉まってるじゃねえか」

辰五郎が閉まった扉を見て言った。

「ここには遅くまで詰めてる侍がいる。その潜《くぐ》り戸があるんだ」

「ほう、よく知ってるなぁ」

「こっちだ」

定吉がその小さな扉を押すと、すっと内側に開いた。定吉が中に忍び入り、辰五郎も続く。

大天守を三階まで上がり、階段の踊り場の下の、小さな倉の扉を開けると定吉が言った。

「ほら兄ィ。ここが宮本武蔵のいた部屋だ」

「おお、ここが……」

辰五郎は狭い部屋を見まわした。

「ここに三年閉じ込められて、武蔵は書物を読み、後の悟りを得たんだなぁ」

そう思うと感慨深い。武蔵と同じ空気を吸っている気がする。

「それはないだろ。こんなとこで暮らせるもんか。厠も台所もない。大工だったらわかるさ」

「ええっ？　じゃあ宮本武蔵がいたっていうのは嘘なのか？」

「まあ来たことくらいはあったんじゃないか。いろんなところから仕官の誘いがあったろうしな。ただ、宮本武蔵は侍大将になりたかったんだそうだ。だから勤め先がなかなか決まらなかった。しかし普通に考えれば先人を差し置いて侍大将になんかなれるはずもないだろ？　きっと強いだけで人情の機微がわからなかったんだろうな。まあ、その後に講談師たちがおもしろおかしく話を作ったんだろうが。宮本武蔵が姫路城の妖怪《ようかい》を退治した、なんて話もある」

「それはそうかもしれねえが……。定吉、てめえあんまり人の夢を壊すなよ」

「へへっ、こいつはしくじった。今のは忘れて、ゆっくり見ててくれ。本当にあったかもしれねえし。俺はちょいと上に用があるから」

言い捨てて、定吉はさらに階段を上っていった。

辰五郎は足を進めて倉の床を踏みしめた。

(あの野郎、勝手なこと言いやがって。宮本武蔵はここにきっといたんだ)

辰五郎は悠久の時に思いを馳せた。宮本武蔵はこの部屋で雌伏の時を過ごしたのだろう。自分も今はツキがないが、精進を重ねて強さを取り戻し、定吉をへこませてみせる。四国に行けば名の通った博打うちだという実の父とも、埋蔵金の千両を賭けて戦わねばならない。

心も決まった辰五郎は倉を出て階段を上がった。そろそろずらかってもいい頃だ。歩き回っていると、暗い部屋の中で蛍のような光が動いている。

そっと障子をすべらすと、案の定、小さな蠟燭《ろうそく》を手にした定吉がいた。

「おい。そろそろ行こうぜ」

「ちょいと待ってくれ」

定吉は手文庫を探り、何かの証文を見ていた。

「何やってるんだよ？」

「商人との密約さ」

「えっ？」

「この藩の勘定方はな、商人と結託して庶民から血を搾り取るような、えげつない商いをやってる。その証《あかし》を取りに来たんだ」

「は？　なんのために……？」

「さるお方に頼まれてね。あとはこっちだな」

手文庫の奥に置かれた木箱を両手で持ち上げた。

「おい、これ持ってくれ。そのために来てもらったんだ」

定吉は木箱を辰五郎に差し出した。

「なんだよ、そんなのてめえで……、うわっ！」

辰五郎は木箱の重さに驚いて、取り落とすところだった。

「なんだこれ？」

辰五郎が木箱をそっと床に置いて開けてみると、中には無造作に小判が積み重ねられていた。

「おおおっ！」

目をまん丸にして定吉を見ると、定吉は藁《わら》でできた鼠を床の間に置いていた。

「行くぞ」

定吉は手文庫を持つと、部屋を出て、階段を降り始めた。

「おい、待てったら！」

辰五郎は慌てて木箱を抱え、ついていった。

定吉はそのまま大天守を一階まで降りると、潜り戸から無事に脱出した。

「まったくお前って奴は！　泥棒だったのか！」

辰五郎は定吉に食ってかかった。これでは泥棒の片棒をかついだようなものである。

「その中に六百両ある。分け前は半分でいいか？」

定吉が言った。

「なに？　三百両くれるって？」

辰五郎はしばし固まった。泥棒なんてまっぴらだが、目の前に小判を見ると、そうたやすく返事はできない。

辰五郎が迷っているうちに定吉はいくつもの潜り戸を抜け、小さな広場に出た。

「ここまでくれば大丈夫だ。夜が明けたら人にまぎれ普通に出て行けばいい。で、分け前はどうする？　嫌ならいいんだぜ。俺が全部持っていくからな」

「ちょ、ちょっと待てよ」

「三百両くらいでおたおたしやがって。いるのかいらねえのかはっきりしろぃ！」

「いらねえよ！」

辰五郎は怒鳴った。欲しいに決まってる。しかし辰五郎の脳裏には三吉の顔が浮かんでいた。

「ほう。本当にいいんだな？」

「よくねえ。でもな、その金をもらっちまったら、俺は息子の前で胸を張れなくなる。ツキがなくなっても心意気まで落ちぶれちゃいねえ。俺は俺の才覚で稼ぐんだ」

「ふうん」

定吉が辰五郎を値踏みするように見た。

「父親ってのはな、範を示さなきゃならねえんだ。てめえが持ってけ、泥棒！」

「ふふ。えらいな兄ィ。じゃあ出ようか」

定吉は愉快そうに笑って塀に近づいていった。

だが、少し歩いてその足が止まった。

「ちぇっ。まずいのがいやがる」

「なんだよ。宿直の侍か？」

「それならまだいい。犬だ」

「犬？」

「どうやら夜は放し飼いになってるらしいな」

定吉が言うやいなや、闇から足音が近づいて来た。うなり声も聞こえる。すぐ近くまで来ると、月明かりでその正体が見えた。姿を現したのは大きな犬である。しかも五匹いた。

「なんだこりゃ！　こんなでけえ犬が……」

「こいつは狼《おおかみ》の血も入ってる四国犬だ。いいか兄ィ、俺が引きつけるから、あんたはあそこの井戸に飛び込みな。夜が明けたら迎えに来る」

「お前は大丈夫なのか？」

「助っ人がいるからな」

定吉はにやりと笑うと懐から笛を取り出して、呼気鋭く吹いた。

「おい、音が出てねえぞ！」

「こいつは犬笛さ。人には聞こえない」

言うやいなや、夜のしじまに高い吠え声が響いた。

塀の上を走る音がしたかと思うと、定吉と四国犬の間に赤い犬が降り立った。その口には長い棒手裏剣をくわえている。

「あっ！　お前、金太⁉」

「早く逃げろ。こっから先は守れん」

「わかった！」

辰五郎は井戸めがけて走り、つるべの綱を持って飛び込んだ。カラカラと滑車の回る音がして足が地面につく。どうやら空井戸だったらしい。

井戸の上のほうで犬たちが激しく争う声が聞こえた。井戸の中まではさすがに降りてこないようだが、凄まじい吠え声がする。

（やれやれ。あの野郎といるとロクなことがねえ）

辰五郎は闇の中で肩をすくめた。

じっとしていると犬の声も消え去った。辰五郎は朝が来るのをひたすら待った。退屈しのぎに木箱の中の小判を数えてみる。

しかし、小判は六百両もなかった。二十五両の切り餅が二十個と小判五十枚で五百五十両だ。

（あの野郎、六百両もねえじゃねえか）

どうせ、もらうつもりはないのでどうでもよかったが、あの抜け目のない男が間違えるとも思えないし、途中でくすねたと思われるのもしゃくである。

もう一度数え直してみても五十両足りない。

「これじゃあ播州《ばんしゅう》皿屋敷だぜ」

辰五郎は口をゆがめて笑った。

しかし、はっと気づいた。播州とはまさに播磨である。怪談に出てくるお菊の井戸はたしか、姫路城にあったのではなかったか？　この井戸に水がないということは、使われていないということである。

（まさかここがお菊の井戸か⁉）

辰五郎は総毛立った。

辰五郎の全身が震えた。お菊の井戸なら、今、隣にお菊がいてもおかしくない。

「ひえー」

辰五郎は綱をつかむと井戸を駆け上った。井戸のふちに手をかけ、必死に逃れ出ようとする。

その途端、

「うわんっ！」

という恐ろしい吠え声と共に、大きくて真っ赤な口が牙《きば》をむいた。四国犬が息を殺し待ち構えていたのである。

「ぎゃっ！」

辰五郎は間一髪で首を引っ込めたが、髷《まげ》に食いつかれた。慌てて井戸のふちから手を離すと、首だけで宙に浮いた。刹那、ぷちぷちと髪の毛が切れ、落下する。

「ぐえぇっ！」

木箱の角が尻の古傷に命中し、目から火が出た。

「なんてこった……」

辰五郎は呻いた。犬から逃れられたのはいいが、再びお菊の待つ井戸である。

「前門の犬、後門のお菊か……」

どうやらこのまま夜明けを待つしかないようである。

「お菊さん、今日はこらえてくれ。今度一枚、皿を持ってきてやるから」

辰五郎は一つ拝むと激しい眠気に襲われた。思えば、定吉のもとで一日まじめに働いて疲れ切っている。怖さよりも眠気が勝った。


朝になって、辰五郎は定吉の声で目を覚ました。

「おい、兄ィ！　無事か？」

「おう。早く引っ張り上げてくれ」

辰五郎が綱をつかむと、上からぐいぐいと引っ張られた。あの細身の体でたいそう力がある。ようやく地上に出たときは、さすがにほっとした。四国犬もいなくなっている。

「帰ろう。万事うまくいった」

定吉がいなせに笑った。

「俺はうまくいってねえ！　お菊の井戸で一晩過ごしたんだぞ」

「そうか、ここはお菊の井戸だったな。はっはっは！」

「笑いごとじゃねえ！　お菊の呪いで金が五十両足りなくなったみたいだ。俺が盗んだんじゃないからな」

「五十両？　ああ、これか」

定吉が切り餅を二つ、辰五郎に見せた。

「なんだ、お前が持ってたのか」

「ま、兄ィになんかあったら家族に渡してやろうと思ってな。何もなくてよかった」

「てめえって奴は……」

「すまんすまん。でもちょいと面白かったろ？」

「ふ、ふふ。まあな」

辰五郎はあきれて笑った。

「さ、早くずらかろうぜ。あんたの家族が心配してるだろうし」

定吉と辰五郎は再び大工として門を通り、無事城の外に出た。

「簡単に六百両の儲けか。こたえられねえだろうな」

辰五郎は嫌味を言った。

「いや、金は百姓に配るんだ」

「ええっ？」

「ここいらの百姓はな、豪商に苦しめられて、ろくに飯も食えん。姫路というのはおかしな土地でな。池田輝政の時代のように一つの大きな藩が治めていれば治水もできたものを、小さな藩で割っているから、百姓はいつまでたっても楽ができねえ。藩の役人と結託して金を貯めた者だけが得しているって寸法さ。だったら、年貢を少しばかり百姓に返してやってもバチは当たらないだろう」

「お前……。世直しってのは本当だったのか？」

「まあ金はついでだがね。本筋はあの証文さ。金目当てと思わせておけば、なくなっても疑われないんだ」

「その証文、どうするんだ」

「それは聞くなよ。知ったら俺はあんたを殺さなきゃならなくなる」

定吉がさらりと言った。もしかすると隠密《おんみつ》なのか。伊賀の定吉と名乗るだけに、忍びかもしれない。とりあえずここは深入りしないほうがいいと辰五郎の勘は告げていた。

「兄ィ。これはあんたの取り分だ」

定吉は財布から一両を取り出すと辰五郎に渡した。

「盗んだ金はいらねえって言ってるだろ」

「これは大工仕事の手間賃さ。ちゃんと藩からもらったものだ」

「そうか。じゃあ頂いとこう」

辰五郎は一両を受け取った。

「三百両より一両か。じゃあまたどこかで」

定吉は木箱を辰五郎から受け取ると、さっと辻に消えた。


旅籠に帰ると、三吉が待ちかねていたように飛び出してきた。

「どこ行ってたんだよ！　母ちゃんが倒れて大変だったんだよ！」

「沙夜ちゃんが⁉」

「医者が来て、なんとか原因はわかったって言うんだけど、おいらには教えてくれないんだ。きっと重い病だよ。それなのに無理して笑ってるんだ」

三吉は目に涙を溜《た》めていた。

辰五郎は大急ぎで部屋に走った。ちょっと前に玉子焼きの店でも倒れたばかりだから気が気でない。

「三吉、お前はここで待っとけ。つらい話かもしれねえから」

「うん……」

辰五郎は言い置いて襖を開け中に入った。沙夜の枕元に座る。

「沙夜ちゃん、大丈夫か？」

「辰五郎さん……。いいかげん、沙夜と呼んでください……」

顔色の悪い沙夜が、それでも小さく笑った。

「沙夜！　死ぬな。なんなら今から六百両ふんだくって、どんな高い薬でも買ってやるから！」

辰五郎が沙夜の手を握った。

「お医者さんが言うには、どんな薬も効かないそうです」

「そんな……」

辰五郎は目の前が真っ暗になった。伊勢に参ったばかりだというのにあんまりではないか。

しかし、沙夜は続けた。

「つわりですって……」

「つわり？」

どこかで聞いた言葉である。しかし辰五郎にはほとんど縁のない言葉だったような気がする。

「ええと、つわりってなんだっけ？」

「つまり、赤子ができて、気持ちが悪くなってしまって……」

「赤子……。てことは病じゃねえんだな」

「はい」

沙夜がにっこり笑った。

「伊勢の子宝神社が効いたってわけか。でも……。あれ？　ってことは、つまり……。

えっ？　えっ？」

辰五郎の声が震えた。

「そいつはまさか……」

「はい。辰五郎さんの子です」

「なんだと！」

辰五郎は畳の上にひっくり返った。心当たりはあるが、やはり「まさか」であった。

辰五郎の大声を聞き、三吉が飛び込んできた。

「父ちゃん！　母ちゃん死んじゃうの⁉」

泣き腫らした三吉の目が赤かった。

「三吉。死んだのは俺だ」

「えっ？」

「びっくりして三途《さんず》の川が見えちまった。その向こうのお花畑までな」

「は？　父ちゃん何言ってんだよ？」

「三吉、心して聞け。お前に妹ができる」

「ええっ⁉」

　三吉が驚いて沙夜を見た。

「それか弟だ。ともかく沙夜ちゃんはつわりってやつだ。病じゃねえから安心しろ」

「そうだったの⁉　なあんだ」

　三吉がほっとした表情を見せた。

「よかったね、母ちゃん」

「ごめんね三ちゃん、黙ってて。まずは辰五郎さんに言ってからと思って」

　沙夜が三吉の手を握った。


　旅籠にもう一泊して沙夜の気分はずっとよくなったらしい。医者によると、寝込んでいるより歩いたほうがいいとのことだったので、そのまま金毘羅への旅をゆっくり続けることにした。

「ちょっと惜しかったな、赤飯は」

　晴れた街道を歩きながら辰五郎が言った。

「ごめんなさい、辰五郎さん。せっかく用意してくれたのに。ご飯の匂いを嗅ぐと気持ち悪くなって……」

「でも翁丸が喜んで食べてたよ」

三吉が笑った。

翁丸もタレ目の目尻をさらに下げて、わんと鳴いた。その背中にはゆわえつけられた菅笠が揺れている。

「贅沢《ぜいたく》な犬め。けど、犬は安産の守り神っていうからな。これからしっかりと沙夜を守ってくれよ」

「わんっ」

「役に立たないと毛皮をはいで腹帯にするぞ」

「わわんっ？」

翁丸がくるりと尻尾を巻いた。

「大丈夫よ、翁丸。辰五郎さんの子供だから、きっとたくましく生まれてくるわよ」

「けどよ、あっという間に大所帯になっちまったなぁ。そのうち宿賃も四人分取られるのか……」

「父ちゃん、がんばって働いてね」

「馬鹿。お前も働け。俺が大工仕事を教えてやる」

「おいら、博徒かガマの油売りになりたいなぁ」

「馬鹿！　やめとけ。ろくな大人にならねえぞ」

「わかる。わかるよ」

三吉が辰五郎を見て頷いた。

「わんっ」と翁丸も鳴く。

「俺は別格だ。なんせ品がいいからな」

辰五郎は胸を張って歩いた。

九　正條宿〜有年宿

姫路宿を出て、山あいの細い道を四里ほど行くと、揖保川《いぼがわ》が見えてくる。ここは〈正條《しょうじょう》の渡し〉と呼ばれ、大藩の参勤交代ともなると舟が足りなくなり、対岸の揖保村や真砂《まさご》村から高瀬舟を借りてこなければならないほど小さな渡しだった。

辰五郎たちが渡し場に近づいていくと、川札に「地水二文、中水八文、備水十六文」と渡し賃が記してあった。つまり、水の量が少ないときには二文だが、増水すると十六文に値上がりする仕組みである。辰五郎たちが通ったときにはやや水量が多く、舟賃は十文であった。だが川面を吹き渡る風は涼しく、暑さを和らげてくれる。

川を渡ってすぐのところにある正條宿で一行は昼食をとった。

この宿は、瀬戸内海から海路を通ってくる者たちが使う室津道《むろつみち》と西国街道が交わっているので人が多い。そのため店も賑わっている。

ここの名物は素麺《そうめん》だと渡し舟に同乗した客に聞いたので、辰五郎は目についた店に入るとさっそく注文した。小上がりに座っていると、白い細麺が青竹を割った器に入れられて出てくる。

葱《ねぎ》を浮かせた濃い目の麺つゆにつけて、たぐってみると、井戸水で冷やされた細い麺が、つるつると喉ごしさわやかで、後味にも豊かなこくがあり、夏にぴったりであった。

「うまい！　親爺、うまいなこれは」

素朴ながらも深い味わいに感心した辰五郎が陽気に声をかけると、

「ここらは醬油《しょうゆ》も名産でなぁ。つゆがええ。ここらの素麺は揖保乃糸っちゅうて繁盛しとるよ」

と、店主がにこやかに答えた。

「なるほど、そいつはたしかに細い。しゃれてるじゃねえか」

辰五郎は疣《いぼ》から引く糸を想像して言った。

「辰五郎さん、このつゆには生姜《しょうが》も入っているんじゃないですか」

沙夜が葱の浮いたつゆを見ながら言った。

「なるほど、このさっぱりとした感じはそれか。鋭いじゃねえか、沙夜」

「最近、食べ物の味を強く感じるようになって。お腹の子のせいかもしれません」

「えっ！　身重になると舌が変わるのかい？」

「そうなると聞いたことがあります。いっときは子供を作ることばかり考えていたものですから……」

「そうか。ちゃんと役に立ってよかったじゃねえか」

「はい」

沙夜が目を細めた。

かつて子供ができないからといって嫁ぎ先からひどい扱いを受け、追い出された沙夜だが、今はその傷もだいぶ癒えたようだ。

沙夜の穏やかな笑顔をみると辰五郎も心が浮き立ってくる。自分の子供を宿してくれたのだから、これはもう間違いなく、沙夜は自分を好いてくれているということである。みなし子だった辰五郎はふと感動を覚えたのだった。

(こいつはイカサマじゃねえ。子宝神社の神さまだけは信じてみるか)

そんなことを思っていると、翁丸が目尻を下げて、にやりと辰五郎を見つめた。

「なんだ、ワン公。変な目で見やがって」

「素麺が食べたいんじゃないですか」

沙夜が笑みを浮かべて言った。

「いやいや素麺はさすがに無理だろ。犬がつゆに麺をつけて食べるなんて聞いたことがない。親爺、握り飯をひとつ頼む」

「へい!」

　店の奥で答える声がした。

「三吉、お前も食うか？」

「ううん、おいらはいいや」

「えっ、どうしたんだ？」

　辰五郎や沙夜が食べ終わったというのに、三吉はまだ麺を半分も残している。いつもなら喜んで握り飯も食うところだ。

「腹の具合でも悪いのか」

「ううん、そんなことないよ」

　三吉は慌てたようすで箸を動かした。何か考え事をしていたらしい。

「ほんとに握り飯はいらないんだな？」

「うん」

「だったら四つほど握ってもらうか。こっからは山越えらしいしな」

　握り飯をひとつ翁丸にやり、残りを竹皮に包んでもらうと、辰五郎たちは再び街道を進んだ。

　正條宿を発って一里ほど歩くと〈原八軒〉、あるいは〈原八丁〉とも呼ばれる片島宿に至る。そのまま歩みをすすめて、八つ頃に山道の石《いわ》清《し》水《みず》の近くで休憩し、握り飯を頬張った。冷たい湧き水を飲んでひと息つくと、木々の葉を鳴らす風が涼しい。海辺の街道と違い、山道は四方にうるおいが感じられる。

そこからさらに街道を西へ進むと、夕方ごろようやく有年《うね》宿に到着した。

宿場のすぐそばには有年川（千種川《ちくさがわ》）をのぼってくる高瀬舟が荷を積み下ろす波止があり、岸際には夜の航行を助ける灯台が設置されている。

「ついに赤穂《あこう》だな」

辰五郎が嬉しそうに言った。ここは忠臣蔵四十七士が生まれ育った地である。

（大石内蔵助もこのあたりに来たことがあるんだろうな）

辰五郎は感慨深かった。〈仮名手本忠臣蔵〉は、歌舞伎の中でも特に好きな演目である。あの義侠《ぎきょう》心《しん》に富んだ男たちがここに確かにいたのだ。

辰五郎はきょろきょろとまわりを見て歩いた。宿場の中ほどにある松下家には赤穂藩の役人が出張ってきており、前庭を白洲《しらす》にしてここを番所がわりに利用している。

藩の筆頭家老たる大石も、きっとここに足を延ばしたことだろう。

「三吉、ここが忠臣蔵の侍のいたところだぜ。江戸で刃傷《にんじょう》が起こったあと、たった五日でここまで報《しら》せが来たんだ。江戸から赤穂まで百五十五里（約六百九キロメートル）をな」

「五日で？　おいらたちは江戸から伊勢まで行くのも十日以上かかったのに」

「そりゃあ侍は早駕籠《はやかご》に乗ってたからな。使者が二人いたのは、どっちかが死んでも大丈夫なようにという計らいだったらしい。飯も駕籠の中で食うし、用も足した。紐《ひも》につかまってないと振り落とされちまうから、寝ることもできなかったんだってよ」

辰五郎は遠い過去に思いを馳せた。街道には赤穂藩の定宿があり、その全てに伝令して、駕籠舁《か》きがかわるがわる駆けたという。

「一大事だったんだね」

「主君の刃傷沙汰と、藩の取りつぶしの報せだからな。家臣たちもなんとかしようと必死だったんだろう」

「でもたしか、太閤《たいこう》さまの大返しも速かったんでしょ？」

「ああ、本能寺のときの太閤秀吉か！　あれは備中《びっちゅう》から京までの五十里を十日で帰ったんだったな……。一日に五里か。まあ早駕籠じゃないし、武器も持ってただろうから、そんなもんだろうな」

備中は赤穂の目と鼻の先である。ならば秀吉もこの街道を通ったのかもしれない。胸が熱くなった。

(俺もそんな時代に生まれていれば、きっと活躍しただろうに)

そんなとりとめのない思いに浸っていると、翁丸が急に一声鳴いて、先を歩き出した。大きく舌を出して喘いでいる。早く休みたいらしい。

「ワン公。お前は犬のくせにてんでだらしないな。一度、死ぬ気で駆けてみろ」

翁丸は辰五郎の言葉を無視して、大きな旅籠の軒先に腰を下ろした。松下家のすぐそばにある立派な構えの宿である。

「わんっ！」

「ちょっと高そうじゃねえか。ここにしろってか？」

翁丸が軽く頷いたように見えた。

「しょうがねえな。お前の鼻を信じよう」

辰五郎は旅籠に入ろうとしたが、土間がややへこんでいるのに気づいた。後ろを振り返り、

「足場が悪い。気をつけな」

と、沙夜の手を取った。

「ありがとうございます、辰五郎さん」

「身重なんだから転んじゃ一大事だ」

「でもこれくらいなら……」

「いいや。転ばぬ先の俺だ」

辰五郎は沙夜を抱きかかえるようにして中にいれ、上《あが》り框《がまち》に座らせた。その前に足をすすぐ桶を置いてやる。

「父ちゃん、おいらの桶がないんだけど」

「ちょっと待ってろ。沙夜が先だ」

「うん……」

三吉は手持ちぶさたなようすで沙夜の足すすぎを待った。

辰五郎たちは少し早めに宿に入ったので景色のよい部屋を割り当ててもらった。裏庭には翁丸が丸くなり、早くも休んでいる。食べ物をもらうまで動かない構えだ。

その夜、辰五郎が眠っていると、ごそごそと物音がして目が覚めた。片目をそっと開くと、行灯のそばで三吉が何かの書物を読んでいる。

「どうした三吉。こんな夜中に学問か」

「……ちょっとね」

「暗いところで読んだら目が悪くなるぜ」

辰五郎は三吉に行灯を寄せた。辰五郎を挟んで反対側には沙夜が眠っている。

そのとき、三吉の読んでいる書物がちらっと見えた。どうやら八丁堀あたりの絵図らしい。

「おい。なんだって江戸の絵図なんか見てるんだ？」

「おいら、この旅が終わったら、江戸に戻ろうかなって思ってるんだ」

「江戸？　まあそりゃ、いつかは帰るだろうが、やけに気が早いじゃねえか」

辰五郎は首を傾げた。

「抜け参りで出て来たからさ。店に挨拶《あいさつ》はしないと。父ちゃんも言ってたろ。仲間に声もかけないで出てきたのはよくないって」

「ああ。そうだな。きっちり筋を通してやめたほうがいい」

「やめないよ、おいら」

三吉が言った。

「えっ？　どうしてだ。俺たちがどこに住むかなんてまだ決めてないだろ？　住むところをはっきりさせてから勤めを決めりゃいいじゃねえか」

「一緒に住むかどうかなんて、わからないよ」

「は？　家族が一緒に住むのは当たり前だろ。どうしたんだ、三吉？」

「だってさ……」

「どうした？」

「母ちゃんのお腹にいるのは父ちゃんの本当の子だよ。おいら、あまっちゃうんじゃないかな」

三吉がうつむいた。

「三吉、お前……」

辰五郎はここのところ三吉の元気がなくなっていた理由に、やっと気がついた。

「お前、そんなこと」

そんなこと気にすんな、と言いかけた途端、後ろから沙夜のかぼそい声がした。

「辰五郎さん。すみません、吐き気が……」

「ああ、つわりか。三吉、ちょっと待っててくれ」

辰五郎はしょぼくれている三吉を横目で見ながら、沙夜を厠に連れて行った。

（三吉のやつ、案外気の細かいところがあるんだな）

廊下に立って、苦しそうにえずいている沙夜を待っていると、辰五郎の部屋のほうから大きな物音がした。

（なんだ？）

辰五郎が足音を忍ばせて戻り、そっとのぞき込むと、黒い覆面をした男たちが雨戸を外して入り込んできていた。闇に龕灯《がんどう》の光が飛び交っている。

（あいつら、また来やがった！）

どこまで追いかけてくるつもりなのか。自分の後ろにはあの菊佐がついていると言ったにもかかわらず、しょうこりもなく襲ってくるとは、よほど埋蔵金が欲しいらしい。

「まだ温かい。探せ！」

布団に手を突っ込んだ男が言った。

（こんなところで討ち入りか！）

辰五郎は隣の部屋の障子をそっと開け、素早く入りこんだ。男の客が一人いたが、いびきをかいてぐっすり眠り込んでいる。辰五郎は床の間に隠れた。

沙夜はしばらく厠にいるから大丈夫だろう。自分もこのままやりすごせばいい。

そのとき、辰五郎は、はっと気づいた。

（三吉！）

辰五郎の肝が冷えた。三吉はどうしたのか。声も聞こえない。案外要領がいいから、物音がした瞬間、どこかに隠れたのかもしれない。あるいは翁丸が機転を利かして外に連れ出しているか……。

「辰五郎！　出てこい。隠れても無駄だ」

男たちの足音が廊下に出てきた。辰五郎は床の間でぎゅっと身を縮めた。バンと障子が手荒く開けられる音がする。

「辰五郎！」

「ひいっ！」

泊まっていた一人客が目を覚まし、悲鳴を上げた。男たちが龕灯を向ける。

「お前、むさ苦しい男とその家族連れを見なかったか？」

「知りません！　ここにいるのは私だけですよ……」

　客は声を震わせた。

「あの野郎、どこへ消えやがった」

「へっ。隠れたって無駄だぜ」

　男の一人がそう言うと、「やめろっ」という甲高い声が聞こえた。

（三吉！　捕まったのか）

　辰五郎が柱の横からのぞくと三吉が覆面の男に手を摑まれていた。よくよく考えてみれば、翁丸に三吉を逃がすような機転が利くはずもない。

「放せよ！」

　三吉が必死に抵抗する。

「生意気なガキだ。目ん玉くりぬいてやろうか」

「無駄だよ。父ちゃんはとっくに逃げてるはずさ」

　三吉はふてぶてしく言った。どこか捨て鉢な調子も混じっている。

「このガキ！」

　男が三吉の腕をひねり上げた。

　三吉の顔が苦痛に歪《ゆが》む。しかし悲鳴一つ漏らさなかった。

「やめろ！」

たまらず辰五郎は飛び出した。

「おっと。汚い鼠がやっと出てきやがったぜ」

先頭にいた男の目がにっと笑った。

「子供に手を出すとはなんて奴らだ。人の風上にも置けやしねえ」

辰五郎は男たちを睨みつけた。

「甘っちょろいこと言ってないで、さっさと巻物を渡しな。手間かけさせやがって」

「てめえら、こんなことをしてただですむと思ってるのか。言ったろう、俺の用心棒は江戸にその人ありと言われた鬼畜の菊佐だぜ？　こっぴどい仕置きをくらいたくなかったらさっさと田舎に帰りな」

啖呵を切ったとき、男たちの向こうから低い声がした。

「誰が用心棒だって？」

「えっ⁉」

辰五郎はその声を聞いて総毛立った。

「辰五郎。俺がいつお前と組んだ？」

「き、菊佐の兄貴！」

辰五郎は腰を抜かしそうになった。なんでこの男がここにいるのか。

「てめえの厄介な舌はやっぱり切り取っておくか。飯の味もわからなくなるだろうがな」

「そ、そんな……。俺はただ、あんたが用心棒だったらいいなぁなんて思っていて、いつのまにかあこがれが本当になっちまったんだな、きっと。悪気はねえんだ」

「黙れ。今から目を覚ましてやる。さあ、舌を出せ」

「そんな、許してくれよ……」

「やっちまってください、菊佐の兄貴！」

覆面の男が嬉しそうに言った。

「待て！　菊佐は俺の兄貴だ！　ねえ、兄貴？」

「二人とも気味の悪いことを言うんじゃねえ」

菊佐がぎらりと脇差しを抜いた。それを辰五郎に向けて構える。

「待て！　待ってくれ！　なんであんたがこいつらの仲間になったんだ。菊佐と言えば筋金入りの俠客《きょうかく》、男の中の男だろう？　盗人に肩入れするなんて理屈に合わねえじゃねえか」

「まあ、浮き世の義理ってやつでな」

菊佐が言った。

「義理？」

「ああ。こいつらの親分は阿波の仙十郎といってな。うちの親分とは顔なじみなのさ。

それに去年、赤布の親分のところから四国に逃げた裏切り者をとっ捕まえて快く引き渡してくれてな。わざわざ江戸まで駕籠で送ってくれたんだ。もちろん、親分はそいつの顔の皮を生きたままはいで座布団にしちまったがな」

「やめてくれ……。そんな話は聞きたくねえ」

辰五郎は両耳を押さえた。菊佐の親分、赤布の甚右衛門は、その異名通り、逆らった敵をすべて血まみれにしてのし上がった男だ。

「親分のかわりに俺が恩を返さなきゃならねえ。それが仁義ってもんだ」

「くっ……」

辰五郎は追い込まれた。さすがに今度は菊佐を言いくるめることもできない。

「辰五郎。わかったら埋蔵金の巻物を出せ」

菊佐が脇差しを向けた。覆面の男も匕首を抜いて三吉の首に当てる。

(自分だけなら逃げられるかもしれねえが……)

一瞬、そうも思った。雨戸に体当たりでもくらわして走り出したら、五分《ごぶ》で逃げられる目もあるだろう。五分の博打なら負けると思わない。一分や二分の不利な博打でも何度も勝ってきた。

しかし今は三吉がいる。

(俺の千両……)

辰五郎は懐に手を当てた。金だけではない。この巻物はガマの師匠から託されたものでもある。

「こうなったら金毘羅さまに決めてもらうしかねえな」

辰五郎は懐に手を入れた。


辰五郎が危機に陥っているこのとき、翁丸は庭の植え込みにひっそりと隠れていた。江戸城内で育った翁丸は、将軍家斉《いえなり》が勉学中、「君子危うきに近寄らず」と言っていたのを縁の下でよく聞いていた。その意味を知ってか知らずか、翁丸は争いごとが苦手だった。

翁丸を飼っていたのは麗光院だが、大奥でも位が高い女性であったため、翁丸に餌をやるのは侍女たちの仕事であった。それもあって、ふつうなら一人の飼い主になつくところを、生まれたときからいろんな人の手に触れていたため、誰と親しくしてよいかわからず、人に対してかなり無関心な犬になった。何かしなくても餌をもらえるため、芸もしないし人に媚《こ》びない。いわば、おぼっちゃん犬である。

ところが翁丸は急に旅に出されてしまった。麗光院は、伊勢と金毘羅に行ってくれと頼んだが、翁丸にとってはこれが大迷惑だった。なにせ城の外には一度も出たことがないし、走り回ったこともない。毎日もっぱら寝転んで、食うことだけを楽しみに生きていたのである。

だが街道を歩いてみると、なかなか餌をもらえなかった。首につけた巾着に金を入れられても重くなるだけである。翁丸は嫌気がさしていた。

そんな中、翁丸にときどき食べ物をくれたのが辰五郎であった。翁丸は渡りに船と飛びついた。この男の元にいれば、食いっぱぐれはない。しかもかなり美味《おい》しいものまで食べさせてくれる。城で豪華なものばかり食べていた翁丸を満足させることができるのは辰五郎だけだった。

ただ、この男は、ときどき賊に襲われたり、恐ろしい侍に斬られかけたりする。そんなとき、翁丸はさっと身を隠すのだった。

今、辰五郎と三吉が危機に陥っているこのときも、翁丸は我関せずと高みの見物を決めている。

しかし突然、目の前に赤い犬がやって来た。

「わんっ」と力強く吠えたのは、辰五郎が金太と呼んでいる犬である。

金太は翁丸を見つめ、何か言いたそうだった。

宿の中では、辰五郎が懐からついに巻物を取り出していた。

「しょうがねえ。持ってけ泥棒！」

辰五郎が巻物を男たちに差し出した。

「素直じゃねえか。お前が千両をあきらめるなんて」

菊佐が薄く笑った。

「お前は親になったことがねえだろう。三吉を放せ」

巻物は惜しいが、三吉には代えられない。師匠の和助のことも頭をかすめたが、和助はもう死んでしまったし、三吉は生きている。

今は昔のことよりも、先のことを考えるべきだった。

「おい。放してやれ」

菊佐が振り返らずに言った。

「えっ？　で、でも……」

「俺の言うことが聞けねえのか」

「……わかりやした」

覆面の男が手を放すと、三吉が不安そうに辰五郎を見た。

辰五郎は笑みを浮かべた。

「三吉。向こうに行ってな」

「父ちゃん！」

三吉の顔が歪んだ。

「いい子だから言うことを聞け。俺はこいつらともうちょっと話がある」

「でも……」

「早く行けって。母ちゃんを大事にしろよ」

「うん」

三吉は目を潤ませて、走って出て行った。

「泣かせるじゃねえか、辰五郎。自分の殺される姿を子供に見せたくねえってことか」

菊佐が言った。

「三吉は埋蔵金のことは知らねえ。今後、関わりのないことにしてもらいたい」

辰五郎が言った。

「よし。ここがてめえの年貢の納め時だ。子供の無事はこの菊佐が請け合った。いいな、てめえら」

「へえ。でもこいつは俺がやります」

先頭にいた覆面の男が答えて、匕首を辰五郎に向けた。

辰五郎は男を睨みつけた。

「こうなったら煮るなり焼くなり好きにしな。もっとも、俺を殺した奴は末代までたたられるぜ。この土壇場の辰五郎、幼い頃から累《かさね》ヶ淵《ふち》で魚を釣り、雑司ヶ谷の四谷に住んだときにはお岩さんと遊んだもんだ。ついさきごろ姫路では、お菊の井戸で一晩過ごしたばかりの札付きの幽霊憑《つ》きよ。神社に参れば鳥居が倒れ、狐・狛犬《こまいぬ》が襲いかかってくる地獄の凶状持ち、おまけに痔持ちでかんしゃく持ちだ。やい、てめえら！　今から大厄を全部背負いたい奴はかかってこい。これから一生、おみくじは凶しか出ねえぞ。富くじも全部はずれるし、親戚《しんせき》一同はみんな病にかかる。昔、比叡山《ひえいざん》延暦寺で千日回峰行《せんにちかいほうぎょう》をした山伏に呪いをかけられたこともあったから、みんな焼き打ちにあうだろう。それにこちとら体中にガマの油を塗ってるから、ちょっとやそっとじゃ切れやしねえ。少しでも俺の汗が体についたらただれるぞ。どんな薬を塗っても治りやしない醜い痕《あと》になって、二度と女と寝られると思うなよ。どんな女郎も悲鳴を上げて逃げ出すって寸法だ」

辰五郎は舌も千切れよとまくしたてた。

「往生際の悪い奴だ……」

覆面の男が言った。しかしなかなか辰五郎を襲ってこようとしない。たたりや疫病を恐れたのか、逡巡《しゅんじゅん》している様子である。

「さっさとしろ。こいつの言うことは全部でたらめだ」

菊佐が叱咤《しった》した。

「へい」

覆面の男が匕首を腰だめにしたとき、

「御用だ！」

という声が響いた。

覆面の男たちが、驚いて身を固くする。

一番早く動いたのは菊佐だった。雨戸を蹴破って庭に転がると、すぐさま立ち上がって駆けていく。さすがだった。

辰五郎も叫んだ。

「おい、泥棒だ！　ここにいるぜ！」

その声で覆面の男たちもようやく正気づいた。慌てて身を翻し、逃げ始める。しかし外で役人と斬り合いになったようで、刃が打ち合う、きぃんという鋭い音が聞こえた。

「なんとか助かったか」

辰五郎は、へたり込んだ。この役人たちだけが頼りだったのである。

辰五郎の泊まった宿のすぐそばには松下家があり、そこには赤穂藩の役人が詰めているのはわかっていた。宿で騒ぎがあればきっと駆けつけてくれるに違いないと、辰五郎は必死に時を稼いでいたのだ。

もっとも間に合わなければ死も覚悟していたが。

（ま、分の悪い賭けだったが、しのいだようだぜ）

汗を拭いて振り向くと、部屋の外で隠れていた三吉が飛びついてきた。

厠から帰った沙夜もだいぶ顔色がよくなっている。騒ぎがあったときは厠にずっと隠れていたらしい。

「父ちゃん！　無事だったんだね」

そう言うと、三吉が大きな声で泣き出した。今まで必死にこらえていたのだろう。

「俺が死ぬわけないだろ。なんせ金毘羅で千両頂くんだからよ」

「でも、巻物渡しちゃったんでしょ。ごめんよ、おいらのせいで……」

三吉がさらに泣いた。

「ふふ、巻物を渡したからと言って、たやすく埋蔵金が手に入るもんか。俺たちには一幽斎がついてただろ」

「あっ！　そうか、あぶり出しだね！」

三吉が叫んだ。巻物には宝のありかを示す青い二重丸があぶり出しで書かれていたのだ。それを絵師の一幽斎が見抜いたのである。

宝のありかは火であぶると浮き出るが、時がたつと消える。

「あの絵図だけ見てもなんのことかわからねえ。逆に俺はもうあの絵図を覚えちまった。あぶり出しも含めてな」

「そっか。まだぜんぶ取られたわけじゃないんだね」

三吉が泣き笑いの表情になった。

「それにな三吉」

辰五郎は三吉を真剣な顔で見つめた。

「なに？」

「お前は兄ちゃんになるんだ。簡単に泣くんじゃねえ」

「えっ？」

「自分が邪魔なんじゃねえかとか、つまんねえこと考えんな。俺なんて生まれたときから捨てられるくらいの邪魔者で、お前なんか比べものにならねえほど世の中のつまはじきだったんだぞ。そんな俺の前で立派な邪魔者面するんじゃねえ！」

「父ちゃん……。怒ってるのか慰めてるのか、よくわからないよ」

三吉がちょっと笑った。

「ま、ひがみすぎて人を疑うなってことさ。世の中はてめえが思ってるほど冷たくねえんだぜ。母ちゃんだって、お前のことが大事なんだ」

辰五郎は沙夜を見た。

「そうよ、三ちゃん。私だって辰五郎さんと血がつながってないんだから。それでも家族なんです」

「ま、違うところはつながったが……」

「辰五郎さん、子供の前で何を言うんです！」

沙夜が真っ赤になったとき、ようやく役人たちが訪ねて来た。あの男たちには逃げられたようだが、辺り一帯に手配をかけたらしい。これで奴らも動きにくくなるだろう。

「何か取られたものはないか？」

役人が聞いた。

「路銀を十両奪われたうえに、殺されかけました。奴らを捕まえて磔《はりつけ》にしてください」

辰五郎はいかにも悔しそうな顔で言った。金は取られていないが、十両と言っておけば、捕まれば死罪である。

「盗人たちに何か特徴はなかったか？」

役人がさらに聞いた。

「ああ、確か阿波の仙十郎とかなんとか言ってましたね」

辰五郎が答えると、役人たちは目を見合わせた。どうやら知っている名前らしい。

「そうそう、あと江戸から来たという鉄砲洲の菊佐って片目の極悪人もいましたよ。あんな奴を放っておくと、お上の示しがつきませんや。どうかひっ捕らえてください」

「よしわかった。あとで番所まで来てくれ」

「へい。人相もきっちり覚えてます」

「それにしてもお主、犬に助けられたな」

役人が笑った。

「えっ？　犬ですか？」

「番所の前で凄まじく犬が吠えていたから何事かと思ってな。外に出てみると、この旅籠の騒ぎが聞こえたのだ。よかったのう」

「犬……？」

辰五郎が庭を見ると、目尻を下げた翁丸がこっちを見つめていた。

「翁丸！　お前が呼んできてくれたのか⁉」

「わんっ」

翁丸が胸を張って吠えた。

もっとも、役人たちを連れて来たのは赤犬の金太であったが、翁丸はしゃべれないし、言う必要もない。

「そうか、よくやった！　翁丸、お前は命の恩人だ」

辰五郎が翁丸の首に抱きついた。

辰五郎が部屋に引き上げると、翁丸も庭の寝心地のいいところで丸くなった。
これでしばらく餌の心配はないだろう。

十　三石宿～岡山宿

有年宿を出て、旅人の休憩所となる〈立場《たてば》〉をすぎると、道は急に険しくなった。いよいよ有年峠の始まりである。この峠は道が険しいだけでなく、猪や蝮《まむし》が多く潜んでおり、ここを行く旅人は注意深くならざるを得ない。

「翁丸、頼むぜ。蝮に負けんなよ」

昨夜、翁丸に助けられたと思い込み、少し頼りにし始めた辰五郎が声をかけた。

しかし体力のない翁丸にとって、登りは地獄である。

「わん……」

と、元気なく答えた。

「父ちゃん、蝮と他の蛇ってどう見分けるの？」

三吉が道脇の藪をおそるおそる見ながら聞いた。

「ここらの蛇には三つの種類しかいねえ。縞蛇《しまへび》と山棟蛇《やまかがし》と蝮だ。縞蛇はその名の通り縞模様で、山棟蛇は緑だの橙《だいだい》だのと派手な色をしてやがるからすぐにわかる。で、蝮はまだら模様で、頭が三角なんだ。これは毒を持ってるという印だから、気をつけなきゃなんねえ」

「へえ……。出会いたくないなぁ」

「見つけたら黙って蛇が通り過ぎるのを待て。向こうだって人を食おうなんて思っちゃいない。よけいなことをするから噛まれるのさ」

「それでも向かってきたらどうするの？」

「飛び上がって逃げるしかねえな。向こうは地面を這うことしかできないんだから」

そんなことを話しながら、こわごわ歩いていると、ざざざと音がして、早くも蛇が這い出てきた。三尺以上はある長い蛇である。

「と、父ちゃん！」

三吉がひきつった顔をした。

「よく見ろ、縞模様だ。縞蛇は焼いて食うとうまいらしいが……」

「あんまり食べたくないね」

「そうだな。鰻のほうがよっぽどいい」

立ち止まってしずかに見つめていると、縞蛇は藪の中へと去っていった。

「わんっ」

一行にかまわず前に進んでいた翁丸が辰五郎たちを呼ぶ。

「よし。行くか」

「翁丸、蛇は怖くないみたいだね」

「たいしたもんだ。昨日も俺たちを助けてくれたし、立派に成長したのかもしれねえぞ」

「だったら翁丸のあとをついていこうよ」

「そうだな。あいつなら蛇がいても追っ払ってくれるかもしれねえ」

「大丈夫でしょうか？　もし嚙まれたりしたら……」

沙夜が心配そうに聞いた。

「なぁに。あいつはツラの皮が分厚いから、蛇の歯も通らないだろ。翁丸、前は頼んだぞ！」

「わんっ」

褒められたのが嬉しかったのか、翁丸は元気に歩き始めた。思えば赤犬の金太に出会って以来、翁丸はいいところなしである。ここが見せ場だとでも思ったのか。

「さすがは大奥の犬だ。見直したぜ」

「わん！」

翁丸はどんどん進む。辰五郎たちも安心してその後ろを歩いた。蛇がいても翁丸がきっと気づいてくれるだろう。

峠の頂を越え、下りになると翁丸はますます調子づいた。足を早めたそのとき、右手の崖から何か大徳利のような大きさで、ぬめぬめとしたものが這い出てきた。

「わん⁉」

翁丸が呆然として見ると、それは首だけ動かしてこっちを見た。

「触るな、ワン公！」

辰五郎の声が飛んだ。立ち止まった足が、がたがたと震えている。

「父ちゃん、あれは何？」

「あいつは、とびっきりやばいやつだ」

「蝮？　かなり太いけど……」

「違う。蝮じゃねえ。きっと槌《つち》の子《こ》だ」

辰五郎は唾を飲んだ。

槌の子、野槌《のづち》、土転びとも呼ばれるこの蛇は、胴が太く、普通の蛇と違って尺取り虫のように這って進む。

槌の子は体を立てると、

「ブオー」

と、不気味に鳴いた。

翁丸は先ほどの気概も忘れて尻尾を股《また》に挟み、さっと木の陰に隠れた。

「お、おい、ワン公！」

「ブオー！」

槌の子は細い尻尾を震わせて鳴く。

「うわさ通りだな。いびきみたいな声を出しやがる……」

「父ちゃん、頭が三角ってことは、毒があるんだよね……」

「ああ。こいつは一番出会っちゃいけねえ蛇だ」

辰五郎は懐からするめを取り出した。

「ワン公、行け！」

辰五郎がするめを槌の子に向かって放ると、翁丸の目が光った。尻尾がぴんと立つ。

槌の子の注意も一瞬翁丸に向いた。

「今だ！」

辰五郎は沙夜を抱き上げて走った。身重の沙夜に何かあったら一大事である。

「辰五郎さん、危ない！」

耳元で沙夜の声が聞こえた。

振り向くと、道の上から槌の子が転がって来ている。

「うわっ、追いかけて来やがった！」

辰五郎は肝を潰した。槌の子は体を横にして転がっていた。この蛇が〈土転び〉とも呼ばれるゆえんだ。

「父ちゃん、助けて！」

追いつかれそうになった三吉が悲鳴を上げた。

「三吉、飛び上がれ！」

「うん！」

三吉は必死の形相で飛び上がったが、後ろの槌の子も跳ねた。大きな槌の子になると四尺は飛び跳ねると言われる。

辰五郎は腰にさした竹筒を素早く抜いて、中身を口に含むと、槌の子に向かってぶーっと吹いた。

宙にあった槌の子が目を閉じ、地面に落ちた。小さな赤い舌をちろちろと出し、体を舐めてうごめく。

「どうなったの？　槌の子は水に弱いの？」

「こいつは酒だ。とっておきの灘の銘酒だったのによ……」

辰五郎は無念のうめきを漏らした。だが槌の子は酒が好物だと聞く。背に腹は代えられない。

「ずらかるぞ」

「うん！」

藪の切れ目まで走って、ようやく辰五郎は足を止め、沙夜を地面におろした。槌の子が追ってくる様子はない。

「危なかったね、父ちゃん」

「俺も初めて見たが、やばかったな。博打仲間に聞いたときはでたらめだと思ったが、あんな蛇もいるんだな……」

辰五郎は胴震いした。

「あら、翁丸が」

沙夜が指さした方向を見ると、藪の中からするめをくわえた翁丸が恥ずかしそうに出てきた。

「なんだ、お前は。さっさと逃げやがって」

「くぅん……」

「やっぱり昨日の活躍はまぐれだったんだなぁ。頼って損したぜ」

「あっ。なんだか酒臭いよ、翁丸」

「お前、酒まで飲んできたのか?」

「わん?」

翁丸は知らぬ顔をしたが、槌の子のまわりに飛んだ酒を舐めてきたのか、足が少しよろよろしている。

「長生きするぜ、お前はよ」

辰五郎はあきれて笑った。

有年峠をすぎると、今度は船坂峠に至る。峠の半ばにある雲水の井戸で口を潤《うるお》し、深谷瀧道への分かれ道をすぎるとそこはもう備前国、三石《みついし》宿であった。

この宿にある三石明神社には孕石《はらみいし》と呼ばれるご神体がある。大きな岩の中に、別の種類の石がすっぽりと収まり、まるで子を抱いているように見える。これは安産の神様として評判で、辰五郎と沙夜はじっくりと拝んだ。

「父ちゃんがそんな神妙な顔するなんてね」

後ろで見ていた三吉がからかったが、

「俺のためじゃねえ。赤ん坊のためだ」

と辰五郎は熱心に拝み続けた。今まで神など信じていなかったが、頼ってみれば妙な安心感がある。神がいなければしょうがないが、いるのならば役に立つかもしれない。ここは少しごまをすっておいても損はないだろう。

そこからさらに南西へ三里ほど進むと、片上《かたかみ》宿に着いた。ここで昼の食事をとった辰五郎たちは再び歩き、夕刻には岡山宿についた。旭川《あさひがわ》のそばには、黒い下見板張りの外観から〈烏城《うじょう》〉とも呼ばれる岡山城が見え、その壮麗さに一行は足を止めゆっくりと見物した。

その後、辰五郎たちは宿を決めて荷をほどき、峠越えで疲れきった足を休めた。隣の部屋からは、興奮まじりの楽しげなしゃべり声が聞こえてくる。きっと辰五郎たちと同じく金毘羅参りの旅人だろう。

「さあ、西国街道もここまでだ。いよいよ四国に向かうぞ」

「父ちゃん、四国ってどうやって行くの？」

「聞こえねえか？　あれだよ」

辰五郎は隣の部屋に顎を向けた。

そちらからは楽しげな歌声が漏れ聞こえている。

〽金毘羅ふねふね
おいてに帆かけて
シュラ　シュシュシュ
まわれば　四国は
讃州《さんしゅう》、那珂《なか》の郡《ごおり》、象頭山《ぞうずさん》、金毘羅大権現
一度まわれば……

歌の中には女たちの嬌声《きょうせい》も混じっている。どうやら芸者まであげているらしい。この歌はある種のお座敷遊びになっており、しくじれば罰杯を飲ませ合うなど、いろいろと面白い趣向がある。しかし残念ながら辰五郎は家族連れの旅だった。一人身の旅ならば遊べたのに、と少し思ったが、家族と行く旅には落ち着いた喜びがある。今はそれがよかった。

「ふねふねって……。つまり船で行くってこと？」

金毘羅大権現のくだりまで聞いて歌の意味を悟ったらしい三吉が聞いた。

「そうだ。ここから南に一日ほど歩くと下津井《しもつい》という港に出る。そこから金毘羅船に乗って、シュラシュシュシュと四国の丸亀に渡るんだ。そこまで行けば、金毘羅さまも、もう目の前さ」

「いよいよなんだね」

「ああ。伊勢と金毘羅の両方に参った者はそうそういねえ。自慢できるぞ」

「翁丸のために御札ももらわなきゃね」

「おう。ところで、皆に言っとくことがある。心して聞けよ」

「なになに？　この宿の名物？」

三吉が顔をほころばせて聞いた。

「温泉があるんですか？」

沙夜も嬉しそうな顔をする。

「実はな」

「うん」

「はい」

「実は、手持ちの金がなくなった。はっはっは」

辰五郎が笑って頭を掻いた。

「……えっ？」

「お金が？」

三吉と沙夜が呆然とした。

「ああ。ここの宿賃を払ったら、きれいさっぱりなくなる」

「嘘だ！　路銀は心配しなくていいはずじゃないか」

「伊勢で路銀の分は働いたと思いましたが……」

三吉と沙夜が口々に言う。

「そのはずだったんだがな。お前たちを喜ばそうとして、いろんな名物を求めているうちに、すっかり消えちまった。シュラシュシュシュとな。金ってのは、貯めるのは難しいが、なくなるのは早いよなぁ……」

実は、酒の飲み比べで散財したり、筍剝ぎの女に騙されたりもしたのだが、そのことは黙っておいた。

「そんな……。これからどうするんだよ！」

「そう責めんなよ。なんせ埋蔵金の千両が手に入るとなれば、別にいいかという気がしたんだ」

「でも、巻物の謎を解かれたら千両も奪われるじゃないか」

「ま、それを考えると、急いで金毘羅さまに行かなきゃならねえことは確かだ」

辰五郎は肩をすくめた。

「だったらガマの油売ってきてよ、今すぐに！」

「無茶を言うな。もう夜中じゃねえか。それにあれは儲けるのに時がかかるしな」

「だってこのままじゃご飯も食べられないよ。伊勢のおかげ参りなら、まだ柄杓で稼ぐこともできたけど……」

三吉が涙ぐんだ。そうなると急に現実が身に沁みてくる。

「辰五郎さん」

沙夜が辰五郎の手を握って、柔和に微笑んだ。

「ん？」

「しばらくみんなで働いて、金毘羅さまにお参りだけして帰りませんか？　千両もなくったって、地道に働けば三人で十分に暮らしていけますよ」

「そうだなぁ……。そういう手もあるかな」

辰五郎は沙夜の腹をそっと撫でた。はたして自分にもそんな普通の暮らしができるのだろうか。

「母ちゃん。父ちゃんにはきっと、実の父ちゃんとのしがらみがあるんだよ」

三吉が言った。四国には辰五郎の父、三つ目の庄右衛門が住んでいる。

「でも、博打で戦わなくても、お父様に挨拶をして、きちんとお話すればいいんじゃないんですか」

沙夜が真剣な眼差《まなざ》しで辰五郎を見た。

「挨拶なんてしたくねえんだよ。子供をぽいと捨てるような、そんな奴にさ……。俺は千両賭けて戦って、けじめをつけてえんだ」

「辰五郎さん……」

「なあに、路銀のことなら心配するな。ここはひとつ、俺が手っ取り早く金を稼いでくる」

辰五郎は立ち上がった。

「父ちゃん、まさか博打に行くの？」

「察しがいいな。そういうことよ」

「でも種銭がないんじゃない？」

「なぁに、今夜の宿代がある」

「そんな……。負けたら払えないじゃないか！」

「勝ったら朝餉《あさげ》に茶碗蒸しを余分につけてやるぜ」

「でも、ずっとツキが落ちてるんでしょ」

三吉は心配そうに言った。

「ツキはなくとも腕はある。ツキのないときは腕でなんとかするのが玄人ってもんさ」

「辰五郎さん」

沙夜が辰五郎を見つめた。

やはりやめろと言うのか。

辰五郎は息を吞んで沙夜を見つめた。

「辰五郎さん、勝ってきてくださいね」

そう言って沙夜が笑った。

（なんていい女だ！）

辰五郎の心は躍った。凡百《ぼんびゃく》の女には言えない言葉だ。

（つまり俺は沙夜に迷惑をかけていいってことだ）

辰五郎の胸は膨らんだ。

「勝つさ。俺は土壇場の辰五郎だ」

言って部屋を出た。

勝てばいいが、負ければ宿無しである。

自分の身一つなら、野たれ死んでもいいと思っていた。げんに江戸で最後の大博打に負けたとき、死んでも悔いはないと思った。あのとき、お伊勢講で当たりを引かなければ、辰五郎は菊佐にそのまま殺されていただろう。

だが自分は生き残り、今は死にたくないと思っている。

辰五郎が懐の財布を握って旅籠を出ると、翁丸がひょっこり寄ってきた。

「ワン公。行くぜ」

「わん」

辰五郎と翁丸は連れだって夜の町を歩いた。もっとも翁丸は辰五郎が博打のときに放ってよこす食い物が目的であるが。

盛り場を歩き、地回りのやくざ者に聞くと、すぐに目的の場所は見つかった。金毘羅参りの客相手に、そこかしこで盛大な賭場が開かれている。

辰五郎は廃寺の土間でわらじを脱いだ。お堂からはカラカラという音と共に、「丁ないか半ないか！」という代貸の声が聞こえる。

中に進むと、盆ござの周りには客が鈴なりだった。狭いところにひしめく博打好きたちの人いきれと汗の臭いがする。壺が振られるたびに、ぴりりと雰囲気が引き締まった。

（これだ。ここここそ俺のいる場所だ）

人垣の後ろに腰を下ろした辰五郎は賭場の空気を胸いっぱいに吸いこんだ。体中に、えもいわれぬ力が満ちてくる。

ぐいと賽子《さいころ》の壺を睨みつけた。まずは流れを読み、それに自分の運をぶつけ、ツキを計っていくことから始まる。

だがこの日はツキを読む間もなく、続けざまに、辰五郎に目が出た。置く駒《こま》、置く駒すべてが当たる。天運・地運・人運すべてが揃った馬鹿ツキであった。

（おかしい。なんだ、このツキは⁉）

辰五郎は驚いた。勢いのあった若い頃や、技を覚えた三十路《みそじ》の脂ののったときですらこんなツキはなかった。座っているだけで金がじゃぶじゃぶと転がり込んでくるのである。

（俺のツキがついに戻ったっていうのか？）

辰五郎は首を傾げた。いくらツキが戻るといっても、こんなに急に上がってくるわけがない。何か理由があるはずである。

（どうもこのツキは他人行儀な気がする）

辰五郎は眉を寄せた。勝つとしても理由がわからないのはどうも気持ち悪い。

「兄さん、イカサマかい？　種があるなら俺にも教えてくれ」

貧乏神に憑かれたような中年の男が辰五郎を見た。どこかで見たような顔だったが、他人のそら似かとそのときは気にせず、

「サマなんてやってねえよ。ついてるだけさ」

と、正直に言った。

「だってあんた、一度も負けてねえじゃねえか」

「だから俺もびっくりしてるのさ」

壺が新たに振られ、辰五郎は半に駒を張った。

中年の男も必死に追随し、辰五郎と同じ半に駒を張る。

するとようやく目は丁と出て、辰五郎はこの日初めて負けた。

「くそっ！」

全力で張ったらしい中年の男が床を叩く。

ここでさらにわざと負けてこの中年の貧乏神を祓《はら》う手もあるが、辰五郎はこれ以上勝つ気はない。金毘羅に行けるくらいの勝ち金でいいのである。最後の勝負に負けたとはいえ、もう八両は勝った。このまま帰る一手だった。

勝てるときほど、金に執着がないのは不思議である。

辰五郎が腰を上げ、代貸や壺振りに心付けをはずんだ。翁丸のためにも団子を少し買ってやる。

そんな羽振りのいい態度がよかったのか、辰五郎はすんなりと帰れた。初見での勝ち逃げは嫌われるが、今夜はもっと額の高い駒が飛び交っている。金毘羅参りの客たちが血眼で大金を張っているのだ。

外に出ると翁丸が目尻を下げて待っていた。

「お前も俺が勝つと思ってたのか」

「わんっ」

翁丸が尻尾を振る。

「へっ。調子のいいやつだ」

懐に手を入れ、紙に包んでもらった団子を取り出した。この団子はこのあたりの名物で、黍《きび》でできた小さな団子に、うっすらきなこがまぶしてある。

一つを宙に放ってやると、翁丸がぱくりと受け止めて食べた。あっという間になくなったようで、翁丸は辰五郎の足にすり寄り、次の団子を催促した。

「もうちょっとよく噛んで食えよ。また喉が詰まるぞ」

辰五郎は苦笑いしながら、紙包みごと地面に置いた。翁丸が素早く鼻をつっこんで食べる。団子が小さい分、喉につかえにくいのかもしれない。あっという間に全部食べてしまった。

辰五郎が懐の金を確かめ、沙夜と三吉の喜ぶ顔を想像しつつ、ほっこりとした気分で歩き出すと、

「待ちなよ、兄さん」

と後ろから声がかかった。

振り向くと、さきほどの中年の男が立っていた。あの負けが込んでいた貧乏神だ。

「なにか用かい？」

言いながら、辰五郎は半歩足を引いた。こんなときは十中八九、こっちの財布を狙っている。勝ったあとは注意が必要なのだが、八両ばかりの勝ちで追われるとは思わなかった。

「俺が乗ったらイカサマをやめやがったな。許せねえ」

「負けたのはてめえが弱いからだ。むしろお前が乗ったから、俺のツキが弱ったのさ」

辰五郎は言った。半ば本心である。

「うるせえ。このまま帰れるかってんだ」

男は懐から匕首を出して抜いた。

「やめときな。この犬が見えねえのか」

「わん？」

翁丸が口の端にきなこをつけたまま顔を上げた。

「この翁丸さまはな、由緒ある将軍家の犬だ。わけあって俺が預かってるが、喧嘩なんか仕掛けてこいつに怪我でもさせたら、てめえ、首が飛ぶぜ」

辰五郎は淡々と言った。なにせ本当のことである。はったりを言うまでもない。

「嘘つけ！　こんな馬鹿みたいな顔をした犬が将軍さまの犬のわけないだろ！」

「わんっ？」

「だよなぁ。俺もそう思うんだが……」

辰五郎は腕を組んで翁丸を見た。

「は？　何を言ってやがる！」

「正直者が馬鹿を見る世の中さ。俺が嘘をついたらみんな信じて、本当のこと言ったら信じてくれねえんだからよ」

「黙れ！　持ち金をさっさと出しな」

「俺を殺す気か？　俺には菊佐という後ろ盾が……」

言いかけて辰五郎は気づいた。さすがにこのあたりまでは菊佐の恐ろしい評判も届いていないだろう。

「いや、違った。俺になんかあったら、うちの親分が黙っちゃいねえぞ」

「なんだ？　てめえ、何者だよ？」

「俺はな、阿波の仙十郎親分の実の子さ。このあたりのごろつきなら名前くらいは知ってるだろ？」

「阿波の仙十郎だって？」

「そうだ」

言った途端、男の顔が青ざめた。

「す、すまねえ！　このことは親分には黙っててくれ……！」

男は泣きそうになっていた。

「どうするかな。なんせ、いきなり刃物なんかちらつかせやがったからな。親分がなんて言うか……」

辰五郎は余裕綽々で言った。

「出来心だったんだ。一家の金をつい博打に使っちまって」

「一家？　てことは、お前も阿波の仙十郎親分の手下か？」

「ああ。使い走りみたいなもんだけどよ。俺は烏頭《うず》の吉三《よしぞう》。同じ一家のよしみで許してくれ。頼む！」

中年なのに、どこか子供のような男だった。

「俺の顔も知らねえとは、ほんとに下っぱだな。ま、今日は勝ったし、許してやらあ」

「でもこのままじゃ俺は親分に殺されちまう。どうしたらいいだろう……」

「知らねえよ。お前のしくじりだ。てめえでなんとかしろ」

「頼むよ。息子のあんたが取りなしてくれるなら、親分だって許してくれるかもしれねえ」

「馬鹿。俺だって親父に睨まれたかねえよ」

辰五郎は面倒くさくなってきて、適当にごまかして帰ろうとした。

「待てったら。お前、よく見れば年を取っているな」

吉三の目が闇の中で白く光った。

「何を言いやがる。無粋なやつだな。まだ三十五だ」

「仙十郎親分はまだ四十だ。息子だとしたらおかしいじゃねえか」

「なんだって⁉」

辰五郎は焦った。浅草の総元締め、赤布の甚右衛門と交流があるくらいなら、仙十郎も、もう六十は超えていると思っていたのである。

「なあに。親分はあの気性だ。早熟だったんだよ」

「だからって五歳で子が作れるか！」

辰五郎のはったりに気づいた吉三が再び匕首を抜いた。

「俺は老け顔なんだ。実はまだ二十歳で……」

「やかましい！」

吉三が鋭く匕首を振るい、辰五郎はさっとよけたが着物の襟がすぱっと切れた。

翁丸が一目散に逃げていくのが目の端に映る。

「待てよ！　お前のこと、やっと思い出したぜ」

辰五郎は吉三の面影にある感触を覚えて言った。

「黙れ。お前の言うことは全部嘘だ！」

「てめえ、新太郎《しんたろう》という息子がいただろう」

「なに？」

吉三の動きが止まった。

「宮宿の薬商、川中屋吉三。それがお前の元の素性じゃねえのか」

「なぜそれを……」

吉三が口をポカンと開けた。手から匕首が滑り落ちる。

「やっぱりか。どこか似てると思ったんだ……」

辰五郎はため息をついた。ようやくわかった。目の前の吉三は、三吉にそっくりだったのだ。かどわかした男が面白半分にひっくり返してつけた名前が三吉。本当は新太郎という名前だった。

息子をさらわれ、傷心のまま西国に移っていったという三吉の父は、こんなところで泥棒の一味に落ちぶれていたらしい。

「あんた、新太郎を知ってるのか」

「ああ。旅の途中で会ったよ」

「どこにいる！」

「……そいつは教えられねえな」

「なぜだ！　まさかてめえが新太郎をかどわかしたのか？」

「馬鹿言うな。俺は渡世人だが、ただの博打うちよ。商売が違う」

「じゃあなぜ新太郎のことを知ってる……」

「話せば長くなるがな。俺と新太郎は一緒に少し旅をしたことがある。で、そのとき、宮宿で人さらいを捕まえたんだ。番屋で調べたら、そいつがさらったうちの一人が新太郎だったのさ。新太郎は江戸の大店に売られたんだが、あいつはそこを抜けて伊勢参りしている途中だった」

「ああっ！　新太郎！」

吉三が髪をかきむしった。

これが親の情というものなのか。

「そんなことになっていたとは知らなかった……。あんた、一生のお願いだ！　頼む、新太郎に会わせてくれ」

「そいつはできねえ相談よ」

「なぜだ！　居所を教えてくれたっていいだろ！」

男が辰五郎の襟をつかんだ。

「お前、そんな稼業に落ちぶれて新太郎に会うつもりか？」

「えっ？」

「泥棒の下っぱが、『お前の親だ』と現れて、新太郎が喜ぶと思うか？」

「そ、それは……」

吉三の顔が歪んだ。

「そんな奴は新太郎に会わせられねえ。あいつはずいぶん苦労してきたんだ。これ以上つらい目にあわせるつもりか」

「うっ」

吉三ががくりと膝を折った。自らの境遇に絶望したのだろう。

「お前なんかに会いたくなかったよ。俺は行くぜ」

辰五郎は歩き出した。

「ま、待て！　待ってくれ！」

吉三は辰五郎の足にすがった。

「何しやがる！」

「俺は泥棒をやめる。だから新太郎と会わせてくれ！」

吉三の目に涙が光っていた。しかし一度堕《お》ちた男である。匕首の扱い方を見ると、人を傷つけたり、殺《あや》めたこともあるだろう。何せ赤布の甚右衛門とよしみを通じている無頼の盗賊である。このことは何も言わず、三吉は自分の息子として育てたほうがいい。

だが、それを自分が決めていいのか。三吉に言わずにいてもいいのか。

辰五郎は迷った末に言った。

「お前のことなんざ信用できねえ。だがな、本当に足を洗って、まっとうな勤め先でも見つけたら、もう一度話を聞こう。俺は、江戸の入谷《いりや》に住んでいる辰五郎ってもんだ。文でもよこしてくれたら、新太郎に連絡《つなぎ》をつけてやる」

辰五郎は詳しい在所を矢立で紙に書いてやった。

「ほんとか？　ほんとなんだな？」

「お前が真人間になったらの話だからな」

手を合わせて拝む吉三を背に辰五郎は歩き出した。

これでよかったのか。すぐにでも会わせてやるべきではないのか。辰五郎の心は揺れた。もしかすると、これは三吉を取られたくないというわがままではないのか。

宿に帰ると、三吉が首を長くして辰五郎の帰りを待っていた。

「父ちゃん、どうだったの⁉」

三吉が息せき切って聞く。

「ん、何がだ？」

「博打だよ。行ったんだろ？　負けたの？」

三吉が心配そうな顔をする。

「もちろん、勝ったさ。これで金毘羅まで行けるぜ」

「よかった……」

三吉がほっとしたらしく座り込んだ。

「この俺が負けるわけねえだろ」

「何言ってんだよ。品川でオケラになって、翁丸の巾着を狙ってたくせに！」

「違う。あれは翁丸の首を掻いてやっただけだと言ったろ？」

「どうだかね」

三吉が軽口を叩いて笑った。沙夜も二人を見て微笑んでいる。

帰ったらどんなときでも笑顔を向けてくれる者がいる。これが家族というものか。

辰五郎は胸が温かくなった。しかし同時に、三吉の父親のことを思った。もしあの男が立ち直れば、三吉は本当の父親と一緒にいるべきではないのか。家族がいればあの男も立ち直るかもしれない。

(三吉を手放したくない)

辰五郎にとっては、もはやそこにいることが当たり前になっている家族である。

(だが、それはそのときに考えればいい)

今のあの男に三吉を会わせることはやはりできない。あの男が真人間になったときに三吉がどうするかである。ただ、あの男がいる限り、辰五郎は三吉と別れることもありうるという危惧《きぐ》を、ずっと抱えていかねばならないだろう。

それは喉の奥に刺さった小骨のようで、辰五郎はなかなか眠れなかった。その上、黍団子だけでは腹持ちしなかったらしい翁丸が切なげに夜鳴きして、ますます眠れなかった。

十一　下津井～丸亀

岡山宿を出た辰五郎一行は西国街道を外れ、下津井《しもつい》に向かって備中を南下した。池田氏が治めて町並みがまとまっている備前と違い、備中は天領が多いので町の造りはどこかまとまりがなく、細分化されている。また西国街道を外れたため、一里塚や常夜灯の設置もなく、ときにはあぜ道のような細い道を通り抜け、行き交う人に道をたずねつつ港を目指して歩いた。

「父ちゃん、このあたりは倉が多いね。お金持ちの町なのかな？」

「いや、天領で米が集まる土地だかららしい。ここからもう少し西へ行くと、倉敷っていう町名があるっていうからな」

「あたりの家からは機織《はたお》りの音もよく聞こえますね」

沙夜が言った。

「ああ、さっき小間物屋をのぞいたら、足袋やら真田紐《さなだひも》がたっぷり並んでいた。きっと織物も盛んなんだろうな」

「真田紐ってなに？」

三吉が聞いた。

「縦糸と横糸で丈夫に編みこんだ紐のことよ、三吉さん」

沙夜が言った。

「そうだ。桐箱の紐とか、刀の下げ緒なんかにも使うんだがな。もともとは関ヶ原で負けて九度山に幽閉された真田一族が編み出したものらしい」

辰五郎が付け加えた。

「真田一族ってあの真田幸村のこと？」

三吉が聞いた。旅のつれづれに辰五郎が話してやった真田三代記のことが頭に残っていたのだろう。

「そうだ。その真田紐が、かつて宇喜多秀家が治めていた領地の名物になってるっていうのは、しゃれてるじゃねえか」

辰五郎はにやっと笑った。宇喜多秀家は豊臣方の大名である。関ヶ原で敗れたが、西国ではそれ以後も親豊臣・反徳川の風潮が強く、最後まで徳川に苦汁をなめさせた真田を賛美し、真田紐という名が広く残ったとも言われている。

「真田は二度も徳川に勝ったのに、関ヶ原のせいで落ちぶれたんだよね」

「ああ。小早川秀秋が裏切らなきゃ西軍の勝ちも十分にあったのにな」

「どうして小早川は裏切ったの？」

「そうだなあ。俺が思うに、家康に味方した黒田官兵衛の策じゃねえかな。小早川は遊び人の酒飲みで借金まみれだった。子供もいなかったし、一番転びやすかったんだろう。そもそも西軍は寄せ集めだったしな。日本一の軍師にかかれば、調略もたやすかっただろうよ」

「太閤さまの下にいたときでも敵を寝返らせる調略が得意だったんだよね」

「でもな、家康はその官兵衛の子、長政を取り込むことで、官兵衛を操っていたとも言える。誰であっても子供はかわいい。その点、家康はしたたかだった。豊臣恩顧の大名も巧みに取り込んだから、どこか人柄に味もあったんだろうな」

「へえ……」

「西軍の石田三成は太閤さまに見いだされたとはいえ、元は小坊主だから、威厳がねえ。逆に徳川家は先祖代々三河の武士で家臣の団結も強い。なにせ昔っから戦いばかりやってきた一族だ。戦いの機微というものを知っている。三成は頭がよかったらしいが、それだけじゃ勝てなかったんだ。合戦は数合わせじゃねえ。ま、博打もそうだが、勝負は相手の息を読まねえと駄目なのさ」

「権現さまは老獪《ろうかい》だったんだね」

「ああ。だがな、真田も強かった。地の利があれば真田が天下を取っていたかもしれねえ。ま、それを言うなら武田信玄もそうだがよ。最後は徳川家康にツキがあったってことだろうな」

「太閤さまが死ぬまで我慢したんだよね」

「そうだ。あそこが我慢のしどころだった。家康が焦って仕掛けてたら、今ごろ、豊臣の世だったかもしれねえ。ま、そんな世も見てみたかったがな」

そう辰五郎が言ったとき、

「わんっ」

と翁丸が抗議するように鳴いた。

「あっ、そうか。お前は徳川方だもんな。なんせ大奥の犬だ」

「翁丸はお腹がすいてるだけなんじゃないの？」

「わん！」

翁丸が、得たりという風に目尻を下げた。

「ワン公、お前はさっき飯を食ったばっかりじゃねえか」

「わん？」

「こいつ、やっぱり年寄りかもしれねえな。朝飯を食ったことを覚えてねえのか
……」

「そういえばどこでもよく寝てるもんね」

三吉が翁丸を見つめた。

「おい、ワン公。杖《つえ》作ってやろうか？」

「犬が杖なんてつけるわけないでしょ。いざとなったら駕籠に乗せるしかないんじゃない？」

「ちぇっ。手のかかるやつだなぁ……。でもこいつを江戸まで連れて帰ったら、褒美をもらえるかもしれねえからな」

そんなことを言いながら歩いていると、やがて鮮やかな青い海が見えてきた。

「父ちゃん、港じゃない？」

「ここが下津井ってところかな」

辰五郎があたりを見まわしながら言った。

下津井は漁師町であるが、蝦夷からの特産物を積んだ北前船がよく寄港するところで、廻船問屋も多い。また、参拝客を乗せた金毘羅船も多く港に入ることから町は栄えていた。船着き場ちかくの〈まだかな橋〉には、夕暮れになると船頭や船乗りたちに「まだ（遊郭にあがらん）かな」と声をかけるやり手婆《ばば》が大勢いたため、その名がついたという。

辰五郎たちはさっそく、寄港している金毘羅船のひとつに乗ることにした。

「この船、大坂から出てるんだね」

三吉が百石の弁財船の中を楽しそうに見まわして言った。

「ああ。川口港から五日ほどかけてここに来るらしい」

「陸で来たら十日かかったけどね」

「でも面白かったろ？」

「うん！　いろんなものが見られたし、食べられたし。危ない目にもあったけど……」

「危ねえことのない旅なんてのは、つゆにつけねえ蕎麦みたいなもんさ」

甲板の一番前に陣取ると、辰五郎は荷物を置いて船べりにもたれた。海に目をやれば、いわし漁船を海猫が追っている。

やがて帆をいっぱいに膨らませ、辰五郎たちの乗った金毘羅船が港を離れた。瀬戸内の島の間を縫うように、船は進んでいく。

「やっぱり海は広いね。川の渡しとは違うね」

三吉が船べりから身を乗り出しながら目を細めて言った。

「潮の匂いもするしなぁ。三吉、ここらには鬼ヶ島があるそうだぞ」

「えっ、鬼って本当にいたの？」

「昔はいたんじゃねえか、きっと。まあ俺が鬼だったら、島に引きこもってねえで、陸地を攻めて城のひとつでも奪っていただろうな。案外、つつましかったのかもしれねえ」

「犬や猿に負けるくらいだしね。連れていったのが翁丸なら負けたかもしれないけど……」

「ワン公は餌に釣られて鬼に寝返るかもしれねえな。小早川秀秋みたいなやつだ」

辰五郎が笑いながら翁丸を見ると、沙夜の膝の上に頭を乗せ、ぐったりとしていた。

「どうした、また寝てるのか？」

「それが……。どうも船に酔ったみたいで」

沙夜が翁丸の背中を撫でた。

「ほんとにだめな犬だなぁ、お前は……」

辰五郎は苦笑いした。

やがて船は丸亀についた。船を降りるなり翁丸は元気を取り戻し、さっそく浜辺に打ち上げられた海藻の匂いを嗅いでいた。

辰五郎たちも船旅で固くなった体をほぐし、わらじの紐を結び直す。

「いよいよ四国か」

「もうすぐですね」

沙夜と笑みを交わす。

四国に上陸して金毘羅宮へ行くには、大きく分けて五つの街道があるが、丸亀街道は約三里と短く、しかも平坦《へいたん》であるから、もっとも人気がある道だ。

「よし、行くか！」

辰五郎たちは元気に歩き出した。街道には道標や石灯籠が多く見える。これは講を組んで日本全国の人が寄進し、建立しているものである。また、金毘羅参りに向かう人の列が絶えず、道に迷うこともない。丸亀城を間近に眺めながら、一本の道を大勢でぞろぞろと歩くのは楽しかった。

しかし一里ほど進んだところで、翁丸が急に田んぼのあぜ道へ飛び出し、走って行った。

「おい、ワン公、どうした？」

三吉と沙夜を街道で待たせ、辰五郎が追いかけていくと、一軒の家へと向かい、少し開いている雨戸に顔を突っ込んだ。

「こら、人の家に失礼なことを……」

辰五郎が慌てて翁丸の尻尾を引っ張ったが、びくともしない。戸の隙間からは、ぷんといい匂いが漂ってくる。

（そうか。なにかうまいものを嗅ぎ当てやがったな）

辰五郎は意を決して戸を開けた。

「ごめんよ」

入ったとたん、目に麗しき景色が飛び込んできた。四人の若い娘たちが全員裾をからげ、若々しい白い脚をのぞかせていたのである。

「いやっ！」

「誰なの⁉」

「助平！」

娘たちが非難の声を上げた。

「い、いや、うちの犬が……」

言い終えぬうちに、すりこぎ棒のようなものが飛んできて鼻に当たった。娘の一人が投げつけたらしい。目頭から涙がこぼれる。

（くそっ！　ワン公のやつ、とんでもないところに鼻を突っ込みやがって！）

そう思ったのもつかの間、今度は野太い男の声がした。

「てめえ、何してやがる！」

かすむ目で見つめると、相撲取りのように太った大男が、腕まくりをして近づいてくるところだった。

「待て！　俺はただ……」

「この助平、のぞいてやがったんだよ」

娘の一人が決めつける。

「ほう、金毘羅参りのついでに旅の恥をかき捨てか。ふてえ野郎だ」

男はかたわらにあった薪《まき》ざっぱをつかんだ。

「待てって！　俺はうちの犬を追いかけて来ただけだ。犬が戸の隙間に首を突っ込んだから、いったい何ごとかと……。おい、ワン公、なんとか言え！」

「わん？」

翁丸が首を傾げた。

「馬鹿を言いな」一番若い娘が言った。「こんなかわいい犬が助平なことをするもんか。だいいち、犬が人さまに盛るわけないだろ」

「こいつ犬をだしにして、人の家をのぞいてまわってるんだよ」

隣の娘も言って、ますます立場は悪くなってきた。

「よし。捕まえてお奉行さまに突き出してやろう」

男が薪を振り上げた。

「待て！　あそこに俺の家族がいる。話を聞け」

あがきつつ指をさした。

あぜ道にはこちらへ早足で向かってくる三吉と沙夜の姿があった。

「なに？」

「三吉！　よく来てくれた！」

叫ぶと三吉が走ってやって来た。

「坊主。この男が家の中をのぞいてやがったんだが、こいつはお前の父ちゃんか？」

「いえ、初めて見る人です」

三吉が言ってにやりとした。

「や、やい、三吉……。ふざけるのはやめろ！」

「この人、悪そうな顔をしてますね」

三吉がいたずらっぽく笑ったとき、ようやく沙夜も追いついてきた。

「沙夜！　頼む、助けてくれ」

「辰五郎さん、これはいったい……」

「てめえら見ろ！　これが俺の女房だ。こんなべっぴんな女房がいるのに、のぞきなんてするものか」

「本当なの、あんた？」

娘の一人が、疑わしそうに聞いた。

「はい。この人は私の夫です」

沙夜が微笑んで答える。

「ええっ……」

「信じられない」

「あんた、騙されてるんじゃないの？」

娘たちが口々に言った。

「いいえ、こう見えて、いい人なんですよ」

沙夜はびくともせずに言った。

（さすが俺の女房だ。惚れ直したぜ）

辰五郎は体中に力が湧いてくるような気がした。

「さ、わかったら放してくれ」

辰五郎は毅然《きぜん》と言った。

「お、おう。悪かったな」

男が辰五郎を自由にした。

「だいたいよ、このいなせな俺がそんな助平に見えるか？」

辰五郎が、女たちに向かって口を尖らせた。

「はい」

「飢えてそうな感じで……」

「ほんとに」

「わん！」

いつのまにか女たちの横には翁丸がいた。

「おい、ワン公、てめえのせいじゃねえか！　俺は戸の隙間からいい匂いがしたから
よ、てっきりうまいものが食えると思っただけなんだ……」

「ま、うちはうどん屋だがね」

男が言った。

「うどん？　こんな田んぼの中の一軒家が？」

辰五郎は驚いた。

「地元のもん相手にやっとるから。旅の人はめったに来んがね。さっきも娘たちがう
どんを踏んどっただろ」

「うどんを踏んでただって？」

辰五郎が振り返って家の中を見た。すると、先ほどまで娘たちがいたところに、白
い生地のようなものが並んでいた。その下にはござが敷かれている。

「讃岐《さぬき》のうどんは腰が強くねえといけねえ。そのために足で踏む必要があるのさ」

「なるほど。それで裾をからげてたのか……」

辰五郎はようやく合点がいった。

「やっぱり見てたんだよ、この人！」

「違う！　違うって……」

辰五郎は頭を抱えた。

「まあ、せっかくだ。うどんを食っていかねえか？」

「ほほう。こう見えても俺はちょいとばかし、うどんにはうるさい男なんだぜ」

辰五郎は鼻を鳴らした。

江戸や東海道でうどんならたくさん食べてきている。江戸の辛い出汁から京の鴨出汁、あんかけうどんや大坂のきつねうどんにいたるまで、そうそうたる名物うどんを口にしてきた辰五郎には、ちっぽけな田舎のうどん屋が少しばかり気の毒にも思えた。

（まあ腹も減ってきたし、若い娘のふくらはぎも見せてもらったことだしな……）

辰五郎は庶民に施しを与える神さまのような心持ちになって、昼飯をそこで食べることにした。

「沙夜、ここでいいかい？」

「はい。おうどん好きなんです」

「おいらも！」

三吉も元気よく言った。

「おや、あんたはどこの子供だい？」

「え？　何言ってるんだよ、父ちゃん？」

三吉が目を見開いた。

「お前、さっき俺を初めて見る人だと言ってたよな?」

「だって父ちゃんは言ってたじゃないか。危険のない旅なんて、つけ汁のない蕎麦みたいだって」

「馬鹿。だからってあんなときに知らんぷりするやつがあるか」

「でも、はらはらしたでしょ?」

「寿命が縮んだぜ」

辰五郎はあきれて笑った。どことなく三吉が自分に似てきているような気がする。悪いことであるような気もしたが、ちょっと嬉しかった。

男にいざなわれ、一軒家の表に回ると、言ったとおりそこはうどん屋で、店先には大きな鉄釜が置かれ、中には湯がぐつぐつと沸いていた。

一つだけある卓の前に腰掛けると、すぐにうどんが三人分出てきた。

「お待ちどお!」

茹《ゆ》でたてらしく、鉢に盛った麺からは、ほかほかと湯気がたっている。その脇に、刻んだ生姜と葱がのっていた。

「おい、つゆを忘れてるぞ。麺だけで出すやつがあるか、あわてん坊め」

辰五郎が太った男に言った。

「それはそのまま醤油をぶっかけて食べるんだ。醤油はそこの徳利に入ってるよ」

「えっ、つゆがないのか？」

辰五郎は眉を寄せた。

（やめときゃよかった。うどんにつゆがないなんて、田舎者すぎるぜ）

辰五郎はしぶしぶ徳利を傾けて醤油をかけ、そのままうどんをかき込んだ。

ずるりと麺が口に入る。嚙みしめると口の中で醤油が飛び散った。

（なんだこれは……！）

辰五郎は驚愕《きょうがく》した。つゆがないのに出汁の味がする。しかもとびきりうまい。

（こいつは、炒《い》り子《こ》出汁か？）

辰五郎は見当をつけた。東国の鰹《かつお》でも西国の昆布でもない。煮干しで取った出汁である。

しかもうどん自体、強い腰があって歯ごたえがいい。あとからあとから箸が出て、瞬く間に食べきってしまった。辰五郎は今まで、こんなうまいうどんを食べたことがなかった。

（嘘だろ⁉　なんでこんなへんぴなところに日本一のうどんがあるんだよ？）

辰五郎は呆然とした。舌がおかしいのか、それともよほど腹が減っていたのか。

ふと横を見ると、同じくうどんを食べきった三吉の目がきらきらと輝いていた。

「父ちゃん、こんなにおいしいうどん、初めてだよ！」

「やっぱりそうか。これは正真正銘うまいんだな」

辰五郎は呻いた。

「伊勢のうどんは柔らかかったけど、ここのうどんはもちもちして食べ応えがあるね」

「伊勢のうどんは旅人が素早く食べられるように柔らかくしてあるからな。ここのはじっくり味わううどんらしい。足で踏んだからこそ、ここまで腰が出るのか」

辰五郎は腕を組んだ。普通のうどんは麺棒を使い、手の力で引き伸ばす。しかし讃岐では足で踏むのだ。

こうなると今までありがたがって食べていたうどんはいったい何だったのかと思う。

「親父、このうどん、いくらなんだい？」

「十二文だよ」

「なんだって⁉」

辰五郎はまた驚いた。江戸のうどんは大体どこでも十六文である。うまい上に安いとはどういうことなのか。

考えている間に沙夜もうどんを食べ終わった。やはり満足そうな顔をしている。

「この味の謎を確かめなきゃならねえ。もう一杯いこう」

「うん！」

「沙夜はどうする？」

「私もいただきます」

「よし。もう三杯くれ」

「へいっ」

男が嬉しそうに頷いて、うどんを笊に入れ、湯釜で湯がいた。

「お待ちどお！」

男がまた熱々のうどんを鉢に入れ持ってきた。

今度はまず醤油をかけず、うどんだけを食べてみる。すると出汁の味はしなかった。

「ははあ。つまり、この醤油に出汁が入ってるってわけか」

辰五郎は徳利を見た。冬なら、つゆを張ったうどんがいいが、今の季節はこのぶっかけうどんのほうが食べやすい。辰五郎はうどんをたぐり、舌鼓を打った。出汁がいいのか、それとも娘の足で踏んだからうまいのか、とにかく箸が進む。二杯目もすぐに食べ終わってしまった。

「わんっ！」

と、卓の下から翁丸の声がする。

「ワン公。てめえは前に一度、むせて鼻からうどんを出しただろう。もったいないからやれねえ」

きっぱり言うと、翁丸は世にも哀《かな》しそうな顔をした。

「父ちゃん、あのときのうどんって熱かったんじゃない？　ほら、翁丸は猫舌だから……」

「そうかなぁ。もったいねえなぁ、こんなうまいうどんを犬にやるとは……」

「辰五郎さん。私のうどんを分けてあげますから」

沙夜が、うどんを少し取り分けて、翁丸にやった。

翁丸はうどんに食らいつき、千切れそうなほど尻尾を振った。歯ごたえを確かめるように何度も噛んでいる。

「まあこいつの鼻のおかげで、こんなにうまいうどんにありつけたんだ。しょうがないか」

「ふくらはぎも見られたことだしね」

三吉の軽口を聞き、沙夜の眉が少しだけ寄った。

「沙夜。俺は見てねえ。見せられただけなんだ……」

「本当ですか？」

「も、もちろんよ」

「だったら早く忘れてくださいね」

沙夜が笑った。だが目は笑っていない。

「俺は他の女に興味ないんだってば……」

そのとき、翁丸がさっと顔を上げた。

「どうした、ワン公？」

まだうどんは残っている。翁丸が食べ物のことを忘れるなど珍しいことだった。

「わんっ！」

と、翁丸が街道のほうを見て一声鳴いた。

「ん？」

辰五郎がそちらに目をやると、一匹の犬がひょこひょことこちらに向かって歩いてきていた。

「父ちゃん、あれ……！」

「金太じゃねえか！」

三吉が駆け出した。辰五郎も後に続く。

「金太！　しっかりして！」

三吉が赤犬を抱いた。道々、顔を見ていた金毘羅犬の金太である。その前足に切り傷があり、出血していた。

かつて姫路城で四国犬に一歩も引けを取らなかったたくましい犬である。

「どうしたんだ、お前！　とにかく医者のとこに行こう！」

辰五郎は金太を抱こうとした。しかし金太はさっとかわして身を翻した。そのままついて来いとでもいう風に先を歩いて行く。

「どこに行くつもりだ？」

辰五郎は素早く代金を卓に置くと、金太の後を追った。沙夜と三吉も慌ててついてくる。

金太は街道に戻り、しばらく歩くと、ある村の小路に入っていった。

そのまま村はずれの地蔵堂に行き、わんと小さく鳴いた。

「この中に何かあるってのか？」

辰五郎がおそるおそる扉を開くと、体を折りたたむようにして男が倒れていた。

「おめえ、定吉じゃねえか！　いったいどうしたんだ？」

「ははっ、参ったな。まさか兄ィを呼んでくるなんてよ」

定吉は苦笑いした。

「誰かにやられたのか？」

辰五郎は定吉の全身を見まわした。着物の端々が破れており、いくつか生傷も見えた。

「足を斬られちまってな。歩けねえんだ」

「こんなとこにいるってことは誰かに追われてるのか」

辰五郎はあたりを見まわした。

「まあな。手強《てごわ》いやつだ」

「わかった。ちょっと待ってろ」

辰五郎は三吉たちを振り向いた。

「先に金毘羅宮のふもとまで行っててくれ。俺は後で行く」

「えっ、一緒に行かないの？」

三吉が心配そうな顔をした。

「なんとなくやばい匂いがする。三吉、母ちゃんは身重だ。守っててやってくれ」

「でも……」

倒れている定吉を三吉が疑わしそうに見た。

「こいつと金太には助けてもらった恩がある。今が返すときだ」

「……わかったよ。きっとあとで来てね」

「ああ。旅籠の軒先にするめをぶら下げといてくれ。そうすればきっと翁丸が目印になるだろう。気をつけて行けよ」

「うん！　父ちゃんも気をつけて」

三吉は沙夜とともに街道に戻っていった。

「さてと。いったいどうしたんだ。てめえほどの男がやられるなんてよ」

「ま、敵も本気を出してきたってとこだな」

「敵？　誰なんだよ、いったい」

「それを聞いたらあんたも危なくなる」

「知らねえほうが危ない。今はそんな気がするな」

「そうか……。だったら聞いたことを死んでも口にするなよ」

「わかった。で、誰と戦ってるんだよ、お前は」

「……徳川幕府さ」

「幕府⁉　なんだよ、そりゃ？」

辰五郎は呆気《あっけ》にとられた。あまりにも話が大きすぎる。

「幕府に二百三十年来の恨みを晴らしたいやつがいてね。俺はそいつに雇われている」

「二百三十年？　いつの話だよ」

「ちょうど関ヶ原のあった年だ」

「江戸ができた頃か？」

「ああ。大坂夏の陣のとき大坂城から逃げ出した豊臣秀頼公の子孫がまだ生きていてな。長州藩が後ろについてる」

「えっ……。長州ってことはつまり、毛利家ってことか？」

定吉が頷いた。

「そういうことだ。毛利は関ヶ原のあと、約定を違《たが》え減封を命じた家康をひどく恨んでいてな。機会さえあれば倒幕しようと付け狙っていたんだ」

「そうか。聞かなきゃよかったな」

辰五郎は早くも後悔した。金毘羅さまにお参りして、うどんでも食っていればよかった。いや、今からでも遅くはないのか——。

「とりあえず俺は口の堅い医者を呼んできてやるよ。元気でな、定吉。今の話はすっかり忘れちまった。もう会うこともないと思うが……」

辰五郎が言いかけたとき、

「やっ！」

という鋭い気合い声と共に、定吉が何かを投げた。

刹那、

「うっ！」

という、くぐもった声が聞こえ、足音が遠ざかって行った。

地蔵堂の戸を開けてみると、血の落ちた跡が点々と遠くまで続いている。

「なんだよ、今の！」

「きっと幕府の草《くさ》だ。すまん、今の話、聞かれちまったらしい……」

「なんだって？」

辰五郎は青ざめた。草というのは忍びのことである。つまり幕府の隠密に聞かれたということか。

「ってことはつまり……」

「ああ。きっとあんたも狙われる」

「くそっ、俺はただの通りすがりだぞ！」

辰五郎は頭をかかえた。

「そうでもねえ。ずっと巻物を持ってたしな。だが、ここまで手が回っているとは思わなかった。隠密遠国衆もお庭番も、四国に来てやがる」

「待てったら！　俺は関係ない！」

「言ったろ。知ったら危ないと」

「ここまで危ないとは思わなかったんだよ……」

「行こう。ここにいるとまずい。肩を貸してくれ」

「どうするんだよ？」

「埋蔵金をなんとかする。巻物を見ただろう？」

「ああ、あの千両の……」

「違う。一万両だ」

「でもあれを隠した場所がちょっと厄介でね」

「何言ってるんだ？　あれは鼠小僧の巻物だろ？」

「だから俺が鼠小僧だ」

定吉が唇の端で笑った。


一方、沙夜と三吉、翁丸は金毘羅に向けて鄙《ひな》びた街道を南下していた。風が穏やかで気持ちよく、まわりにもちらほらと参拝客がいて迷う心配もない。

三吉は遠くに見える山を見て言った。

「母ちゃん、四国の山は、てっぺんがやけにとんがってない？」

「そういえばそうね。場所が変われば山の形も違うのかしら」

「登るのが大変そうだけど」

「だけど、この街道はずっと平坦だって辰五郎さんは言ってたわよ」

「ふうん。だったら翁丸も安心だね」

「わんっ」

翁丸も嬉しそうに吠えた。

「辰五郎さんも早く宿に着くといいけれど……」

「い、一万両⁉」

「父ちゃんはすぐ厄介事に巻き込まれるからなぁ」

「自分から巻き込まれに行っているときもあるわね」

沙夜はくすっと笑った。辰五郎はおかしなことがあると子供のように無邪気に見に行ってしまうのである。

「ほんとに世話のかかる父ちゃんだよ……」

三吉がやれやれという風に言ったとき、五歳くらいの、鞠《まり》を持った女の子がこっちに向かって走ってきた。

「助けて。溝に落ちたの」

五歳ほどの、頰の赤い女の子であった。

「溝？　友達が落ちたの？」

三吉が聞く。

「ううん。おじいちゃん」

「えっ？」

三吉は沙夜と目を合わせた。

「もしかして父ちゃんだったりして……」

「行ってみましょう」

沙夜と三吉は女の子についていった。

女の子が案内したのは小麦畑の用水路で、水がちょろちょろと流れていた。大人の背丈ほどは深さがある。その底にくたびれた着物を着た老人が所在なく立ち尽くしていた。

「大丈夫ですか」

沙夜が声をかけると、老人は、人懐っこい笑みを浮かべた。

「足腰がすっかり弱ってのう」

老人は少しも弱ってない素振りで答えた。むしろ水路の底にいるのを楽しんでいる風である。

「あのおじいちゃんね、水路に落ちた鞠を取ってくれたの」

「へえ……。それで上がれなくなっちゃったんだね」

三吉はうっかり噴き出しそうになった。まさに年寄りの冷や水である。

「三吉さん、二人で引っ張り上げましょう」

「うん！　さ、おじいさん、つかまって」

二人の差し出した手に、老人は「よっこらしょ」の声と共につかまってようやくあぜ道に上がって来た。

「安穏、安穏。よきことよ」

老人は腰を後ろから両手で押してポキポキと鳴らした。

「おじいちゃん、ありがとう！」

女の子が言って、村のほうへ駆けていった。

「なに、たやすきこと」

老人は微笑んだ。

「おじいちゃん、無理しちゃだめだよ。もう年なんだから」

三吉がいたわるように言った。

「子供は仏よ。これも御仏《みほとけ》への奉公じゃ」

老人は手を合わせた。

その手首には数珠《じゅず》が巻かれている。

「あの、もしかしてお坊さんですか？」

沙夜が聞くと老人は頷き、和歌を詠んだ。

「歌もよまむ　手毬《てまり》もつかむ　野にもいでむ　心ひとつを　定めかねつも」

「おじいちゃん、下手だなぁ。うちの父ちゃんも下手だけど、字数くらいは合ってたよ」

三吉が笑う。

「そうか、下手か。わしもまだまだじゃな」

老僧が恥ずかしそうに笑った。

三吉はその笑顔を見たとたん、なぜかこの老僧が大好きになってしまった。

「おじいちゃんも金毘羅に行くの？」

「うむ。あそこの宮司は長年の友でな。参るところよ。だがあの長い石段を登れるかどうか、怪しいがのう」

「だったら一緒に行こうよ。なんか危なくて見てられないし」

「ほう、ありがとうよ」

老人はよぼよぼと歩き始めた。いつのまにか翁丸が老人の横に寄り添っている。

「おいら、三吉っていうんだ。こっちは母ちゃんだよ」

「沙夜と申します」

沙夜が頭を下げた。かつては神社に嫁いでいただけに信仰は厚い。自然と老僧に対する尊敬が滲《にじ》み出る。

「世話になるのう。わしは良寛《りようかん》という旅の僧じゃ」

「しっかりついてくるんだよ、良寛さん」

三吉は元気に歩き出した。

「お前が鼠小僧だって？」

定吉を地蔵堂で介抱しながら、辰五郎は呆然とした。鼠小僧次郎吉《じろきち》は江戸の大泥棒である。

「じゃあ定吉ってのは……」

「俺っちの親父の名前さ。なにせ、あちこちから追われる身でね」

「筋金入りのお尋ね者ってわけか。それで姫路城にもすいすい入れたんだな……。でもなんで泥棒のくせに、長州に雇われたりするんだ」

「泥棒ってのは世を忍ぶ仮の姿さ。狙っているのは大名の弱みだ。金を盗むと見せかけて、秘密の書状やら密貿易の証やら弁慶の泣き所を持ち出す。盗まれたほうは泥棒が金目当てで盗んだと思うから警戒も甘くなるだろ」

「なるほどな。それで盗んだ金を貧しい百姓たちにまいてたのか」

「そういうことだ。だから俺のことを義賊なんていう者もいる。ふ、ふふふ」

鼠小僧は低く笑ったが、それが傷に響いたと見え、また深く体を折り曲げた。

「おい、大丈夫か。まずは手当てをしなきゃよ」

「横っ腹をやられたんだ。すまねえが、これを傷口にまぶしてくれねえか」

鼠小僧が紙包みを懐から取り出して辰五郎に渡した。

辰五郎が開けて見ると、中には黒い粉末が入っていた。

「なんだこりゃ。薬か?」

「火薬さ」

「ええっ？」

「四の五の言わずにそいつを傷にまぶしてくれ。自分じゃできねえんだ」

鼠小僧が傷口を上にして寝転がった。

「わ、わかったよ」

辰五郎は鼠小僧の右脇腹の傷口を見た。赤黒い穴が開いている。

「これ、どうしたんだ？」

「火縄銃で撃たれたのさ。弾は抜いたが」

「抜いたって、いったいどうやって？」

「指を突っ込んだに決まってるだろ」

鼠小僧は苦しそうに言った。

「無茶しやがって……。鼻くそほじるわけじゃねえんだぞ」

辰五郎は半ばあきれつつも傷口に火薬を盛った。

「これでいいのか？」

「ああ。それにこいつで火をつけてくれ」

鼠小僧が左手で火打ち石を差し出して言った。

「本気か⁉」

「やってくれ。早く」

「くそっ。どうなっても知らねえぞ」

辰五郎は傷口に向かって火の粉を飛ばした。何度か火打ち石を使うと、バシュッという音とともに傷口が紅色に燃え上がった。

「ぐっ！」

うめきを漏らして、鼠小僧の体が海老反りになる。

「お、おい！」

「ありがとよ……」

鼠小僧は歯を食いしばって起き上がった。

「それで治るのか？」

「ああ。忍びなら誰でも知ってるやり方だ」

「へえ……」

傷口は火傷でただれていたが、確かに血は止まっている。普通の人間なら四、五日は寝込みそうな深い傷だった。

しかし鼠小僧の体には撃たれた痕だけでなく、鋭い切り傷や刺し傷も無数にあり、着物を血で染めていた。

「他の傷はいいのか？」

「あとは痛みだけだ。気にしなきゃいいのさ。行くぞ」

「待てよ。お前はよくても金太がつらいだろ」

辰五郎はまだ血が流れている金太の足の傷を見た。

「こいつは忍犬だ。仕方がない」

「うるせえ！　俺は俺でこいつに恩がある。手当てさせろ」

「……なにか薬でも持ってるのか？」

「俺を誰だと思ってる？」

辰五郎は懐から大きな浅蜊の貝殻を出した。その貝殻は江の島のそばで三吉と一緒に潮干狩りして獲ったものだ。

「まさか、ガマの油か？」

「そうだとも。ガマといっても前足の指が四本、後ろ足の指が六本の珍しいガマの油だ。切り傷がいっさい治る、とっておきの膏薬《こうやく》さ」

「本当に効くのか、それは」

「馬鹿にすんな！　自分用だぞ」

辰五郎は金太の足にガマの油を塗ってやった。それは傷口の上に広がり、しっとりと包み込む。すると金太の血がぴたりと止まった。

「わんっ」

金太が嬉しそうに吠える。

「どうだ。霊験あらたかだろう。お前にも金太のついでに塗っといてやる」

辰五郎は鼠小僧の切り傷にガマの油を塗りたくった。すると鼠小僧の顔つきがやや柔和になっていく。痛みが引いたらしい。

「へえ。さすが和助さんの仕込みだな。やるじゃねえか」

「師匠とはどういう知り合いなんだ、お前？」

「俺の親父は昔、中村座で建具を作っていてな。和助さんは親父の友達だったのさ」

「それで巻物を託したのか」

たしかにガマの師匠は、見世物小屋に来る前、歌舞伎小屋で働いていたと聞いたことがある。

「万が一のときにはそれを長州藩に渡してもらおうと思ってたんだ。ところがとっつぁんはあんたに渡しちまった」

「ま、急に逝っちまったからな……」

「それだけじゃねえさ。金の隠し場だと言ってあったから、あんたに金を残したかったのかもしれん。和助さんはお前と年の頃が同じ子供がいたが、亡くしていたからな」

「えっ、好きだった女が侍の馬に蹴られて死んじまったって話は聞いたが……」

「子供もいたんだ。女房を亡くして酒浸りになったから、仕事も辞めさせられてな。

子供を奉公に出したものの、病で死んじまった。自分で面倒見てりゃ、と思ったんだろう」

「そうか。そんなことがあったのか……」

辰五郎はガマの師匠の温情を思い出した。見世物小屋の皆にいじめられたとき、師匠だけは辰五郎を陰に日向《ひなた》にかばってくれた。あれは罪滅ぼしだったのかもしれない。

「で、どうするんだ定吉。埋蔵金を取りに行くのか？」

「いや。あれはたやすく取れねえ。一人じゃ無理なんだ」

「どういうことだ？」

「あの隠し場所には呪いがかかっている。金毘羅宮千年の呪いがな」

「呪いだって？」

辰五郎は鼠小僧をまじまじと見た。

（こいつ、正気か？）

しかし鼠小僧の目に狂気は感じられなかった。どうやら本当の話らしい。

「俺っちも信じちゃいなかったさ。だが、手下が呪いにやられて死んじまった。まったく、とんでもない場所よ……。だが二人いれば呪いにかからず、うまく開ける方法がある」

「なんだよ、それ……」

「その場所に行ってみればわかる。だからあんたに巻物を持たせたまま、金毘羅宮にまで行ってもらうつもりだった。埋蔵金を取り出すのに、あんたの手を借りようと思ってな」

「それで道中、お前とよく鉢合わせてたのか」

「ああ。そういうことだ。犬に匂いを辿らせれば離れても行き先はわかるしな」

「なるほど、それで……」

辰五郎は合点がいった。忍犬の金太は辰五郎を守るよう言いつけられていたのだろう。

「でも巻物は阿波の仙十郎に奪われちまったぜ。もう取られてるかもしれない」

辰五郎は肩をすくめた。

「知っている。奴ら、どこで嗅ぎつけやがったのか……。だが、あの巻物があぶり出しだっていうのは、わからないだろう。お前が仕掛けを解いちまったのには驚いたがな」

「一幽斎がいたからな……、って、なんでお前がそれを知っていやがる？」

「あんたが仕掛けを解いているとき、俺も天井裏にいたのさ」

「なんてこった！　のぞき野郎め。そんなことなら最初から言ってくれりゃいいのに」

「そうはいかねえ。あんたは言ってもたやすく信じなかったろうし、阿波の仙十郎やら、鉄砲洲の菊佐やら、物騒な奴らをぞろぞろ連れていた。万が一にもお尋ね者の俺が巻き込まれるわけにはいかねえからな」

「ちえっ、他人事《ひとごと》だと思いやがって。で、これからどうする？　二人で埋蔵金を取りに行くのか」

「ああ。長州が戦の資金を欲しがっている」

「お前、盗んだ金は百姓にまいちまったんじゃなかったのかよ？」

「埋蔵金は盗んだ金じゃない。豊臣秀頼公が大坂城から持ち出した財宝だよ」

「ええっ！」

「だからもともと豊臣方だった長州が使うのは当たり前なんだ」

「ふうん……。またぞろ徳川と戦をやろうってのか？」

「今、幕府は泰平に浸りきり、弱っている。長州がひそかに取引している伴天連《ばてれん》の国のいくつかが攻めてくればひとたまりもないだろう。日の本を守るためにも、長州はのんきな徳川を倒さねばならん」

「ふん。俺の分け前はあるんだろうな？」

「ああ。手伝い料だ。千両やるよ。和助さんが言ってたのと同じ額だ」

「よし、わかった。俺は俺でやることがある」

辰五郎は実父である〈三つ目の庄右衛門〉のことを脳裏に浮かべた。徳川も長州もどうでもいい。博打勝負でけじめをつける。

しかしその前に――。

「埋蔵金を取りに行くのは、一日待ってくれねえか」

辰五郎が言った。

「なんでだ」

「家族と金毘羅参りをしてえんだ。物騒なことはそれからでもいいだろ?」

「兄ィ、京で出会ったときとはずいぶん変わったな」

鼠小僧がにやりと笑った。

辰五郎は鼠小僧を茂みに隠すと、駕籠を呼んできて乗せた。そのまま横を早足で歩きながら金毘羅の宿に向かう。金太もひょこひょこと駕籠の後ろについてきていた。

「定吉、俺が参拝している間、どっかに隠れていられるか?」

辰五郎が駕籠に向かって言った。

「心配すんな。俺っちは扇子一本あればその後ろに消えてみせるぜ」

「そんなことできるわけないだろ」

「そのうち見せてやるさ。とにかく宿に着いたら兄ィは家族水入らずでお参りしてきなよ。俺も傷を癒やしておく。ちょいと善通寺《ぜんつうじ》にも寄りたいしな」

「善通寺っていうとあれか？　たしか弘法大師が建立したっていう……」

辰五郎は金毘羅船に乗ったとき耳にした話を思い出した。

「ああ。弘法大師はここらの生まれらしいぜ。だから全国から坊さんがお参りに来てるってよ。坊さんたちにとっては金毘羅宮よりも行きたいところらしい」

善通寺は、真言宗善通寺派総本山であり、紀州の高野山、京の東寺と共に、弘法大師三大霊場に数えられる高名な寺である。

「そんなところに何しに行くんだよ？」

「ま、ちょいとした野暮用さ」

鼠小僧はそれきり口を閉じた。

二里ほど行くと、賑やかな金毘羅の町が見えてきた。近づくにつれ五街道も交わって、ますます参拝客も増える。

「俺はここで消えるぜ」

「えっ？」

ふと駕籠の中を見るともはや鼠小僧の姿はなく、辰五郎の後ろに立っていた。

「おめえ、いつの間に……」

「楽しんできなよ」

「おう。お前も気をつけろ」

「ああ」

鼠小僧は町の路地に向かいかけたが、ふと引き返して辰五郎の元に戻って来た。

「言い忘れてたが……」

「なんだ？」

「……犬のことさ。手当てしてくれて礼を言う」

「ふん。犬じゃねえよ」

「なに？」

「あいつは金太って名前だ。俺がつけてやったんだ」

「ふふ、金太か」

鼠小僧が金太を見た。

「わんっ」

一声吠えて、金太が尻尾を振る。

「名をつければ情が移る……。だがもう、ついちまったもんは仕方ねえな。行くぞ、金太」

「わん！」

鼠小僧と金太は連れ立って路地の奥へと消えていった。

「さて……」

辰五郎はぐるぐると肩を回した。

（三吉たちはどこに宿を取ったのか……）

辰五郎は軒先に吊されているはずのするめと翁丸を探して歩き出した。

＊

この少し前、三吉と沙夜、そして道連れになった良寛は丸亀街道をのんびりと歩いていた。

道の途中にある休み処に寄り、縁台に腰を下ろすと、良寛は緑の木々の葉を楽しそうに見つめた。

「金毘羅宮の宮司は二十年来の知己でな。もうわしも年じゃ。最後にもう一度会いたいと思うてな。善通寺にも参りたかったし、ここはそれ、うどんがうまいからのう」

良寛はにこにこして言った。

「ほんとに。うどんのためだけでも来たいところですね」

沙夜も微笑んだ。

「母ちゃん。父ちゃんみたいなこと言うなよ」

「ふふ、そう？　よかったわ。私、辰五郎さんみたいになりたいの」

沙夜はどこか楽しそうに言った。

「だめだ……。母ちゃん、ますますおかしいや」

二人のやりとりを聞いて良寛の顔がまたにこやかになった。

「ねえ、良寛さん。金毘羅宮には行ったことがあるんだよね？」

「ああ。あるとも」

「本殿の裏はどうなっているの？」

三吉はたずねてみた。埋蔵金の巻物をあぶり出しで見たとき、本殿の裏に二重丸がついていた。

「金毘羅宮の奥はただの山じゃよ」

「ふうん、山かぁ。どこを掘ればいいんだろ」

三吉が少しがっかりして言った。

「掘る？」

良寛が驚いたように言った。

「う、ううん、なんかね、あのあたりにいい山菜があるって聞いたんだよ」

三吉はとっさにごまかした。そこに千両が埋めてあるなどとはとても言えない。

「やめなさい。罰《ばち》が当たるから」

良寛が苦く笑った。

「え、なんで？　ただの山なんでしょ？」

「あそこは人が立ち入ってはならない神域じゃ。山菜をとるなら、わしがもっといいところを教えてあげよう」

「そっか……。ありがとう」

「おうおう。いい子じゃ」

良寛がどこかほっとしたように言った。

「あの、金毘羅宮の裏山に誰かが行くとどうなるんですか？」

沙夜が不安げに聞いた。

「ふむ。そんな不埒《ふらち》な者は地獄に行くじゃろうなぁ」

「えっ……」

「わしもかつて因陀羅《インドラ》の白き翼を探すためにあの山に行ったことがあるのじゃ。だが、片足を踏み入れただけで死ぬところであった。けして近づいてはならぬ」

「そうなんですか」

沙夜の顔から血の気が引いた。

「良寛さん、白き翼ってなんなの？」

三吉が聞いた。

「ラーマーヤナという教典に書かれた救世主の説話でな。『白き翼、青き胴、赤き嘴《くちばし》、羽ばたきし』という御仏のことじゃ。帝釈天《たいしゃくてん》の使いで、六百年に一度現れると言われておる」

「へえ……」

「古文書には、遷宮の年に現れると記されていたが、ついに目にすることがなかったのう」

そう言って良寛は元の笑顔に戻った。

三吉は良寛の言葉の裏に得体の知れない恐怖を感じた。

(父ちゃん、大丈夫かなぁ)

少し心配になる。

(でも、もともと地獄行きだって言われてたから、案外平気かも)

三吉は気を取り直して、立ち上がった。

「そろそろ行こうよ、金毘羅さまに」

十二　金毘羅

辰五郎は鼠小僧と別れたあと、ついに金毘羅へと着いた。象頭山《ぞうずさん》が目の前にあり、ふもとからは歌舞伎芝居のお囃子《はやし》が聞こえてくる。参拝客を集めさぞかし賑わっていることだろう。

辰五郎が金倉川《かなくらがわ》に沿って歩いていると、鞘橋《さやばし》が見えてきた。

「おっ、橋に屋根がついてるとは洒落てるじゃねえか」

辰五郎が屋根を眺めながら橋を渡っていると、その途中に野菜を売っている娘がいた。

「お嬢ちゃん、ちょいとたずねるが、ここを白い代参犬が通らなかったかい？　こう、間抜けで、どんくさそうな犬なんだが……」

「いいえ、犬は見ませんでした」

「そうか、ここじゃねえか……」

「でも、神さまならもうすぐ通られますよ」

「は？　神さまだって」

「はい。金毘羅さまがお祭りのときに通るんですよ。その日は神さま以外、誰も通れません」

「へえ……。だから屋根がついて豪勢なのか」

「ここはずいぶん古くからある浮橋なんですよ」

娘は言った。どうやら屋根の由来をいつも参拝客にたずねられ、説明するのにも手慣れた様子である。

（ここを通らなかったということは、もう少し北のほうかもしれねえな）

辰五郎は見当をつけて広い宿場を歩き始めた。

沙夜や三吉がいる旅籠にはするめが軒先に吊してあって、その下に翁丸が物欲しげな顔をして座っているからすぐにわかるはずだ。

しかし旅籠が固まっているところを歩いてみても、翁丸の姿がない。

（あいつ、部屋で寝てやがるのか？）

油断しているとちゃっかり上がり込んで布団で丸くなることもあるから、今度は軒先のするめを探した。

すると、ようやく一軒の旅籠の軒先に目印のするめがあった。その下を見ると、大きな三毛猫が居座っている。

「なんで猫が？」

狐につままれた思いで宿に上がってみると、やはりそこに三吉たちはいた。

「父ちゃん！　金太は大丈夫だった？」

部屋に入るなり三吉が聞く。

「ああ。命に別状はねえよ」

「よかった……」

三吉はほっとしているようすだった。

辰五郎は荷をほどくと、座布団にどっかりと座った。

「さっきの人は何か訳ありのようでしたが……」

沙夜が心配そうに聞く。

「訳ありも訳ありよ。あいつはガマの師匠の知り合いでな。とりあえずあいつと埋蔵金を掘り出すことにした」

「ふうん……」

三吉が何か言いたそうに辰五郎を見つめた。

「なんだよ、すげえお宝なんだぞ。千両どころか、一万両の……。もっとも俺は千両しか分け前がねえが」

「やめたほうがいいかもしれないよ」

三吉が言いにくそうに言った。

「なんだって？　今さら何を言うんだ」

「だって、あの場所は危ないらしいんだ。神聖なところで、勝手に入ったら罰が当たって地獄に行くって……」

「なんだよ、気味が悪いな」

辰五郎は腕を組んだ。たしか鼠小僧も「金毘羅宮千年の呪いがかかっている」などと言っていた。

「辰五郎さん、私もやめたほうがいいと思います」

沙夜も言った。

「三吉さんの言った話は旅のお坊さんが教えてくれたんです。一度、金毘羅宮の裏山に入って死にかけた、と……。嘘をつくような人には見えませんでした」

「なんだよ、坊主でも罰が当たんのかよ」

辰五郎は口をへの字に結んだ。不信心者の辰五郎は、御利益にはあまり期待しないが、神が罰を当てるという点はかなり信じている。

しかし、辰五郎は父とその財宝を賭け、大勝負をするつもりだった。今さら引くことはできない。

「ま、定吉が呪いにかからない方法を知ってるらしい。心配すんな」

辰五郎はつとめて明るく笑った。神というものに害をなす手足があるのなら、それはそれでとっつかまえて殴り返すことができるかもしれない。

ただ、安産の神とは、沙夜とお腹の子のためにも事を構えたくなかったが。

「それより明日は金毘羅宮に参拝するぞ。埋蔵金はそのあとだ」

「ほんと？　いよいよだね！」

「ついに辿り着きましたね」

三吉と沙夜も喜色をあらわにした。庶民憧れの伊勢参りと金毘羅参り、両方が成るのである。これまでずいぶんと長い道のりを歩いてきた。

「そうと決まれば風呂と飯だ」

辰五郎は元気よく立ち上がった。

「ところで三吉、ワン公はどうした？」

「庭にいるよ」

「庭に？」

辰五郎が障子を開けると、縁側の向こうで翁丸がすねているように背中を向け、寝転がっていた。

「なんで表にいなかったんだ。あいつはするめが大好物なのに……」

「ここの宿の猫にやられたんだよ。軒先の下は猫がいつも座るところらしいから」

「猫にやられたって？　犬がか？」

辰五郎はあきれて翁丸を見た。

「おい、ワン公！　てめえ犬のくせに負けるんじゃねえ。もう一回行ってこい！」

「くぅん……」

翁丸は哀しげに、辰五郎に顔を向けた。

「うわっ、なんだお前！」

辰五郎は噴き出した。翁丸の鼻にしっかり三本、猫の爪痕《つめあと》が残っている。

「もういい、休んでろ。するめやるから」

「わん……」

辰五郎がするめを手荷物から取り出して放ってやると、翁丸はペロペロと舐め、味わうように食べた。

「猫に追い払われる犬なんて初めて見たぜ」

辰五郎は肩をゆすって笑った。

翌朝、辰五郎たちはしっかり朝飯を食べると、そろって宿を出た。翁丸がうらめしそうに軒先のするめを見上げたが、三毛猫が背中の毛を逆立てて威嚇すると、すごすごと引き下がった。猫を避けるように往来に出る。

「見ろ、三吉。ああなっちゃならねえ。たとえかなわぬとわかっていても立ち向かうのが男ってもんだ」

「けど、なかなかできないんじゃないかな」

「できなくても怖くないふりをしてろ。そしたら相手だってちょっとは考えるさ」

「ふうん……」

「翁丸、ほら、おいで」

沙夜が手を伸ばして軒先のするめを取り、翁丸に差し出した。

「わん！」

翁丸が尻尾を振って食べると、三毛猫のほうを見て、どうだと言わんばかりに目尻を下げた。

「おい、人の手を借りて威張るな、ワン公」

しかし翁丸はぷいと横を向き、沙夜にすり寄って甘える。

「まったくこの野郎は……」

宿を出ると辰五郎たちはそのまま金毘羅宮に向かった。象頭山を仰ぎ見ると、緑の木々に覆われた山の端に広がる朝焼けが美しい。

「きれいですね。本当に神さまがいるみたい」

沙夜が目を細めた。

「朝の空気ってやっぱり気持ちいいね」

三吉の声も弾んだ。

「おっ、またうどん屋があるぜ」

辰五郎が言った。

「わん！」

翁丸もぴくぴくと鼻を動かす。

辰五郎と翁丸は表参道を逸《そ》れ、〈さぬきうどん〉と、のれんに書かれた屋台に早足で向かった。

「父ちゃんは食い気ばっかりなんだから……」

三吉は仕方なく辰五郎の後ろに続き、店の前で追いついた。

「父ちゃん、朝飯食べたばっかりじゃないか」

「大丈夫だ。うどんなら入る。ちょっと待っててくれよ」

辰五郎はさっとのれんをくぐった。翁丸が後に続く。

「せめて帰りにすればいいのにね」

三吉が頬を膨らました。

「ふふ、辰五郎さんは思いたったらすぐにやらないと気がすまないたちなのよ」

「それって子供じゃないか」

「そうね。大きな子供かもしれないわね」

沙夜がくすりと笑った。

辰五郎はうどん屋に入ったかと思うと、あっという間に出てきた。後ろから出てきた翁丸は、蒲鉾《かまぼこ》を一切れくわえている。

「父ちゃん、もう食べたの？」

「ああ、駆けつけ三杯ってやつさ」

「わんこそばじゃないんだから……」

「このくせになる出汁を味わっただけで元気が出たぜ。さあ、行こう」

辰五郎は元気に歩き出した。

少し登るとやがて金毘羅宮の石段が見えてくる。登りはじめると、両脇には色とりどりの露店が並んでいた。土産屋や団子屋である。

「急な階段だね、父ちゃん」

「ほんとだな。神社がまるで見えねえぜ」

辰五郎は土産屋の一つに近寄って聞いた。

「なあ、ここの石段はどれくらいあるんだい？」

「ああ、七百八十五段だよぉ……。奥の社まで行けば千三百六十八段さぁ」

歯のほとんどなくなった老婆がケタケタと笑いながら言った。

「千三百六十八？　って、いったいどれくらいだよ？」

「まずは半刻ありゃ登れるが、心配なら杖を持っていくといいでよ」

老婆は店先に並べてある杖を指さした。

「そうか。俺はいいが、沙夜は身重だからな。一本借りておこう」

辰五郎が見目のいい竹杖を一本取って沙夜に渡そうとしたとき、

「お待ち！」

と老婆が怒鳴った。翁丸が驚いて飛び上がる。

「な、なんだよ、婆さん！」

「土産も買わないで持っていく奴があるか！」

「えっ、ただじゃねえのか？」

「三途の川だって渡し賃がいるんだ。心づけのないやつは死んだほうがましってもんさ」

「わかった、わかったよ」

辰五郎は小さなでんでん太鼓を買った。

「これで杖を借りてくぜ」

「ありがとうよ。帰りに寄って返してくれればいいから」

老婆は先程とは打って変わった満面の笑みで送り出した。

「がめつい婆だな」

辰五郎は肩をすくめて沙夜に杖を渡した。

「ありがとうございます」

「気をつけて登れよ。疲れたら休んでいいんだから」

辰五郎の優しい言葉に沙夜は頷いた。

「辰五郎さん、さっきのお土産は……」

「お腹の赤ん坊のだ。ちょいと気が早えが」

辰五郎は少し照れながらも、沙夜の腹の前でトントンと鳴らしてみた。高くていい音がする。

「わんっ！」

翁丸が尻尾を振って寄ってきた。

「ワン公、お前のおもちゃじゃねえ」

辰五郎は素早くでんでん太鼓を懐にしまった。

翁丸が残念そうな顔をする。

辰五郎たちはさらに石段を登った。

しかし、登れども登れども、本宮は見えない。一ノ坂の鳥居までは特に勾配《こうばい》が急である。

（いったいいつまで登ればいいんだよ）

辰五郎はつらくなってきた。朝飯で腹いっぱいになった上に、うどんまで食べている。うどんがもう喉元まで上がってきていた。

「父ちゃん、苦しそうだね」

三吉が顎の先から汗を垂らして言った。

「全然苦しくねえさ。羽のように足が軽いぜ」

辰五郎は強がったが、横っ腹が痛くて今にも座り込みそうだった。

そしてもっとつらそうなのが翁丸だった。

もともと翁丸は登り坂が嫌いである。その上、硬い石段を上がり続けたのだから、さすがに嫌になったらしい。腹を上に向けて寝転がった。完全に降参の姿勢である。

「やい、翁丸。てめえはもう参拝をあきらめろ」

「わんっ」

翁丸はよく言ってくれたとでもいう風に目尻を下げた。

「だめだよ、父ちゃん！　翁丸は代参犬なんだから。ここまで来て帰ったら意味ないよ」

「でも動かねえじゃねえか。無理だろ」

「おいらたちがおぶって行くしかないのかな……」

「なんだそりゃ。年寄りじゃねえんだから」

辰五郎があきれたとき、

「みんなで休んでいきましょう。ほら、あそこに甘酒の店がありますよ」

と、沙夜が言った。

「そうだな。俺はまだまだ大丈夫なんだが、休んでいくか」

内心、沙夜に感謝しながら、辰五郎が言った。

沙夜のほうはさほど疲れているように見えない。杖を持っているからだろうか。

（さっき俺も借りときゃよかったか）

辰五郎はふと思った。

「父ちゃんも杖が欲しかったんじゃない？」

見透かしたように三吉が笑った。

「けっ。爺《じじい》じゃねえんだ。俺はぴんぴんしてるぜ」

辰五郎は強がって言った。ここは父の威厳を見せておかねばならないだろう。

甘味処で休憩すると、うどんも腹でこなれ、辰五郎はようやく元気が出てきた。甘酒の甘さも体の疲れを癒してくれる。

辰五郎たちの他にも石段に疲れたらしき参拝客がのんびりと甘酒を飲んでいた。

「さあ、行くぜ。金毘羅さまに七百八十五個ほどお願いをしなきゃな」

「そんなに⁉」

三吉が目を丸くする。

「一段一段、おとしまえを……」

辰五郎が言ったとき、

「罰が当たりますよ」

と、沙夜がたしなめた。

「そうか。じゃあ、大まけして百八個にしとくか」

「全部煩悩じゃないか、父ちゃん」

三吉があきれた。

しかし、辰五郎たちは再び石段を登り始めたものの、翁丸はやはり嫌だったようで、下の段からがんとして動かなかった。

「こらワン公、いいかげんにしろ！」

「翁丸、早くしないと日が暮れるよ……」

「ほら、これを見ろ」

辰五郎がするめを見せたが、翁丸は尻尾を軽く振っただけで、登ってこなかった。

「こりゃほんとにだめらしいな。おい、動かねえなら、金毘羅の狛犬にしちまうぞ！」

辰五郎が言ったが、翁丸はすっかり寝そべっている。

「力がからっきしなくなったんだね」

「うーん、ここで泊まるわけにもいかねえしなぁ……」

辰五郎が困り果てたとき、

「これ……これ……、三吉」

という声が聞こえた。

「ん？」

辰五郎が振り返ると、石段を駕籠が登ってきていた。

「なんだ？　なんでこんなところに駕籠が？」

「あ、良寛さん！」

三吉が声を上げた。駕籠から顔を出していたのは昨日出会った老僧であった。

「三吉、こんなところで何をしておる？」

「それが、翁丸が疲れて登れなくなっちゃったんだ」

三吉が言うと、良寛は寝そべっている翁丸を見た。

「これはこれは……。涅槃仏《ねはんぶつ》のようじゃな」

良寛が目を細めて笑った。

「涅槃仏って？」

「釈迦《しやか》が入滅するさまを仏像にしたものじゃ。寝仏とも言うて、暹羅《シヤム》（タイ）にはよくあるものよ」

「ふうん、寝仏かぁ……」

「こいつが仏なもんか。歩くのが嫌だから、とぼけてやがんだよ」

辰五郎が言った。

「あなたはどなたかな？」

「俺は三吉の父親だ。昨日こいつらが世話になったらしいな」

「……ほう」

良寛が何か言いかけたがやめたようで、辰五郎を見つめた。似てないとでも思ったのだろうか。だが血はつながってなくても三吉は自分の子供だ。

「ところでその駕籠はなんだよ。石段なんか登って駕籠かきは平気なのか？」

「これは石段駕籠といってな。足の弱い者や年寄りが使うものじゃ。昔からある」

「へえ、便利なものだな」

「ひとつ、その犬を乗せてやろうかのう」

「えっ、駕籠に？」

「見れば力の弱そうな犬……。哀れではないか」

「くぅ〜ん」

その通り、と言わんばかりに翁丸は哀切な響きで鳴いた。

「まあそうしてくれると助かるが、大丈夫かい？」

「いいとも。さ、おいで」

良寛が微笑むと、翁丸はかろやかに走り、ぽおんと良寛の膝の上に乗った。

「ちぇっ。ちゃっかりしてやがるぜ」

辰五郎は呆れた。

「さ、行ってください」

良寛が言うと、駕籠かきはまた石段を登り始めた。

「いいなぁ。俺も乗りてえなあ」

思わず本音が出た。

「やっぱり疲れてたんだね」

三吉が笑った。

「違う！　そいつはその、ちょいと珍しいからさ」

「どうだか」

辰五郎たちが駕籠の後ろについて石段を登っていると、駕籠の中から、良寛の声が漏れ聞こえてきた。

「ほ、ほほ、この犬は乗り慣れておる。もしや昔にも駕籠に乗ったことがあるのかもしれんの」

「もともとは大奥の犬だからな。そんなことがあったかもしれねえよ」

「大奥の？」

「ああ、こいつは麗光院っていうえらい人が代参させた犬なんだ。育ちがいいくせに意地汚くて困るんだが……」

「ほう、大奥のな」

良寛が翁丸を見つめた。翁丸はいつのまにか丸くなって眠っている。

さらに登っていくと大門が見えた。

「おっ、いよいよ着いたか！」

辰五郎が力を振り絞って大門を抜けると、そこには五つの露店があるだけだった。売り子はすべて女である。

「なんだ、まだじゃねえか！」

「ここで半分じゃよ」

良寛が笑いながら言った。

「長いな。長すぎる……」

辰五郎がうんざりしつつ店をのぞくと、どこも同じような黄色いべっこう飴《あめ》を売っていた。

「なんだ？　どの飴も似たようなもんじゃねえか」

　辰五郎は首をひねった。

「この飴は加美代《かみよ》飴というてのう。この五人百姓しか売ってはならんのじゃよ」

　金毘羅宮の境内では商いは禁止されているが、長年の神事への功労により、特別に飴を売ることを許された五つの商家が〈五人百姓〉であり、参拝するものは必ずといっていいほどこの飴を買う。

「よし、一つ買っていくか」

「どの店で買うんだよ？」

「そりゃもちろん一番美人の……」

　言いかけて辰五郎は沙夜の視線に気づいた。浮かんだ笑みがどことなく怖い。

「三吉、好きな店を選べ」

「ええっ」

　任された三吉が五つの店の飴を見て回った。

「どれにしようかな……」

　三吉が迷ったとき、ひらりと白い影が躍った。

「あっ、翁丸！」

「わんっ！」

翁丸は迷わず、一つの店の前で止まった。飴の匂いをくんくんと嗅ぐ。

「これがおいしいの、翁丸？」

「わん！」

「こらワン公、てめえ歩けるじゃねえか！」

「わ、わん？」

翁丸はさっと良寛の膝の上に戻った。あとは飴をくれという顔をしている。

「こいつめ……」

「でも翁丸の鼻にはずれはないからね。これにしようよ」

仕方なく辰五郎はそこの飴を買った。本当はとなりの露店の美人が少し気になっていたのだが……。

どこか懐かしい味のする飴をしゃぶりながら三百六十五段目の大門を過ぎ、さらに百段ほど進むと、西詰銅鳥居が見えてきた。鳥居をくぐると、右奥に屋敷のような建物がある。

「坊や。金毘羅さまに、お宝があるのを知っておるかの」

良寛が三吉に言った。

「お宝？」

三吉が目を丸くして良寛を見た。

同時に辰五郎も振り返る。もしや、この老僧は埋蔵金のことを知っているのだろうか。

「良寛さんよ、なんか耳寄りな話だな」

辰五郎が遠回しにさぐりを入れた。

「うむ。一度は見ておくといい。わしもこれが楽しみでのう」

「えっ、どこにあるんだよ？」

「そこじゃ」

良寛は目の前の屋敷を指さした。

「そこ？」

辰五郎は首を傾げた。埋蔵金は本殿の裏のはずだ。

狐につままれたような思いでついていくと、良寛は屋敷の者に挨拶して、親しげに話し出した。

参拝客もこの屋敷まではあまり近寄ってこない。遠目にながめ、先を急ぐのみである。

屋敷の者は良寛に対してひたすら恐縮していた。

（この坊さん、けっこう偉い人なのか？）

辰五郎は汚らしい恰好の良寛を見て首をひねった。

「さあ、おいで」

良寛が辰五郎たちに手招きをした。

「あ、ああ」

「お邪魔します」

沙夜も丁寧に挨拶をして屋敷の中に入った。窓が少なくて暗いが、香を焚きこめた良い匂いがする。

「ここは誰の家なの？」

黒光りした廊下を歩きながら三吉がたずねた。造りがひどく立派であり、庭もしっかりと手入れされている。

「金毘羅宮の書院じゃ。懐かしいのう」

良寛は迷いなく長い廊下を進んだ。かつてここに通っていたことがあるのかもしれない。

やがて屋敷の最奥、上段の間に辿り着くと、良寛は襖に手をかけた。

「ここじゃよ。お宝は」

「こんなところに置いといていいのかよ。物騒だなぁ」

辰五郎が呆れて言う。

「見ればわかる。誰も盗もうとは思わんじゃろう」

にこにこしながら、良寛が襖を開けた。

そのとたん、辰五郎たちはまぶしげに目を細めた。

「う、うわ！」

「すごい！」

「まあ……」

光り輝く六畳の部屋の、四方全てが金色であり、そこにはいくつもの切り花が細かく等間隔で描かれていた。草花を全て数えると二百は超えるだろうか。美しいが、どこか息苦しくもある。

「良寛さん、これはいったい……」

沙夜がうわずった声でたずねた。

「伊藤若冲の『花丸図』じゃ。この世の花の全てが描かれておる」

「若冲？　どこかで聞いた名前だな」

「父ちゃん、あれじゃない？　ほら、一幽斎さんが言ってた人……」

「ああ、そうか！　確か金毘羅に若冲の絵があるとか言ってたな。なるほどなぁ。良寛さん、これは宝だぜ」

「ほんとに色鮮やかで……」

沙夜が感嘆したような声で言った。

辰五郎も首を伸ばして左右を見回した。

その頃、翁丸は書院の前に置かれた駕籠から首だけ出してあたりをうかがっていた。何だかわからないが、いい匂いがしたのである。

駕籠かきはそばの木陰であぐらをかいて座り、煙草《たばこ》を吸って休憩していた。

翁丸が遠くの石段に目をこらすと、やってきたのは自分と同じように、しめ縄を首にした金毘羅犬だった。茶色くて毛並みがいい小柄の雌犬である。見つめているとふと目が合った。

翁丸は尻尾を振ったが、駕籠を出るかどうか少し迷った。大奥で育ったため、雌犬とはあまり出会ったことがない。箱根で一度、代参犬の雌犬を追ったが、結果は惨憺《さんたん》たるものだった。おそるおそる寄っていき、愛想よく吠えてみたのだが、最初は少し気を引けたものの最後は別の犬のところへ行った。あれ以来、翁丸は傷ついた心を抱え、たまに雌犬を見かけても尻込みしてきた。金太という立派な犬が目の前に現れたことも、なんとなく翁丸の自信を奪っている。

しかし茶色の金毘羅犬は、翁丸に向かって挨拶するように軽く吠えた。どうやら育ちのいい犬らしい。

翁丸はおそるおそる駕籠の外に踏み出した。

「わん」

小さく吠え返すと、茶色の金毘羅犬は誘うように石段を登っていった。丸まった尻尾が跳ねるように揺れる。

翁丸がその可憐《かれん》さに目尻を下げたそのとき、鳥居をくぐってきた荒くれ者たちの一団がいた。十五人はいるだろう。その先頭には片目の男もいた。

鉄砲洲の菊佐である。

翁丸は低く唸った。

「ようやく目立たんとこに入ってくれたな」

菊佐の横にいたひどく凶暴そうな男が言った。

「往生際の悪い男です。ご注意を」

菊佐が丁寧な口をきいて、翁丸の目の前まで来た。

「辰五郎の犬か」

菊佐は無表情に翁丸をながめた。

「念のため、しめときますか？」

一味の若い男が言った。

「まぬけそうな犬だ。ほうっておけ」

菊佐が書院に入っていった。

長い旅を経て、この男が辰五郎の敵であることは翁丸にもぼんやりとわかっている。知らせてやれば、するめをもらえるかもしれない。

しかし翁丸は、書院とは反対の石段のほうに走り出した。

「お、おい！　待てよ」

駕籠かきが慌てて後を追ってくる。

石段を駆け上がると、先ほどの雌犬が嬉しそうな顔をした。翁丸の生涯で、初めて食欲を忘れた瞬間だった。


そして、若沖の花丸図に見とれていた辰五郎の耳に、荒い足音が近づいてきていた。

「なんだ？」

辰五郎が振り向くと、菊佐と阿波の仙十郎一味が廊下を埋めていた。

「て、てめえら！」

「辰五郎。お前に用がある」

菊佐が言った。

「用って何だよ！　もう仙十郎の手下に巻物は渡しただろ……」

「ああ、もろた。そやけど埋蔵金の場所が書かれてへんで」

凶暴な顔つきの男が言った。

「わしは阿波の仙十郎や。行儀ようしてもらわんと困るな」

「あんた誰だい？」

仙十郎が目を細めて笑った。

その刹那、辰五郎の背中がぞくりとした。百足《むかで》が背中を這い回るような嫌な感覚である。それは菊佐の親分、赤布の甚右衛門に会ったときにも覚えたおぞましい予感だ。

しかし辰五郎は精一杯虚勢を張って答えた。

「知るかよ！　巻物は師匠からもらったそのまんまだ。まあ、何も書いてないんで俺も不思議に思っちゃいたが……」

「辰五郎。てめえ嘘をついてるな」

菊佐が低い声で言った。

「な、なんだよ。嘘じゃねえよ」

「おめえの口から出るのは、八割がた嘘だからな」

「ひでえ言いざまじゃねえか、おい」

辰五郎は口を尖らせた。菊佐の言うとおりだったが、ここまで来たら、なんとしても宝のありかを知られたくない。

「辰五郎。お前、大坂にいた男から何か聞いてないのか」

菊佐が言った。ガマの師匠のことだろう。

「知らねえな。師匠は口をきく間もなく死んじまったからな」

「じゃあ巻物だけ持ってこれからどうするつもりだった？」

「さてな。師匠の形見だから神棚にでも飾るつもりだったよ。ま、いらないんだったら俺に返してくれ」

辰五郎は手を差し出した。

「ふざけた野郎や。畳んでまい」

「へえ」

返事をするやいなや、仙十郎の一味が辰五郎に躍りかかった。

「やめろ！」

辰五郎は逃げるように六畳の間に飛び込んだが、さすがに襖を蹴破ることはできなかった。あっという間に、畳に押さえつけられる。

「やい、てめえら！　襖に傷つけんなよ」

「何言ってやがる。おとなしくしろ」

襖の価値など何もわかっていない仙十郎一味が手荒く辰五郎を引っ立てる。

「こら、狼藉《ろうぜき》はやめんか」

良寛が止めようとしたが、

「手を出すな！　こいつら人の話なんか聞きゃしない」

と、辰五郎が慌てて言った。年寄りの良寛に何かあったら大変である。

「あなたは……」

良寛がじっと辰五郎を見つめた。

「いいから引っ込んでろ」

辰五郎はがっちりと腕をつかまれたままおとなしく連れ出された。

「こいつら、あんさんの連れか？」

仙十郎が沙夜と三吉をじろりと見た。

「関係ねえ」

「そうか。連れか」

仙十郎がいやらしく笑った。

「待ちやがれ！　てめえら、弱い者ばっかり狙いやがって。それでも男か！」

辰五郎が怒鳴った。

「ほう、おもろい。こりゃ楽しみや」

仙十郎が目を細めた。

「かわいそうだな、お前。親分の拷問は死ぬよりつらいぜ」

三下があざ笑うように言った。

「臭え口を近づけんじゃねえよ」

「なに?」

三下が殺気立ったとき、

「おとなしゅうな。みんな連れて行き」

仙十郎が優しく言うと、三下はすぐ黙った。それがなんとも不気味だった。

辰五郎は書院を連れ出されると、そばにある森の奥に引っ張っていかれた。

沙夜や三吉、そして良寛や屋敷の中の者も匕首で脅され、森の中に連れてこられる。

「おい、あれ貸せ」

仙十郎が声をかけると、子分の一人が小さなやっとこを手渡した。

「何しようって言うんだよ」

地面に座らされ、押さえつけられた辰五郎は、少し不安になって聞いた。

「あんさんは嘘ばっかりつくらしいからな。そんな悪い子はお仕置きや。舌出し」

「けっ。ふざけんな!」

「こいつら、どうなってもええんか」

仙十郎が冷たい目で沙夜たちを見た。子分たちが匕首を沙夜の首に当てる。

「や、やめろ!」

「わしはこう見えて気が短いんやで。はよしいや」

「くそっ。好きにしろ」

辰五郎は舌を出した。その刹那、仙十郎がやっとこで舌をぐいとつかんだ。

「ううっ……」

思わずうめき声が漏れた。舌の真ん中に穴が開きそうな痛みがある。

「汚い声やなぁ。悲鳴あげたら、かまへんからガキの腕をへし折ってまい」

仙十郎が言った。

「……！」

慌てて声を抑えた。仙十郎は微笑むと、容赦なく辰五郎の舌を引っ張った。

「おっ、伸びてきた！」

「こうなったら抜いちまえ」

子分たちが囃し立てる。辰五郎は思わず顎を出したが、後ろから誰かにがっちり頭をつかまれ、引き戻された。舌に鋭い痛みが走る。本気で舌を抜くつもりなのか。目から勝手に涙があふれた。

「父ちゃん！」

三吉の声が聞こえた。

辰五郎は、とっさに目で笑った。三吉に怖い思いをさせてはならない。そうでなくてもずっとつらい道を歩いてきた子供だ。

しかし、さしもの土壇場の辰五郎も、ここまでの土壇場は味わったことがなかった。

(糞《くそ》をもらしたくらいじゃ放してくれそうにねえしな)

凶悪な子分たちはむしろ笑うだろう。だいいち人質を取られているから、その場しのぎでは逆らいようもない。

そのとき、辰五郎は子分たちの中に、ある男の顔を見つけた。その顔が食い入るように三吉を見つめている。

(これだ!)

辰五郎は人差し指で地面をなぞった。

〈しゃべる。まいぞうきん〉、と書いて、あきらめたようにうなだれる。

「ほう。もう音を上げたんかい。男やなんやいうてたわいのない」

仙十郎がやっとこを離した。

だるんと痺《しび》れた舌が口の中に戻ってくる。

「ひれえことしやがる……」

辰五郎は戻って来た舌を口の中で濡らした。これからそれをどう動かすかに家族の命がかかっている。

「舌がなければ埋蔵金の場所もしゃべれねえだろうがよ」

「別に書いてもろてもええねんで。今みたいに」

仙十郎は平然と言った。

「言うよ。これ以上やられちゃたまらねえ。連れは助けてくれ」

「あんさんがきちんと、うとうたらな。はよう言え」

「よし、約束だぞ。おい、新太郎！　確かに聞いたな」

辰五郎は三吉を見た。

「えっ？　う、うん」

三吉は戸惑ったように頷いた。

「でもやっぱり気になるぜ」

辰五郎は続けた。

「お前は冷血な野郎だと聞いた。全部しゃべったら俺を殺して、家族も道連れにするつもりじゃねえのか？」

「ほっ。ほっほ。何言うとる」

仙十郎がややぎこちなく笑った。だが、その乾いた笑いのせいで、すっかりわかった。仙十郎は辰五郎たち全員を殺すつもりなのだ。

（やっぱりそうか）

辰五郎は半ばカマをかけたのだが、嫌な予感は当たっていた。しゃべったとしても助からない。

辰五郎が苦い唾を飲み込んだ刹那、

「あの、親分……」

と、言いさした者がいた。

「なんでえ、吉三。こんなときに」

仙十郎が苛立《いらだ》たしそうな声で言った。

「あの……さしでがましいことですが、子供だけは見逃してやっちゃくれませんか」

この男こそ、烏頭《うず》の吉三と名を変えた、川中屋吉三であった。三吉の実の父親である。

吉三はずっと三吉を見つめていた。きっと自分の子供・新太郎なのかと見極めていたに違いない。

「てめえ、どうした？　頭おかしなったんか」

「たのんます」

吉三が一歩踏み出した。

「うっ！」

仙十郎が驚いたように自分の腕を見つめた。

着物の左肘《ひだりひじ》のあたりに朱《あけ》が広がっており、その真ん中に匕首が突き立っていた。

「てめえ、吉三！」

「逃げろっ！」

吉三が叫んで、仙十郎に組みついた。

「親分！」

と叫んで子分たちが殺到する。匕首の銀色の光がいくつもひるがえった。

その隙をついて、後ろにいた一味の男に頭突きを喰《く》らわせた辰五郎は、素早く沙夜と三吉の元へ走った。

「行くぞ！」

「父ちゃん、あの人は⁉」

「神さまの化身だ」

「良寛さんは？」

沙夜が聞く。

「わしはいい。長く生きた」

良寛は子供のように微笑んだ。

「神と仏か。あとで拝む！」

辰五郎は沙夜を抱き上げ、石段へと走った。三吉の足音が後ろに続く。石段まで行けば多くの参拝客がいる。無茶はできないだろう。

しかし、子分たちの半数が辰五郎を追いかけてきた。菊佐もいる。

辰五郎は沙夜を抱いている分、走るのが遅い。

「辰五郎さん、私を置いて逃げてください！」

「へっ。言ったろ、自分のことを大事にしろって。死んでも放すもんか！」

辰五郎は追っ手の足音が近づいてくるのを聞きながら、ついに神に祈った。

（出番だぞ、神さま！　伊勢と金毘羅両方参って、御利益もねえなら地獄でぶっ飛ばしてやる！）

辰五郎が決意したとき、鳥居の上から、ひゅん！　と赤い影が跳んだ。

うなり声を上げ、影は辰五郎の耳元を駆け抜ける。

「金太！」

後ろで三吉の叫ぶ声が聞こえた。

口にクナイをくわえた伊賀の忍犬・金太は、雷光のように追っ手たちの間を駆け抜けた。

「うぎゃあっ！」

男たちは膝を押さえて呻く。

菊佐は自ら転がって金太の攻撃をかろうじてかわした。

さらにその後ろからは仙十郎が来ていたが、その目の前で凄まじい音を鳴らして爆竹がはぜた。灰色の煙がもくもくと立ちこめる。

「誰や、こんなことしくさる奴は！」

仙十郎が怒鳴った。

「はっはは、醜いなぁ」

煙の中から、嘲《あざけ》るような声が聞こえた。

「誰にも知られず忍び込み、盗みはすれど非道せず、取られたことにも気づかせねえ。それが真の泥棒ってもんだろ」

「何ぃ……？」

風が吹いて割れた煙の中から男の姿が現れた。

「て、てめえは！」

「礼儀を知らねえ田舎者に、名乗るは惜しいが耳かっぽじってよく聞きやがれ。江戸の大泥棒、鼠小僧次郎吉とは、俺のことよ」

そこにいたのはまさに定吉——鼠小僧次郎吉であった。

「鼠小僧⁉　お前が？」

仙十郎の目が見開かれた。辰五郎はあまり知らなかったが、泥棒の界隈では、江戸の鼠小僧と言えば盗人番付の頂点、その名は金看板である。

「おうよ。俺っちのお宝を横取りしようってのはてめえか。盗人の風上にも置けねえな」

「な、なにを……」

「男伊達《おとこだて》がなってねえって言ってんだよ！」

鼠小僧が仙十郎を鋭く平手打ちした。

「て、てめえ！」

仙十郎と子分どもが襲いかかろうとした刹那、鼠小僧の袖口から、ぶわっと投網のようなものが広がった。それは一味にかぶさり、手や足に絡みつく。

「やい！　ほどきやがれ！」

子分たちが騒ぐ。

「まあおめえらじゃ、あの埋蔵金はどうにもなるまい。とんでもねえカラクリがあるからな。取れるものなら取ってみやがれ。巻物をあぶり出してよ」

「あぶり出し、やて？」

仙十郎の目が鋭く光った。

「そうよ。あの巻物にはちゃんと、お宝のありかが描いてある。てめえの目は節穴か」

「こんガキ、言いたいこと言いやがって……」

仙十郎が言い終わらぬうちに、シュッという音を立て菊佐が脇差しを抜いた。投網がぱらりと切り裂かれ、一人で飛び出してくる。

「定吉、気をつけろ！」

辰五郎が叫んだと同時に菊佐の必殺の一撃が唸った。

刹那、鼠小僧は帯から抜いた扇子を広げて投げ、とんぼを切った。

扇子が菊佐の目に飛んでいく。

菊佐が脇差しで払うと、鼠小僧はいなかった。

「消えた？」

菊佐が驚きの声をあげた。

「ここだよ」

鼠小僧は菊佐の真横にいた。

「ぬうっ！」

菊佐が反射的に飛び退《との》いた刹那、ふたたび鼠小僧が爆竹を投げた。煙が広がる。

「兄ィ、行くぜ」

と鼠小僧が言った。

「お、おう」

辰五郎が走った。

「ちっ」

菊佐の舌打ちが遠くで聞こえる。

辰五郎は一目散に走った。ちらと横を見ると、鼠小僧は三吉を肩に担いでいる。ありがたかった。

「おい、いいのか場所を教えちまって」

辰五郎は聞いた。

「構わねえさ。こうなったら俺っちに考えがある」

そう言っている間に辰五郎たちは石段に着いた。そこには多くの参拝客がのんびりと登ってきている。

「どうやら助かったみたいだな」

「危なかったね……」

鼠小僧に下ろされた三吉が言った。

辰五郎も震えている沙夜を下ろし、参拝客の中に混ざった。

「もう来ねえだろ。お宝の秘密も知ったことだしな。金を取られちまうのは惜しいが……」

「兄ィ、大丈夫だ。あのお宝はそう簡単には盗めねえよ」

鼠小僧が言った。

「そういやお前、二人がかりじゃないと難しいとか言ってたな」

「ああ。それに奴らも昼には動くめえ。まだ時はあるさ」

「そうか。勝負はついてねえんだな」

辰五郎がにやりと笑った。

そのとき、

「わん！」

と声がして金太が戻ってきた。

しかし、その後ろに見慣れぬ茶色の犬がついてきている。

「金太、誰だそいつは」

翁丸と同じ代参犬のようだが、金太に、熱心にすり寄っていた。

「色男だな、てめえは」

辰五郎は金太の頭を撫でた。足の傷はもうふさがったらしく、しっかりとした足取りである。

「ねえ、父ちゃん」

三吉がふいに言った。

「ん？」

「悪い奴らの中にいた人、ほら、子供だけは見逃してやってくれって言った人さ
……」

「おう、あいつか」

辰五郎は思い出して唇を嚙んだ。あの男は三吉の実の父親である。

(死んだだろうな)

しかしこのことを三吉に告げるのは酷であった。三吉が父親と思い込んでいた男は人さらいであり、宮宿ですでに捕縛されている。二度も父を失うなど、あってはならないだろう。知らないほうがいいこともある。

「三吉、できたらあの人のことを覚えといてやれ」

辰五郎は言った。

「うん……。なんか、いい人そうだったね」

「人ってのは悪にも善にも変わる。ツキのよしあしでな」

辰五郎は沈痛に言った。あの男は子供をさらわれたあげく盗賊に堕したが、最後の最後は立派な父親だった。

「観自在菩薩《かんじざいぼさつ》、行深般若波羅蜜多時《ぎょうじんはんにゃはらみたじ》、照見五蘊皆空《しょうけんごおんかいくう》、度一切苦厄《どいっさいくやく》……」

書院の前では良寛が吉三の骸《むくろ》に手を合わせ、経を唱えていた。

仙十郎の一味はすでにいない。木陰に身を隠した良寛のことなど誰も気にしなかった。

読経を終えると、良寛は骸に語りかけた。

「慈悲の心は極楽へとつながっておるからな」

やがて書院の者が呼びに行った役人が来ると、仙十郎一味の顚末《てんまつ》を話し、良寛はふたたび石段へ戻った。

「あの男、大変な厄《やく》を背負うておるの」

良寛は辰五郎のことを思い出していた。僧になる者の中には悲惨な生い立ちの者もいるが、良寛には辰五郎がとりわけきつい運命の奔流に揉《も》まれていることがわかった。あんな男こそ出家させ、仏の慈悲を学ばせてやるべきであるが……。

良寛がそんなことを考えながら登っていると、石段の横の茂みでのびている白い犬を見つけた。

「おお、お前はたしか翁丸……。どうした？」

呼びかけてみたが返事がない。

良寛は石段を逸れ、翁丸のほうに近づいていった。

頭をさすってやると温かい感触がある。

「ふむ。生きておるな」

良寛がほっとしたとき、翁丸がのろのろと顔を向けた。

「お前、泣いているのか？」

良寛は唖然とした。犬が涙ぐんでいる。

「何かつらいことがあったのか。泣きやむまで拙僧がそばにいて進ぜよう」

良寛は翁丸の隣に腰を下ろすと、その頭を膝に乗せた。

良寛は知らなかったが、翁丸はこのとき、二度目の失恋を味わっていた。しかも知り合いの犬に好きな雌を奪われるという結末である。

「くぅ～ん」

翁丸が世にも哀しげに鳴き、そのあとすぐに腹も鳴った。

良寛にたっぷり団子を食べさせてもらった翁丸が辰五郎たちに追いついたのは本宮の手前だった。

「あっ、翁丸！　大丈夫だった？」

三吉が声をかけると、翁丸がぷいと目を逸らした。

「どうしたんだよ、翁丸」

三吉が目を丸くした。

「父ちゃん、翁丸がおいらに返事しないんだ」

「三吉。犬ってのはな、人の位を見るんだ。家長の言うことだけは聞く」

辰五郎が胸を反らして呼んだ。

「おい、翁丸！」

だが翁丸は反応すらしなかった。

「父ちゃんのことはまったく気にしてないみたいだね」

「なんてこった……」

辰五郎は懐からするめを取り出した。

「おい！　これを忘れたとは言わさねえ！」

ぷんとするめの匂いが漂ったとき、翁丸がようやくこちらを向いた。

「わん……」

翁丸がゆっくりと寄ってくる。

「よしよし。俺たちはそんな水くさい仲じゃねえよな」

「父ちゃん、餌で釣ってるだけじゃないの？」

「いや。こいつは俺のやるするめが好きなんだ」

「くぅん」

翁丸が物欲しそうな顔で鳴いたとき、金太も楽しそうに走ってきた。その後ろには茶色い雌の代参犬がいる。

金太は翁丸にじゃれついたが、翁丸はさっと身をかわした。

「わん？」

金太が首を傾げる。

「あれ金太にも冷たいね」

「蚤《のみ》がわいてるのかもしれねえな」

辰五郎が翁丸の首の毛をていねいにかき分けたが、蚤はいなかった。

「おかしいなぁ」

翁丸は辰五郎の着物の裾にまとわりつくだけだった。

「わかったわかった、これを食え」

翁丸はするめをかじると、とぼとぼと石段を登り始めた。

「なんか知らねえけど元気出せよ、ワン公」

賢木門《さかきもん》を抜け、木々がうっそうと茂った闇峠をさらに登っていくと、ついに金毘羅の本宮が見えてきた。

「父ちゃん、着いたよ！」

「おお！　ここが金毘羅さまの本宮か」

正面には荘厳な社があり、左側には三穂津姫《みほつひめ》社が見える。本宮拝殿の中では巫女《みこ》がゆるやかに舞っていた。

「さあ、お参りしましょう」

沙夜が笑顔で言った。さっき盗賊に襲われたばかりだというのに凛《りん》としている。一度は死のうとしたこともあるだけに、肝が据わっているようだ。

（いい女房をもらったもんだ）

辰五郎が沙夜をあらためて見つめた。

三人そろって賽銭箱《さいせん》の前に並び、辰五郎が博打で稼いだ銭をぽーんと投げ入れると、金毘羅宮の作法に従い、浅く一礼してから二拝二拍手一拝し、最後に浅く一礼した。遠くから祝詞《のりと》が聞こえてくる。

沙夜と三吉は熱心に祈っているようだった。不信心な辰五郎は自分もなにか祈らなくてはとあせった。

（おかげさまで……じゃねえか。あれはおかげ参りだった）

辰五郎は口をゆがめた。何を祈るべきか。家内安全か、商売繁盛か。お伊勢さまと並ぶ人気の神さまゆえ、ここは一つとっておきを祈らねばならない。

（博打か……。い、いや、あれは誰かに頼ったら負ける）

辰五郎は悩んだ。これまでなんでも自力で何とかしてきたから、これから先も何とかなるだろうと思っている。

（そうだ、神さま。俺になんか頼みごとはねえか？　沙夜と三吉の願いを叶《かな》えてくれたら、お礼に何かしてやるぜ。鳥居を磨くとかよ……）

祈り終えると、何か物足りない気がしてまわりを見まわした。

「あ、そうだ。ワン公がいねえ」

「えっ？」

こちらも祈り終えた様子の三吉がきょろきょろした。

「あいつ、代参犬のくせに何やってるんだ。肝心なときによ」

「あっ！　あれじゃない？」

ふもとのほうを振り返った三吉が石段の一番上を指さした。

階段のへりから犬の白い片足だけが見える。

「力尽きやがったんだ……」

「行こうよ！」

駆け寄ってみると、まさしくそれは翁丸だった。あと一段というところでごろんと横になっている。両足がぴんと伸びて揃っていた。

「やい、ワン公！　しっかりしろ」

「くうん……」

「疲れきったんだね、翁丸」

「ここまで来たんだ。あと一段登ってみせろ。男だろ！」

声をかけ、応援していると、金太と雌の代参犬が近寄ってきた。

「わんっ」

金太が元気に吠えて、翁丸の体の下に顔を突っ込み、持ち上げようとする。

翁丸はしぶしぶ体を起こし、最後の一段を登った。

「きゃん！」

雌犬が金太を見て嬉しそうに、拝殿のほうに駆けていった。

翁丸は逃げるように、金太。毎度毎度うちの犬の面倒を見てくれてよ」

「ありがとうよ、金太。毎度毎度うちの犬の面倒を見てくれてよ」

「わんっ」

金太が尻尾を振る。

「なのにあいつは礼も言わねえで、何やってんだか」

辰五郎は肩をすくめ、翁丸のあとを追って拝殿に行った。

翁丸はお参りを終えた沙夜に頭を撫でてもらっている。

「辰五郎さん、翁丸にも参拝を……」

「ああ、そうだな」

辰五郎は伊勢のときと同じように、翁丸の首の巾着から初穂料を取って奉納し、宮司から領収の証をもらった。

これにより伊勢の御札と金毘羅の御札、両方が揃ったことになる。

「代参犬はちらほらいるが、両方に参った犬は珍しいはずだぜ」

「こんな遠くまで来たんだね。江戸なんか、はるか向こうだよ」

三吉が東の空を見やった。

「江戸に帰ったら大奥へ翁丸を送って行って、たんまりと礼金をはずんでもらおうぜ。ワン公の世話料って言ってな」

「父ちゃん、ケチなこと言うなよ」

「いやいや、綱吉さまのころならお犬さまと言われてたんだ。するめ一本、小判一両だ」

「これから千両手に入れるんだろ？　がめついなぁ」

「俺はその金を元手に浅草にでかい博打場を作るんだ。吉原がすっぽりおさまるほどの、大きなやつをな」

「捕まるんじゃないの、それ……」

話していると、ちょっと離れたところにいた鼠小僧が顔をしかめているのが見えた。

(どうしたんだ、あいつ？)

辰五郎は首を傾げつつも、

「じゃあ三吉。沙夜と一緒に宿屋で待ってろ。俺は今晩、ここにいる」

と言った。

「一回帰ったほうがいいんじゃない？」

三吉が心配そうに言った。

「馬鹿。また石段を登らなきゃなんねえじゃねえか」

「そっか。じゃあ気をつけてね」

「大丈夫だ。こっちには鼠小僧がついてるんだ」

「辰五郎さん、無理はしないでくださいね」

沙夜が辰五郎の手を握った。

「ああ、わかってる。こいつのためにもな」

辰五郎が沙夜の腹を右手で撫でた。

「大丈夫だよ、母ちゃん。父ちゃんは、逃げ足だけは早いからね」

「まさに韋駄天《いだてん》よ……って、そんなに逃げてばかりじゃねえぞ、俺は」

「所帯を持ったんだから、そろそろ落ち着けばいいのに」

三吉がこましゃくれたことを言った。

「俺は多分、ずっとこのままさ」

辰五郎は小さく笑った。金毘羅まで旅してみて、しみじみとわかったことがある。

世の中には面白いことがたくさんあるのだ。一カ所に留まっていてはわからない。あまたの人や暮らしを見るだけでもひどく楽しかった。ある場所で疎んじられていても、違う場所に行けばうまくいくこともいっぱいあるのだろう。目の前のことだけが全てだと思うのは馬鹿らしい。

「じゃあ下で待ってるね」

沙夜と三吉は石段を下っていった。良寛も神官と旧交を温めたあと、宿場に帰ると言う。

「くうん」

寂しくなった境内で翁丸が辰五郎の足下に来た。

「どうしたワン公。下るのも嫌か？」

「わん……」

「じゃあここで休んで待ってな。用を済ましたら一緒に帰ろうぜ」

「わん」

翁丸が小さく尻尾を振ったとき、

「兄ィ、いよいよだな」

と、鼠小僧が近寄ってきた。

「どうするんだ、これから？」

「阿波の仙十郎の動きを待つ」

「わかった」

「しかし兄ィ。このあたりには幕府の隠密が潜んでるかもしれねえんだ。埋蔵金のことを大声で口にしないでくれ」

「あっ、そうか。そうだったな。悪かった」

辰五郎は頭を掻いた。

隠密に追われながら仙十郎一味を出し抜き、埋蔵金を手に入れることができるのかどうか——。

辰五郎は鼠小僧のふてぶてしい顔を見た。


甘酒屋で時をつぶしていると、やがて日が暮れてきた。

参拝者の足も少しずつ途絶え、露店も店じまいを始める。

鼠小僧が立ち上がった。

「いよいよだぜ、兄ィ」

「ああ」

「ついてきてくれ」

鼠小僧が前に立って歩き出した。金毘羅宮の右は奥の院に続く細い道になっている。その脇のうっそうとした森に、鼠小僧は足を踏み入れた。常夜灯の灯りも届かず、ほとんど何も見えない。

「ここで待とう」

「あいつら来るかな」

「来るさ。来ないと俺たちが掘り出しちまうって思うだろ」

「そうか……。だったら今、先に掘っちまえばよくねえか？」

「お宝を探しているときに後ろから襲われたら洒落にならねえ。ここは待つのがいい」

「わかった」

闇の中で頷いた。さすがは大泥棒だけあって万事落ち着いている。この男にはきっと何か策があるのだろう。

「来たぜ」

目だけを光らせて、鼠小僧がささやいた。

目をこらすと、蛍のような小さな灯りが金毘羅宮の裏山を登っていく。

「ひい、ふう、みい、よ、……五人はいるな」

辰五郎が言った。

「もっといるかもしれねえ」

「見つかったらやられるんじゃねえか」

「多分そういうことにはならねえだろう。ま、見てればわかる。行くぜ」

鼠小僧が言って歩き出した。そのあとを辰五郎が続く。後ろからはカサッカサッという小さな音が聞こえていた。

「あの音は何だ？」

「金太だ」

「そうか。びっくりしたぜ」

鼠小僧と辰五郎は裏山目指して歩き出した。

霧で濡れている藪を登っていくと、やがて山肌に大きな洞窟《どうくつ》があった。紙垂《しで》を垂らしたしめ縄でまつられており、中には蠟燭の灯りも見える。

「こいつはいったい……」

「ここは金毘羅の真の本殿だ」

鼠小僧が言った。

「真の本殿？」

「昼間に本宮に参っただろ？　あそこにも本殿はあるが、ご神体はこの真の本殿にある」

「そうなのか……。なにか罰が当たりそうだな」

「当たるさ」

「えっ？」

「行くぞ」

鼠小僧は仙十郎一味のあとを追って穴を奥に進んだ。

洞窟の岩肌にはときどき横穴がぽっかり開いているのが見える。

「意外にまっすぐ進んでいくんだな」

辰五郎が言った。

「この洞窟は帰り十本と言われていてな。行きは一本道に見えるが、帰ろうとすると道が何本にも分かれている。油断したら二度と外には出られねえぞ」

「なんだって⁉」

「下を見ろ。黄色いのが見えるだろ。印をつけてある」

辰五郎が地面を見ると、確かに黄色い粒が落ちていた。

「そいつは色米といってな。米に色をつけたものだ。それを入り口から少しずつまいてある。帰りはそれを辿ればいい」

「なるほど。考えたな」

〈色米〉は〈五色米〉ともいい、忍びがよく使うもので、地面に置く色の組み合わせによっては暗号にもなる。

辰五郎は感心して前に進んだ。これがあれば帰りも迷わないだろう。

やがて、ひんやりとした洞窟の最深部に到達した。

穴の奥では仙十郎の子分たちが錠前を壊し、どっしりした木の扉をこじ開けている。

辰五郎と鼠小僧は岩のくぼみに隠れてそれを見つめた。

子分たちの歓声が上がる。

「へへっ、埋蔵金を頂きだ」

「何が鼠小僧の仕掛けだ、大したことねえな」

「おっ、開いたぜ」

子分たちが力を込めると、扉が少しずつ開いていく。

ぎいいっ、という音が不気味に響いた。

「おい、お宝を取られちまうぞ」

辰五郎がささやいた。

「ま、見てな」

「えっ？」

扉が開くと、その奥から異様な緑色の霧が漏れてきた。子分たちが足を踏み入れる。

その刹那、子分たちの絶叫が響いた。

「お、おい、消えたぞ！」

辰五郎が目をみはった。扉を開けた子分たちの姿がない。

「飛ばされるらしいんだ」

鼠小僧が言った。

「えっ？」

「ここは代々のご神体が眠る間《ま》でな。土地の古老によると、盗掘しようという者が来たら、扉を開けたとたん、消えてしまうらしい。昔、飛ばされた盗賊を仲間が探しまわったら、隣の山の、杉の木に引っかかってたそうだ」

「げえっ」

「罰は当たるって言ったろ」

鼠小僧が微笑んだ。

「でもお前、二人なら大丈夫って言ったじゃねえか」

「ああ。最初に開けたやつは飛ばされるが、ちょっと待ってから入れば大丈夫なんだ。俺も初めて来たときは危なかったが……」

「てことは、最初は俺を生《い》け贄《にえ》にしようとしてたのか⁉」

辰五郎は鼻白んだ。

「ハハ、悪かったな。でも今は仙十郎たちがその役目を引き受けてくれたからいいじゃねえか。残ったやつは少ねえぜ」

「ったく、油断も隙もねえな」

辰五郎は苦笑した。さすがは鼠小僧である。

ご神体の間の前に残ったのは仙十郎と菊佐、そして子分二人だけだった。

「どうする定吉？　菊佐はつええぞ」

「こいつが物を言う」

鼠小僧は小さな笛を取り出してくわえると、強く息を吹き込んだ。

「お、おい、鳴ってねえぞ！」

「犬笛だ」

「あ、そうか。犬には聞こえるんだったな……」

やがて、「わんっ！」という声が洞窟に木霊し、辰五郎たちのいるほうへ近づいてきた。

「金太か？」

しかし最初に走ってきたのは人だった。皆、柿色《かきいろ》の装束をまとい、顔を覆っている。

「公儀隠密だ」

「なんだよ、こいつら？」

鼠小僧は短く言い、闇に向かって卍《まんじ》手裏剣を飛ばした。

その刹那、棒手裏剣が次々と闇を切り裂いて飛んできた。隠密たちの放ったものである。

仙十郎の子分の一人が呻き声をあげて倒れた。

隠密たちが殺到する。菊佐が脇差しを抜いてその一人を斬り飛ばした。

隠密と盗賊の乱戦になり、仙十郎の怒号が響いた。さらにクナイをくわえた金太が壁の四方を跳ね回り、隠密たちを切りつける。緑色の霧が洞窟中に広がった。

「すげえことになったな」

「兄ィ、こいつで口と鼻を押さえろ」

「えっ？　お、おう」

辰五郎は手ぬぐいを渡され、自分の口と鼻に当てた。

するとおかしなことが起こった。隠密たちも菊佐たちも急に膝をつき、倒れ、呻き声を上げげた。

「な、なんだ？」

言ったとたん、辰五郎の目の前に、お菊が現れた。辰五郎が初めて惚れた女である。

鼻がつんとして、懐かしさが蘇ってきた。

「お菊……」

やはり沙夜に似ている。

「あんた……」

お菊の白い手が伸びてきた。そのまま辰五郎を抱こうとする。

「ま、待て、俺はもう所帯持ちで……」

言ったとたん、頭を殴られたような痛みが走った。

目の前に鼠小僧がいる。

「大丈夫か、兄ィ？」

気づくと、鼠小僧が右手に石を持っていた。

「い、今のは……」

「幻だ。気をしっかり持て」

「てめえ、もしかしてそれで殴ったのか？」

辰五郎が鼠小僧の持った石を見つめた。

「兄ィもおかしくなっちまいそうだったからな」

「ああ、痛え。しょうがねえやつだ……。これも呪いってやつか？」

「ああ。多分、この緑色の霧には毒気があるんだろう。吸い込んじゃならねえ」

「とんでもないところだぜ……」

「なにせ金毘羅さまの本殿だ。神を触ったら祟《たた》りもたっぷりだ」

鼠小僧が笑った。

（こいつ、楽しんでやがる）

辰五郎は呆れた。これが鼠小僧次郎吉の本性か。

「さ、兄ィ、お宝を取りに行くぜ。邪魔者はおねんねだ」

辰五郎と鼠小僧はご神体の間に近づいた。

足下には菊佐が倒れ伏している。

「この野郎!」

辰五郎が菊佐の頭を蹴っ飛ばした。

「てめえ……、その声は辰五郎か⁉」

辰五郎はぎょっとした。まだ生きている。

「ち、違います。ただの通りすがりでござんす」

辰五郎は女のように高い声を出してとぼけ、そそくさとご神体の間へ向かった。

「おい、あいつ死なないのか」

「痺れてるだけだろ。四半刻もすれば動きだす」

「ちぇっ。悪運の強い野郎だ」

辰五郎がおっとり刀でご神体の間に入ると、ようやく霧の正体がわかった。それは緑色に光る岩に群生した苔《こけ》が発していた。

「こいつはすげえ。極楽みたいな風景だな」

「兄ィ、足下に気をつけな。穴がある」

「穴?」

見ると、ところどころにぽっかりと深い縦穴があった。

「落ちたら戻れねえぜ。神隠しだ」

言って、鼠小僧が小さな提灯に火をつけた。ご神体の間が明るく照らされる。

「こ、こりゃ、なんだ！」

辰五郎は驚きの声を上げた。ご神体の間の奥には、八体の僧侶が並んでいた。みな斜めに傾いて座り、目にはぽっかりと暗黒をたたえている。

「木乃伊《ミイラ》だ。ここで入定した即身仏だろう」

鼠小僧が奥に進んだ。

「こんなところに埋蔵金なんてあるのかよ？」

「あった……。そうか。やはりそうか」

鼠小僧の声がくぐもった。行ってみると、一番奥の即身仏の前で鼠小僧が涙を流している。

「どうした。知り合いか？」

辰五郎がその木乃伊を見ると、少しおかしかった。他の木乃伊は手を合わせるような形をしているのに、その木乃伊は埃まみれの茶碗を抱いている。

「なんだこりゃ」

辰五郎が手を伸ばしたとたん、

「触るな！」

と、鼠小僧の叱咤が飛んだ。

「な、なんだよ？」

「それは曜変天目茶碗《ようへんてんもくちゃわん》だ。やっぱりそうだったのか……」

鼠小僧が目を閉じる。

「どうだったんだよ。はっきり言えよ、この野郎！」

「頭が高いぞ。この方こそ、豊臣秀頼公だ」

「えっ……。ええっ！」

辰五郎は目を丸くして木乃伊を見た。

「こんな小さい人が？」

「馬鹿。木乃伊となって縮んでいるだけだ」

「ようするに干物ってことか……」

辰五郎はまじまじと見つめた。これがあの太閤秀吉の息子なのか。大坂城から逃れ、こんなところまで逃げてきたとは――。

「ずっとこれを探していたんだ。前は目にする前に手下が死んじまって、引きあげたんだが」

「お前がここに金を隠したんじゃないのか？」

「俺っちが知ってたのは確かにここに金があるという事実だけだ」

「誰に聞いたんだよ、そんなこと？」

「実は、秀頼公を逃がしたのは俺のご先祖でな。霧隠才蔵《きりがくれさいぞう》という」

「霧隠才蔵？　あの軍記に出てくる忍びか？」

辰五郎も聞いたことがある。秀頼を守るために戦った真田の忍びの一人だ。

「ご先祖さまは伊賀の百地三太夫《ももちさんだゆう》さまから術を学び、豊臣方についた。大坂城から秀頼公を逃がしたんだろう」

それで鼠小僧は泣いていたのか、と合点がいった。

百地三太夫から術を学んだ者の中には石川五右衛門もいる。忍びの技は盗賊の技として受け継がれたのか。

そして今ふたたび、鼠小僧は長州の毛利のために働き、徳川を討とうとしている。

「で、肝心の埋蔵金はどこなんだ？」

辰五郎が聞いた。早くしないと菊佐の痺れがとけてしまうかもしれない。

「目の前にあるだろ」

「えっ？」

「これだ」

鼠小僧はお辞儀すると、秀頼の手から茶碗をうやうやしい仕草で取りあげた。

「こいつは信長公の持っていた唐物の茶碗だ。まず一万両はくだらないだろう」

「ええっ！　ただの茶碗が？」

「見ろ」

鼠小僧が茶碗につもった埃を拭いた。そのとたん、天井に宇宙が広がった。

「うわっ！　星か⁉」

いくつもの星がまたたき、まるで夜空をながめているようである。

下に目を戻すと、茶碗の中で青白い光が輝いていた。提灯の光を照り返しているのだろう。

「これが一万両の価値か。確かにな……」

「辰五郎。なぜ信長公の茶碗を秀頼公が持っていたと思う？」

「そ、そりゃ、秀吉と信長の仲がよかったんだろ？」

「違う。この天目茶碗は本能寺で焼けたはずだった」

「えっ？」

「つまり、信長を殺したのは秀吉だったんだよ」

「ええっ！　秀吉はあのとき、備中の高松城を囲んでいたじゃねえか」

「そりゃ、直接手を下したわけじゃないさ」

鼠小僧が言った。

「信長が討たれたとき、秀吉は毛利と素早く講和してる。それから先はすっかりねんごろになった。毛利と交渉したのは、たしか黒田官兵衛だったはずだ」

「つまり本能寺の変は、黒田官兵衛の策か？」

「多分な。明智が打ち入ることを知ってたから、それに乗じて、こいつを盗んだんだろう。秀吉は名物も好きだったからな」

「とんでもねえことだな」

辰五郎は唸った。秀吉が天下をとるために、信長を殺したということなのか。

しかしせっかくとった天下もたった一代で家康に奪われることになった。秀頼も無念であっただろう。

「行こう。長居したらまた気を失うぜ」

「ああ」

しかし二人がご神体の間を出ようとしたとき、外から足音が迫ってきた。

「くそっ、御庭番の奴らだ」

鼠小僧が顔をしかめた。

「どうする？」

「……俺っちが敵を引きつけて洞窟を出る。兄ィは横穴に隠れて、あとから逃げてくれ」

「しかし……」

「色米があるから大丈夫だ」

「あ、そうか！」

「あと、これを頼む」

鼠小僧が茶碗を辰五郎に差し出した。

「だってこりゃ一万両の……」

「預かっててくれ。あとで取りに行く」

鼠小僧が言った。

「待てよ。俺が裏切ったらどうするつもりだ？」

「あんた、姫路城に忍び込んだとき、盗んだ金を受け取らなかったじゃねえか。心の中になんか掟《おきて》があるんだろ？」

「……まあな」

辰五郎はあのとき思った。

三吉や沙夜の腹の中の子にいつも胸を張っていられる自分でいたい、と。

「それにな、兄ィ。俺たちゃ博打仲間だ」

鼠小僧がにやっと笑った。

言われてみれば、鼠小僧と初めて会ったのは河原町の博打宿で花札勝負をしたときである。

(そういや、こいつも心の底から博打好きだったたな)

あのとき、はぐれ者同士が相通じたのだ。

「死ぬなよ、定吉」

辰五郎は茶碗を受け取った。

「ああ。四国でもう一勝負するあてがある。三つ目の庄右衛門とな」

「なに⁉　お前もか？」

三つ目の庄右衛門は辰五郎のまだ見ぬ実の父親で、無敵と噂される博徒である。

「じゃあな。行くぜ」

鼠小僧はご神体の間を飛び出していった。

遠くできぃんという刃物の音とともに金太の唸り声もする。

辰五郎は茶碗を懐に入れ、横穴に逃れようとして、ふと気づいた。忘れ物がある。

ご神体の間に戻ると、唸りながら這いずっている仙十郎の懐をまさぐった。辰五郎の思った通り、埋蔵金の巻物はそこにあった。和助の形見である。

(よし)

辰五郎は巻物を袖に入れるとご神体の間を出ようと走った。だがその刹那、ずるりと足が滑って、地面の感触がなくなった。

「あっ！」

辰五郎は思い出した。ここには無数の穴がある。その一つに落ちたらしい。

辰五郎はとっさに宙に手を伸ばした。

落ちた！　と思った瞬間、その手は、かさかさとした手触りの棒をつかんだ。

溺《おぼ》れる者は藁をもつかむというが、辰五郎はとにかくそのひ弱そうな棒につかまり、手足を突っ張った。

ようやく落下が止まる。

棒と岩肌をつかんで這い上がり、ようやく元の間に戻って転がった。

「助かったぜ……」

つぶやいて手元を見ると、それは木乃伊の手だった。

辰五郎が手を打ち振ると、木乃伊が揺すられてカタカタと鳴った。その足は台座に五寸釘で固定されている。自分で打ちつけたのであろうか。

「ひっ！　ひいいっ！」

「あ、ありがとよ！　でも、もう勘弁だ」

辰五郎は木乃伊の手を引きはがすと、ご神体の間を出た。

（ツイてた……）

辰五郎は安堵《あんど》した。これが伊勢と金毘羅に参った御利益なのか。こうなったら帰りにもう一度、伊勢まで参って、「おかげさまで……」と言わねばならない。

洞窟の先からはもう音は聞こえてこなかった。鼠小僧が御庭番を引き連れて地上に戻ったのだろうか。

あたりをきょろきょろと見まわす。

（そうだ、色米だ）

辰五郎は地面にまいてある黄色い米を辿り、洞窟を進んだ。帰りには、確かいくつもの分かれ道があるはずだ。鼠小僧が〈帰り十本〉と呼ぶだけはある。色米の印がなければ帰れないだろう。

ゆっくり進んでいくと、「わんっ」という鳴き声が聞こえた。

「金太！　定吉は無事か？」

ところが現れたのは白い影だった。

「ワン公！　こんなとこで何やってやがる？」

「わんっ」

翁丸が尻尾を振った。

「いい気なもんだ。こっちは死にかけたっていうのによ」

辰五郎は先を急いだ。翁丸は勝手についてくるだろう。

ところが、色米がそこでぷっつりと途切れていた。すぐ先には分かれ道が見えている。これではどっちに行っていいのかわからない。

「定吉の野郎、落とすのを忘れやがったのか？」

辰五郎は頭を抱えた。

「おい、ワン公。出口がわかるか？」

聞いてみたが、

「わん！」

と吠えるだけで動こうとしない。

「なんだよ、相変わらず役立たずだな……」

そこまで言って、辰五郎は信じられないものを見た。

「わんっ！」

楽しそうに吠えた翁丸の口の中が真っ黄色に染まっていた。

「てめえ、まさか……。色米を食ったのか！」

「わん？」

翁丸はなんでそんなに怒っているのかわからない、とでもいうような顔をした。

「おい、これじゃあ帰れねえじゃねえか！」

「くぅ〜ん……」

翁丸が落ち込んだような声で鳴いたとき、どぉんという音が片方の穴のほうから響いてきた。鼠小僧の使う爆竹だろう。

「そうだ、音だ！」

辰五郎はひらめいた。音の聞こえてくるほうが出口に違いない。近づきすぎると戦いに巻き込まれるが、間をとれば大丈夫だろう。

「行くぞ、ワン公」

辰五郎は音の響いてきた穴のほうに進んで行った。

登り坂の嫌いな翁丸が嫌そうについてくる。

「はぐれるなよ。はぐれたら、一生出られなくなっちまうぞ」

辰五郎は声をかけた。

しかしその先はまたも分かれ道であった。いったいどっちの穴なのか。もはや爆竹の音も響いてこない。

「わん！」

ここで翁丸が自信ありげに吠えた。ついて来いとでも言っているようである。

「なんだよ。お前、道わかんのかよ？」

「わんっ」

翁丸が走り出した。どうせ道の見当はつかないのだ。犬も歩けば棒に当たるというし、辰五郎は破れかぶれで翁丸を追った。

すると道は行き止まりにもならず、するすると続いた。どうやら正しい道らしい。

「おい、やるじゃねえか、ワン公」

「わん！」

翁丸が尻尾を振る。

さらに進んでいくと、硫黄のような匂いがただよってきた。

「なるほど。こりゃあ火薬の匂いか。定吉の爆竹の残り香だな……。お前、これを辿って来たのか？」

「わんっ」

翁丸が嬉しそうに目尻を下げた。

「よかった。お前にも犬の力があったんだな」

「わん？」

「い、いや、助かった。早く地上に案内してくれ。定吉には火薬の匂いがついてるだろうしな」

ここに鼠小僧がいないということはうまく逃げたのだろう。

「わんっ！」

翁丸の後ろに続いて辰五郎は洞窟を走った。

やがて穴の果てから青い月明りが見えてきた。出口はもうすぐそこである。

穴のふちからそっと顔をのぞかせてみると、外に人の気配はなかった。うっそうとした森が広がるのみである。

翁丸がすすんで洞窟を歩み出た。

「おっ、定吉のにおいを嗅ぎつけたか？」

「わん！」

翁丸が力強く吠える。この犬も苦難を通して成長したのか。

（あとは定吉に天目茶碗を渡して、千両もらうだけだぜ）

辰五郎はにやりと笑った。危なかったが、なんとかお宝を手に入れた。どうせなら菊佐を穴に蹴り落としておけばよかった、と思ったとき、

「鼠小僧に味方してるのはお主か？」

と声がした。

「えっ？」

辰五郎が面食らったとき、カッと龕灯《がんどう》が照らされた。

「誰だ！」

「我らは公儀御庭番である。控えい！」

厳《いか》めしい声が飛んだ。目が慣れてくると、前にいる柿色の装束の二人が火縄銃を構えているのがわかった。その後ろにはさらに三人いた。

「おいワン公、火薬は火薬でも、こっちは敵のほうだろ！」

「わ、わん？」

翁丸が尻尾を股の間に挟んだ。火縄銃の火薬に釣られてしまったらしい。

「こりゃ万事休すか……」

敵は少なくとも五人いる。鼠小僧は一人で五人以上を相手にしていたらしい。しかし大泥棒の鼠小僧ならともかく、辰五郎は普通の人である。博徒で多少荒っぽくはあっても、忍びの精鋭たる御庭番に勝てるわけがない。

辰五郎の背中に冷たい汗が流れた。しかし追い込まれたときこそ、頭が回転し始めるのが土壇場の辰五郎である。

「た、助かった……。道に迷ってしまって」

辰五郎は情けなさそうな顔をした。

「なんだと？」

「金毘羅参りで道に迷ったんだよ。あんたら神社の人か？　それにしちゃ地味な服を着ていなさるが」

御庭番の頭目らしき男が一瞬、押し黙った。

「なんだよ。なんか言ってくれよぉ」

「その犬も忍犬か？」

頭目が冷たく聞いた。まるで信じていないらしい。

「えっ、このかわいい犬がですかい？」

辰五郎はなおも知らないふりをして聞いた。しかし相手はまるで動じない。

「抵抗してもこの犬のようになるだけだぞ」

頭目が地面を指さした。

そこには赤い犬が横たわっていた。

（金太！）

生きてはいるようだが、立ち上がれないらしい。足の傷口がまた開いたのか。

（こうなりゃ奥の手だ）

辰五郎は翁丸を抱いた。

「御庭番ども、控えよ！」

辰五郎は大音声で言った。

「む？　なにを言っている？」

「このお犬様をどなたと思う。江戸城大奥におわす麗光院様のご愛犬、翁丸なるぞ！」

辰五郎は翁丸の首からしめ縄を外すと、そこに下げられた札を御庭番に突きつけた。

まぎれもない本物の麗光院の書き付けである。

「なに、麗光院様の？」

「そうよ、とくと見ろ」

辰五郎は頭目に近寄った。札を手渡す。

それを見た頭目がわずかに動揺した。

「今だ！　定吉！」

辰五郎は突っ走って金太を抱き抱えると森に飛び込んだ。

その刹那、龕灯が消えた。光に慣れた目には何も見えなくなる。闇の中でドスッ、ドスッという二つの音が聞こえた。

目が闇に慣れてくると、月明りの下に御庭番二人が息絶えているのが見えた。

（やっぱりいたか）

辰五郎はにやっと笑った。鼠小僧は金太を見捨てられないという読みが当たったのだ。忍びとしては失格だが、そこがあいつのいいところだ。

二対三の戦いになったが、鼠小僧の姿はまるで見えない。さすがは霧隠才蔵の血を引く男である。

「兄ィ！　逃げろ！」

「おう！」

辰五郎は金太を抱いて逃げようとしたが、銃弾が耳をかすめた。

「動くな！」

御庭番の声がする。辰五郎は金太を肩に担ぐと、振り向いて懐に手を入れた。

「ワン公、これ持って逃げろ」

　懐から出した天目茶碗を翁丸の口に突っ込む。

「わ、わぐ？」

　翁丸は戸惑いながらもそれをくわえて必死に走り出した。幸か不幸か、翁丸の犬歯は伊勢までの旅で全てなくなっているから、傷つくこともない。

　火縄銃が翁丸のほうに向いたが、

「そいつは天目茶碗だ！」

　と、辰五郎が叫ぶと、引き金を引きかけた御庭番の指が止まった。どうやら茶碗の価値を知っているらしい。もし弾が当たったら一万両が露と消える。

　これで少なくともお宝は沙夜たちの手に渡るはずだ。

「兄ィ、やるな！」

　声とともにクナイが飛んで、火縄銃の男二人が倒れた。

「お見事！」

　辰五郎が歓声を上げた。残る敵は御庭番の頭目一人である。

「おのれ、下郎め！」

「へっ、取ったぜ」

　鼠小僧が頭目の真後ろに現れた。そのままクナイを首に振り下ろす。

（勝った！）

辰五郎が思ったとき、急に鼠小僧の動きが止まった。

「こ、これは……！」

鼠小僧の顔に驚愕の表情が浮かぶ。

「甲賀流・傀儡《くぐつ》縛り。もはや動けまい」

頭目の声が響いた。

「やべえ！」

慌てて辰五郎も加勢しようとしたが、辰五郎の体もまた、ぴくりとも動かなかった。

「な、なんだこりゃ？」

「兄ィ、糸だ！ 縛られてる」

鼠小僧が言った。

「嘘だろ？ いつの間に！」

「ふふ、手こずらせおって。下郎、先ほどの犬はどこへ行った？」

「さてね……。あいつは足元がおぼつかなくて俺にもわからねえな」

なかば本気で言ったとたん、体中に痛みが走った。目から火が出そうな痛みである。

「うげえっ！」

「言わぬと手足を落とすぞ」

腕を見ると、絡みついた糸が赤く染まり始めていた。糸はまるで刃物のように肉を断ち切れるらしい。

「ほんとに知らねえんだよ。あいつは駄犬だ。とびっきりのな」

辰五郎はふてぶてしく笑った。誰かに脅されて言いなりになるなんて、死んでも御免である。

「兄ィ、言っちまえ！　死ぬことなんかねえや」

鼠小僧の声が飛ぶ。

「てめえも言ったろ。俺には俺の掟があるんだ」

辰五郎は三吉のことを思った。

（いいか三吉、誰がいちゃもんつけてこようが、言うことを聞かなけりゃ、困るのはいつも脅したほうだ）

手足に激痛が走る。しかし本当に痛いのは自分を売り渡すことだ。ぎりりと歯を食いしばったとき、こっちに向かって走ってくる白い影が見えた。

「えっ？」

かすむ目を凝らすと、それは翁丸だった。

（まさか助けに来やがったのか？）

辰五郎はぼんやりと思った。

しかし、近づいてくると勘違いだとわかった。噛んでいた天目茶碗が上にずれて、翁丸の目をすっぽり覆っていたのである。

前が見えなくなった翁丸はむやみやたらに走ってきた。

「ば、馬鹿！　戻ってきたら取られちまうだろ！」

辰五郎は叫んだが、翁丸は一直線に御庭番の頭目に向かって走った。頭目が、にやりと笑う。

だがそのとき、今まで倒れ伏していた金太が電光石火の速さで飛び上がった。傷ついた足から血を振りまきながら、金太は翁丸に飛び乗った。

「金太⁉」

辰五郎が目を瞠《みは》った刹那、金太はさらに翁丸の背中を利用して飛び上がり、空中で頭をひねった。口にくわえたクナイで頭目の糸を切り裂く。

「おのれっ！」

頭目が悔しそうに叫んだ瞬間、その目がぐるんと裏返った。人形のように頽《くずお》れる。

その後ろには体の自由を取り戻した鼠小僧が立っていた。

金太がドサリと音を立てて地面に落ちる。

「金太！」

鼠小僧が駆け寄った。

金太は抱かれながら尻尾を振る。

辰五郎は翁丸の口から茶碗を取りあげた。

「わんっ」

翁丸が楽しそうに吠えた。

「ま、終わりよければすべてよしだな」

辰五郎が苦笑いした。

だが次の瞬間、辰五郎の体はゆらりと倒れた。意識が遠くなる。

「おい兄ィ、しっかりしろ！」

鼠小僧の声が遠くからぼんやりと聞こえた。

＊

「辰五郎さん、どうしてこんなことに……。辰五郎さん！」

沙夜は何度も呼んだ。しかし、辰五郎はまったく目を覚まさない。

鼠小僧が辰五郎を金毘羅宮から背負って降り、旅籠に連れてきたのである。

「こいつは金毘羅の呪いかもしれねえ」

鼠小僧が苦々しく言った。辰五郎はご神体の間に長くいすぎた。鼠小僧が戦っている間、辰五郎はそこで待っていたはずである。

「やっぱり罰《ばち》が当たったんだ。良寛さんの言ったとおりだ……」

三吉が泣きそうになっていた。

「三吉。良寛さんを呼んできて！」

沙夜が叱咤するように言う。

「う、うん！」

三吉が飛び出していく。

「辰五郎さん、起きて！」

沙夜は辰五郎の体をゆすった。だがぴくりとも動かない。ずっと目を閉じたままである。その顔は苦悶の表情を浮かべていた。

「辰五郎さん！」

辰五郎の胸の上にすがりついた沙夜の頬が懐のふくらみに触れた。

「これは……」

取り出してみると、金毘羅の土産屋で買ったでんでん太鼓であった。

「あなた、起きて！　赤ちゃんの顔も見ないまま死ぬつもりですか！」

沙夜の目に涙があふれたとき、三吉がようやく良寛を連れてきた。

「神域に入ったというのは本当ですか？」

良寛は辰五郎を見ると眉をひそめて懐から念持仏を取り出し、深く拝んだ。

その姿を見た鼠小僧が仰天した。

「おい、良寛さんってまさか……」

「おっちゃん、知り合いなの？」

三吉が聞く。

「いや、会ったことはねえが、聞いたことはある。その枕地蔵を常に持っておられるのは、高僧の良寛和尚では……」

鼠小僧がまじまじと念持仏を見た。生涯寺を持たなかった良寛はこの仏を枕とし、諸方を漂泊している。無欲恬淡《むよくてんたん》な良寛は、難しい説法はいっさいせず、簡単な格言によって一般庶民にわかりやすく仏法を説き、誰からも尊敬されていた。

良寛は手を少し上げ鼠小僧を制すと、辰五郎の額を押さえた。

「これはひどいのう。だいぶ害されておる」

「うん。罰が当たっちゃったみたいなんだ」

「何も知らぬ者があそこに行けばこうなるに決まっている」

良寛は沁みいるような声で般若心経を唱え始めた。辰五郎の顔がやや穏やかになる。

「良寛さん、父ちゃんは助かるの？」

「かなり危ないのう。体ではなく、気がくじけそうじゃ」

「気ですか？」

沙夜が聞く。

「うむ。これを色心不二《しきしんふに》という。体と心は二つで一つ。心はつまり気のことじゃ。この者は気が傷ついている。ご神体のある石室には、代々の神職が即身仏として入定されたときの、すさまじい念が残っていてのう。何十年と修行を積んだ者の強い祈りじゃ。そんな濃い気に当たれば、普通の人間はひとたまりもなく気がふれてしまう」

「そうなんだ……」

三吉がこわごわと辰五郎を見た。

「しかしまだこの者の気は弱りながらも生きておる。よほど心が強かったのじゃろう」

「父ちゃんは人一倍わがままだったからね……」

「ふむ。即身仏の気の塊に打たれてこれだけですむとはなかなかぞ。とはいえ、この者の命は風前の灯火《ともしび》。この世とあの世の狭間《はざま》に漂っておる」

「良寛さん、なんとかしてよ。父ちゃんを助けてよ！」

三吉が良寛にすがりついた。

「祈禱するしかないのう」

「祈禱すれば助かるの？」

「わからぬ。ここまで、この者がどれだけ徳を積んだかにもよる」

「徳なんて積んでないよ！　父ちゃんは嘘つきで博打好きで穀潰《ごくつぶ》しなんだから……」

三吉が絶望に打ちひしがれた。

「しかし、よいところもあるぞ」

「えっ」

「覚えておろう。この者は金毘羅宮の書院で、今まで見ず知らずのわしをかばった。きっと心根は優しい。素行の悪さは育ちの悪さじゃ」

良寛が温かく微笑んだ。

「護摩壇《ごまだん》の用意があればやりようもあるのだが……」

「護摩壇ってなに？」

「私が準備します！」

沙夜が立ち上がった。かつて神社に嫁いでいた沙夜には心得があったらしい。

「ならば皆祈れ。この者があの世に行ってしまわぬようにな」

良寛はふたたび読経を始めた。

「ねえ、おっちゃんも洞窟に入ったんでしょ。なんで大丈夫だったの？」

三吉が鼠小僧に聞いた。

「俺っちはな、あそこにあまり留まらなかったからな。それに半信半疑で御守りも持ってた」

「御守り？」

「これさ」鼠小僧は魔除《まよ》けの御守りを見せた。「寄り道して善通寺でもらってきたんだが、これが効いたのかもしれねえ」

「なんだよ、それ。どうして父ちゃんにも渡してくれなかったの⁉」

「兄ィはよ、神仏を信じてなかった。持っていってもきっと気味悪がって捨てたさ」

「そりゃそうだけど……」

三吉が無念そうに御守りを見た。

「それより坊主。これが埋蔵金の正体だ」

鼠小僧が懐から天目茶碗を出した。その内側には青い星がいくつも光り輝いている。

「売れば一万両をくだらねえ。もし辰五郎さんが死んじまったら、お前が……」

「茶碗なんてどうでもいいよ！」

三吉が怒鳴った。

「父ちゃんを返してよ！　死んだら喧嘩もできないし、一緒に風呂も入れないじゃないか！」

「坊主……」

鼠小僧が言葉に詰まった。

やがて沙夜が護摩壇の道具を抱えてきた。大きな火鉢に火をおこし、手早く護摩木をくべていくと室内に煙が広がる。

「良寛さん、これ、なんなの？」

「外護摩《げごま》の一つでな、調伏法じゃ」

良寛は答えると両目を閉じ、いっそう大きな声で般若心経を唱え始めた。辰五郎の顔に護摩の炎の影がゆらめく。

（闇の中にこの者の姿をとらえれば助けることもできよう）

しかしいくら思念を強めてもその姿は見えない。

（辰五郎。お主は一体どこにいる！）

良寛の心眼が幽界にある辰五郎の魂を探していた。

一方、辰五郎の心は奇妙な世界にいた。どこまでも続く石だらけの河原のそばに大きな川が流れている。

辰五郎はおもむろに川をのぞき込んだ。

「おっ、どんな魚が釣れるんだ、ここは？」

釣り好きの辰五郎は、どんな川を見てもまず魚の影を追う。しかし、澄んだ水の中には魚が追う虫の姿すらない。遠くのほうではひどく粗末な恰好をした子供が石を積んでいた。

「殺風景なところだなぁ。いったいどこにいるんだ、俺は？」

辰五郎が歩き続けると、遠くに渡し船が見えた。何人かの旅人が乗っている。

「おーい！　ここはどこの渡しだ⁉」

叫んだが答えはない。

辰五郎は近づいて行った。しかし船足は速く、どんどん遠ざかる。

「おい、待てったら！」

辰五郎は川に入って追いかけた。しかしとても追いつけない。川はどんどん深くなっていく。踏みしめる川底の石も妙に柔らかかった。

「なんだよ、これ」

辰五郎は川底をのぞき込んだ。すると石と見えたのは、無数の目玉だった。

「ぎゃああっ！」

辰五郎は悲鳴を上げて岸に引き返した。陸に上がり、倒れ込んで荒い息をつく。

「冗談じゃねえぞ！　俺は金毘羅にいたはずなのに……」

首を傾げたとき、

「辰五郎さ～ん」

と、呼ぶ声がした。見ると向こう岸には美しい女たちが並んでいる。若い女、熟れた女、色っぽい女、色白と色黒、太いのも細いのもいい女が揃っている。

「へへっ、なんだってんだ」

悪い気はしなかった。そしてなぜか向こう岸のようすがはるか遠くまで見える。豊かな料理の数々、美しい花と緑、蝶や鳥が飛び、柔らかい風が吹いているのが手に取るようにわかった。

「まるで極楽みたいだぜ」

辰五郎はまたふらふらと川のほうへ歩き出した。

しかし、向こう岸をもう一度よく見回して気づいた。

「なんだよ、賽子がねえじゃねえか」

辰五郎は、むっとした。どんな極楽だろうと、賽子がなくてはだめだろう。

(賽子といやあ、何か忘れてる気がするな)

辰五郎は必死に思い出そうとした。たしか大きな勝負をするはずだった。それをさしおいて妙なところには行けない。

また、他にも足りないものがあった。

(美女が目白押しだが、沙夜がいねえ。そんなとこは御免だぜ)

辰五郎は岸を川と反対方向に走り始めた。

たとえあっちが極楽だとしても退屈すぎる。

良寛は大量の汗を流しつつ、祈禱を続けた。やがてほんの小さな光だが、暗闇の中に輝く点を見つけた。それはぼんやりとした形になっていく。

(あれは手じゃ。右手の形……)

良寛は心眼をこらし、想念の手を伸ばした。あの手をつかめば辰五郎は生き返る。

しかし、その手にはなかなか届かない。

「皆、辰五郎を呼べ。呼び戻すのじゃ！」

良寛は言った。

「父ちゃん！」

「辰五郎さん！」

「兄ィ！　帰ってこい！」

鼠小僧は辰五郎のおでこに御守りを乗せた。

「まだじゃ、もっと呼べ」

良寛が言ったとき、庭にいた翁丸がひょいと顔をのぞかせた。

「翁丸！　翁丸も父ちゃんを呼んで！」

三吉が言う。

翁丸は、とことこと辰五郎に歩み寄ってきた。

「くそっ、どうやったら金毘羅に帰れるんだ」

辰五郎はあたりを見回した。さっきからトントン、トントンと何かの音がする。川からは離れたものの、先程から同じ道をぐるぐるまわっていた。まっすぐ走っているのに、何度も見た大きな石がまた現れる。

「またこの石か！　これじゃあ堂々巡りだぜ」

辰五郎は腰に手を当てて空を見上げた。

すると、トントンという音は、天から聞こえているのがわかった。同時に温かい雨が降ってくる。どしゃ降りだった。その雨からはなぜか異臭が漂ってきている。

「おい、臭えぞ！」

辰五郎は怒鳴った。

「今だ！」

良寛は想念の手を伸ばした。暗闇の中で輝く右の手の平をつかんで引っ張る。法力を振り絞り、辰五郎の魂を幽界から引きずり出した。

「ぶはあっ！」

辰五郎が目をあけた。

「父ちゃん！」

「辰五郎さん！」

「兄ィ！」

「わんっ！」

みながいっせいに声を上げる。

「そうか。そいつの音だったのか……」

辰五郎は沙夜を見てつぶやいた。

沙夜は手にでんでん太鼓を持っていた。それがトントンと鳴っていたのである。

「赤ちゃんに会わないで死んでしまうなんて許しません！」

そう言って沙夜が辰五郎に抱きついた。

「死んでねえよ。ちゃんと帰ってきたから」

辰五郎が沙夜の腹を優しくさすった。

「なるほど、それであったか……」

良寛が疲れた声を出した。

「なんだよ、良寛さん？」

「その手じゃよ。闇で輝いていたのは。お主の光ではない。赤子の光だったのじゃ。

それがなければお主は死んでおった」

「父ちゃんは洞窟で罰が当たって死にかけてたんだよ。それを良寛さんが祈禱で助けてくれたんだ」

「ええっ？」

「そうなのか？　じゃあ、あれは三途の川だったのか……」

辰五郎は怖気をふるった。

「まず十中八九は逝くと思うたがな、よう帰ってきた。その手のおかげじゃ」

「そうか。なるほどなぁ」

辰五郎は合点がいった。金毘羅に来る前、岡山の賭場でやたら馬鹿ツキだったのに首をひねったが、あれは生まれてくる赤ん坊のツキだったのだ。

「良寛さん、ありがとよ。……でもそれにしても臭えな。なんの匂いだ？」

しかし誰も返事をしなかった。実は翁丸が辰五郎の顔にかけた小便の匂いだとは言えるはずもない。だがそれは気付け薬として確実に効いていた。

「三吉、翁丸はどこだ？」

「えっ……。さ、さあ、庭じゃない？」

翁丸はすでに庭に降り、鳥の餌を奪おうと身を伸ばしていた。

「あいつ、すごかったんだぜ」

「えっ？」

「俺と定吉が敵の御庭番に捕まってな。もうダメだと思ったんだ。そしたら翁丸が頭目に向かって走り出してよ。ま、天目茶碗が目をふさいで、前が見えなくなっただけなんだけども、その上に金太がひらりと乗ってな。二匹いっしょになって頭目に襲いかかったんだ。それでなんとか土壇場を切り抜けることができた。今度だけはあのワン公を褒めてやるぜ」

「へえ、大活躍だったんだね」

三吉が笑ったとき、

「今の話、まことか！」

と、良寛が叫んだ。

「ど、どうしたの、良寛さん？」

三吉がびっくりして聞いた。

「白き翼、青き胴、赤き嘴、羽ばたきし……。言い伝えは真《まこと》だったのじゃ」

「えっ、なんだそりゃ？」

「ラーマーヤナの予言……。わしはそれをここまで探しに来た。その犬はきっと御仏の犬じゃ。六百年ごとに現れる帝釈天の使いで世を大きく動かす」

良寛が感動に打ちひしがれたように身を震わせた。

この少しあとの時代に、翁丸が救った鼠小僧の軍資金のおかげで長州が外国から武器を買い、日の本を統べることになるが、それは辰五郎の知るところではない。

「うーん、言ってることがわからねえが、とりあえずあいつが御仏だなんてことは絶対ねえ」

辰五郎は笑った。

「とりあえず、風呂に入るか。なんか疲れたぜ」

辰五郎は立ち上がった。

「背中を流します」

沙夜も後に続く。

「良寛さん、ありがとう。良寛さんも疲れたでしょ？」

三吉が聞いた。

「この調伏で、まず五年は寿命が縮んだわい」

良寛が苦笑いした。

「ごめんね。父ちゃんのせいで……」

「よいよい。古文書の謎もとけたわ。それに童の笑顔がわしには何よりじゃ」

良寛が朗らかに笑った。

辰五郎は沙夜に付き添われ、部屋を出ようと戸を開けたとたん、つまずいてこけそうになった。

「誰だよ、こんなところに物を置いたやつは……」

不平を言いながらよく見ると、そこにあったのは千両箱であった。

「うわっ、こりゃなんだ」

見ると、上に何か書き付けがある。

そこには、

『兄ィ、鬼ヶ島で待つ。三つ目はそこにいる』

と、書かれていた。

鼠小僧は、いつのまにか煙のように消えていた。

十三　鬼ヶ島

紺碧《こんぺき》の海を一艘《そう》の小さな船が進んでいた。金毘羅宮に参ったあと、辰五郎たちは陸路で高松まで行き、そこから鬼ヶ島までの船を雇ったのである。

父とは何か。辰五郎は波間に光る群れた鰯の影を見ながら、柄にもなく考えていた。物心ついたときにはすでになく、ガマの師匠である和助からは自分は見世物小屋の前に捨てられていたと教えられた。

見世物小屋には同じような境遇の者たちが多かった。辰五郎のように捨てられた者、家や奉公先から逃げてきた者、売られてきた者もいた。だから自分だけがみじめだとは感じなかったが、見世物の催される神社に七五三で来る親子や、一緒におみくじを引いている家族連れを見ると、やはり少し胸は疼《うず》いた。普通の子供が可愛《かわい》がられ、心づくしの食事や温かい寝床を与えられている間、辰五郎は残飯を漁《あさ》り、掘っ立て小屋に吹き込む寒風の中で寝なければならなかった。

そうなると頼れるのは自分の力のみである。腕っぷしの強さや、女なら人目を引く色気や愛嬌《あいきょう》など、何か強みがないと世の中は渡っていけない。

辰五郎は、それほど喧嘩は強くなかったが、博才はあった。

神社では夜になるとよく賭場が開帳されており、そこに忍び入っては大人たちの賭け事を見た。博打の決まりは知らなかったが、勝った負けたはその表情を見ているとよくわかった。見続けるうちに、博打は運だけでなく、そこにいる者の駆け引きや、あきらめられないという気持ちで結果が左右されると気づいた。

賭場にいてもおかしくない年になると、小銭を賭けて博打の決まりを学んだ。弱い客を狙い、自分の運の流れを読む。強い博徒には乗っかる。小さく負けて大きく勝つ。危険と隣り合わせの快感がたまらなかった。凝り性だったこともあり、辰五郎はみるみる頭角を現した。負けても失うものがないという境遇が味方となり、命をかけたような博打にも勝ち続けた。

(金さえあれば、なんでもできると思っていた)

初めて百両を勝った日に辰五郎は座長をぶん殴って見世物小屋を飛び出し、長屋に一間を借りて家財道具を揃えた。昼は博打、夜は道楽や女に金を撒き、宵越しの金など持たない。

金なんて賭場に落ちているものを拾えばいい——。

そう思って生きてきた。種銭が必要になれば、ガマの油を売る。それで安泰のはずだった。

しかし、辰五郎のツキはついに落ちた。いくら博打がうまいと言っても、根本的なツキがなければ勝てない。特に大勝負でのそれは痛かった。できていたはずのことができない。そのことに気づいたとき、辰五郎はすでにかなりの借金をしていた。

お伊勢講に当たったため、浅草の香具師の元締めに追われながらも参拝の旅に出たが、いまだツキは戻っていない。ただ、旅路で得た家族、沙夜と三吉がそばにいる。いつまで一緒にいるかわからないが、翁丸という犬までいた。かつては不要なものだとそっぽを向いていた家族が自分にできるとは、なんとも皮肉なものである。

そして運命の気まぐれか今から旅の最後に、辰五郎の本当の父に会いに行くことになった。

（今さらだよなぁ）

むしろ〈三つ目の庄右衛門〉との異名を取る大博徒と戦いに行くというほうが、意味があるように思う。自分を捨てた父親を博打ですってんてんにしてやるのも小気味いい。

「ほら、翁丸。これが坊主だよ」

三吉が花札の一枚、〈芒《すすき》に月〉を翁丸に見せて遊んでいた。金毘羅宮の露店で買ったものである。三つ目との戦いでは、相手が花札に目印をつけているかもしれない。京には実際そんな博徒もいた。そんなときには別の花札を出して勝負をやり直すよう言わねばならない。花札の裏は黒一色で、八百長はまずできないものである。

「三吉。そんなこと言ったって犬にわかるもんか」

「でもさあ、翁丸は人の考えていることがわかっているような気がするんだよね」

三吉は頭に両手をあてて、つるつるの坊主のような仕草をした。〈芒に月〉のつもりだろう。

「このワン公はな、月を見ても煎餅《せんべい》と勘違いするやつだ。食うことと寝ることしか考えてねえ」

「わん?」

馬鹿にするなと言いたげに翁丸が鳴いた。その口には犬歯がすでになく、好々爺《こうこうや》のようである。

「お前は白い犬だと思ってたが、もしかして白髪なんじゃねえのか?」

「そんな、お爺さんみたいに言わないでください」

そばで見ていた沙夜が吹き出した。

「するめを噛む顎の力だけはあるみてえだが」

するめ、という言葉を聞いて翁丸の耳がピンと立った。

「ほら、やっぱりわかってる。翁丸、次は鶴だよ」

三吉が手をパタパタと打ち振った。

「それじゃ鵞鳥《がちょう》じゃねえか。鶴はもっとこう舞うように飛ぶんだよ」

辰五郎は優雅に手を振ってみせて笑った。

鬼ヶ島はもう目の前に見えてきている。


「あんたら、こんな島で何しなさる気だね。ここらは何もねえよ」

船を漕《こ》いできてくれた老人が不思議そうにたずねた。

「ちょっとした知り合いがいてな。話をつけに来たのさ」

辰五郎は言うと船着場へ飛び降りた。三吉と沙夜に手を貸し、上陸させる。見えるのは山のほうへ至る一本道だけだ。

「また明日、同じ頃に来てくれ。頼むぜ」

「あいよ」

辰五郎たちは人の気配のない島を歩いた。

「ほんとに鬼が住んでそうな島だね。桃太郎ってほんとにいたのかな」

三吉が辺りを見回して言った。

「三つ目っていう鬼が住んでるらしいがな」

沙夜がちらりとこちらに目をやった。心配してくれているらしい。

「ま、犬と猿と雉《きじ》は揃ってる」

辰五郎は冗談めかして言った。

「えっ？　犬はいるけど……」

「わんっ」

翁丸が唱和するように鳴く。

「沙夜が雉だろ。きれいだからな」

「あら、辰五郎さんたら……」

沙夜が嬉しそうな顔をした。

「桃太郎はもちろん俺だ」

「じゃあ、おいらが猿ってこと⁉」

「それしか残ってねえな」

「なんだよ、父ちゃんみたいに年取った桃太郎なんているわけないだろ。腐った桃だよ」

「キーキー言うな！」

にぎやかにしゃべりながら山道を進むと、やがて茅葺《かやぶ》きの一軒家が見えてきた。ここまで来ると、海の上に点在する島々が見える。遠くに見える陸地は備州だろう。

「ねえ、洞窟があるよ」

三吉が道の傍らにある大きな穴をのぞき込んだ。

「げっ！　穴はもうたくさんだ。近づくんじゃねえぞ」

「死にかけたもんね、父ちゃん」

「ああ。もう何があっても俺は穴には入らねえ。厠だって入りたくねえんだから……」

げんなりして言った。緑苔の光る木乃伊《ミイラ》の並んだ間や迷路を思い出すと吐き気がする。よくぞお宝を取って戻って来られたものだ。

「埋蔵金は、曜変天目っていう茶碗だったんでしょ」

「そうだ。秀頼の隠し金さ」

茶碗は今、鼠小僧が持っている。しかしなぜ鼠小僧は雇い主の長州に行かず、ここにきたのか。

そう思ったとき、当の鼠小僧が、一軒家からふらふらと出て来た。

「定吉！」

「おお……。兄ィか」

鼠小僧は辰五郎の顔を見るなり座り込んだ。

「どうした？　どっかやられたのか⁉」

「やられたよ……。といっても博打だがな」

「博打？　お前、三つ目とやったのか！」

「ああ、全部取られちまった。兄ィより先に勝ってやろうと思ったのによ」

鼠小僧から生気がすっかり抜けていた。

「全部って……」

「文字通り身ぐるみ剝がされちまったんだ。強いぞ、やつは。この俺っちが歯も立たねえ」

「なんだと？」

「ツキの落ちてる兄ィじゃとてもかなわねえよ」

言うと、鼠小僧は大地に転がって目を閉じた。

博徒が本当に負けたときはこんな姿になる。全てを失って、身一つで寝転ぶしかない。

「三つ目はあそこにいるのか」

辰五郎は一軒家を見た。

「やめろ。行くな。千両持って江戸に帰れ」

鼠小僧の声が聞こえる。

「そう言われるとますます行きたくなるのが俺の性分よ」

辰五郎は一軒家に向かった。たとえ鼠小僧であれど負け犬の声は聞くべきではない。

（俺にはとっておきのツキがあるんだよ）

辰五郎はにやりと笑った。自分のツキは落ちたが、沙夜の腹にいる赤ん坊のツキがある。そのおかげで洞窟の呪いを受けても、良寛に助けてもらうことができた。

「ごめんよ」

声をかけて辰五郎は家の戸を叩いた。

「入んな」

中から男の声が応えた。

遠慮なく戸を開いて中に踏み出すと、家の中は明るかった。窓が広く、瀬戸内の太陽を存分に取り入れている。部屋の隅には布団が敷かれており、台所はあるものの、男はこの部屋一つで暮らしているらしい。

男は開けっぴろげの窓を背にして分厚い座布団にどっかりと座っていた。意外に若い。辰五郎の父ならばもう五十は超えているはずだが、まだ四十そこそこに見えた。顔の作りは柔和だが、その中で目だけが一種異様な光を放っている。口の端には銀煙管《ぎせる》をくわえていた。

（こいつが俺の父親なのか）

言われてみれば確かに自分と似た面影があるような気がする。

「あんたは？」

男が聞いた。

「浅草の近くに住む博徒、土壇場の辰五郎と申しやす」

なぜか敬語になった。緊張しているのだろうか。

「聞かねえ名だな」

「ガマの油売りの和助の、身内のようなもんで」

「ほう、和助の。やつは元気か？」

男の声が弾んだ。

「いいえ。ついこの前、最期を看取りました」

「そうか」

男は目を伏せると煙草を一つ吹かし、煙草盆に置いた。

「あんた、三つ目の庄右衛門さんかい？」

「ああ。そうだよ」

面倒くさそうに答えて、男は立ち上がると、台所で茶を淹れて帰ってきた。

「それは……」

辰五郎は目を疑った。茶を飲むのはいいが、その入れ物があの豊臣の天目茶碗だった。

「これか？　茶碗だろ。茶を飲んで何がおかしい」

庄右衛門は無造作に茶碗を畳に置いた。

「父ちゃん、まさかあれって一万両の……？」

後ろにいた三吉が小声で聞いた。茶碗の内側に、星のような模様が鮮やかに輝いている。

「ああ。なんてやつだ」

秀頼が必死に守った茶碗が、今となっては博徒の手でもてあそばれている。

「こいつはくせもんだな」

辰五郎がつぶやいたとき、庭から犬の鳴き声が聞こえた。

「うるせえなぁ」

庄右衛門は立ち上がると、庭に面した障子を開けた。

「わん！」

とさらに吠える声がする。

「お、おめえ、金太じゃねえか！」

辰五郎は驚いた。金太が木の檻《おり》に閉じ込められている。

「なんでこんなことになってる？」

「さっきの男が負けて置いていったのさ。賭けるものがなくなってな」

「嘘だろ……？　金太を賭けたってのか」

金太は鼠小僧が相棒にしていた犬である。近頃は情もわいていたはずだ。

庭に回った翁丸が近寄っていって金太を見つめた。

「わん！」

と鳴いて檻のまわりをぐるぐるまわる。翁丸はなぜか楽しそうに尻尾を振った。

「へっ、面白いな。あんたと勝負がしてえ」

辰五郎は本心から言った。あの鼠小僧がここまでやられるとは。博打を極めた者として全力で戦ってみたい。

「賭けるものはあんのかい？」

「ある」

辰五郎は荷物から小判の束を出して畳に置いた。

「まずは百両でどうだ」

辰五郎はどうでもいいという調子で言った。もう勝負は始まっている。気をのまれたら負けだ。

「金などいらん」

「えっ？」

「俺はこの島の洞窟に五万両ほど隠してある。もともとは海賊が住んでいた洞窟だから、俺以外のものは金蔵に辿り着けねえがな。これ以上、金なんかいくらあってもしょうがねえ。それよりもっとお前にとって大事なものを賭けろ」

「金以外の大事なもの？」

辰五郎は悩んだ。持っているのはガマの師匠の形見の巻物と、商売道具くらいのものである。

「そういうあんたは何を賭けるんだ」

辰五郎はまぜっ返した。

「俺か？　この飲み心地のいい茶碗でもいいし、五万両でもいい。好きな物を持って行くがいいさ」

「つまり俺が勝ったら、欲しいものならなんでもくれるということか」

「ああ。もっとも俺はまだ博打で負けたことがない。たまには負けてみたいもんだ」

庄右衛門は沈痛に首を振った。

（この男……）

辰五郎はそのふてぶてしさに感心した。

「よし。家も金も奪って、裸にひんむいてやるぜ！」

全身に気合いが満ちてきた。

「お前は何を賭ける？」

「俺にとって一番大事なものだ」

「ほう……」

「翁丸を賭ける」

辰五郎は言った。

「えっ？」

「辰五郎さん！」

三吉と沙夜が同時に声を上げた。

「黙ってろ。たしかにこいつは何よりも大事な犬だ。旅のあいだ、ずっと真綿にくるむようにして大切にしてきたんだからな」

辰五郎が沈痛な顔をした。

「わんっ」

翁丸が抗議するように鳴いた。

「庄右衛門さんよ。俺はこの犬を賭ける」

「よし。いいだろう。二匹もいたら世話が大変そうだが……。ま、腹が減ったら食っちまえばいいか」

「わ、わん⁉」

翁丸がさっと金太の檻の後ろに隠れた。

「勝負はなんでやる？」

辰五郎が意気込んで言った。

「なんでもいい。お前が懐に持ってる花札でもな」

「えっ……」

辰五郎は青ざめた。

「なんで俺が花札を持ってるって知ってやがる？」

「この三つ目の庄右衛門、見えねえものはねえ」

庄右衛門は不気味に笑った。

そして勝負が始まった。

辰五郎の買ってきた花札での花合わせである。配られた手札は十枚。いきなり目の前に五光が飛び込んできた。〈松に鶴〉、〈桜に幕〉、〈芒に月〉、〈柳に小野道風〉、〈桐に鳳凰《ほうおう》〉の札である。

（こりゃなんてツキだ。最初から役ができてやがる！）

辰五郎は驚いた。沙夜の腹に触れてからというもの、恐ろしいほどのツキが流れ込んでいる。かつて博徒として脂が乗りきっていたときよりも強力なほどだ。

「庄右衛門さんよ。俺は今日、なかなかいいぜ」

「鼻息が荒いな。先に二十文とったら勝ちだぜ」

庄右衛門が場に札を八枚並べた。

「さ、親はお前だ。先にやりな」

「な、なんだよ、こりゃ！」

辰五郎は呆然とした。せっかくの五光札をあわせる札が一枚もない。

「どうした。さっさとやりな」

気がつくと、庄右衛門が目を大きく見開いて辰五郎をねめ上げていた。その光のない真っ黒な瞳に吸い込まれそうになる。得体の知れぬ恐ろしさがこみ上げてきた。

(こいつは博打に魅入られている……。いや、博打そのものだ)

これほどまでに感情のない男を見たことがない。

辰五郎は苦し紛れにかろうじて梅の赤タンを取った。それしか取れなかった。

「じゃあ次は俺だな」

庄右衛門は高い札を無視して萩《はぎ》のカス札をとった。

「へえ。いいのかい」

「いいとも」

「だったら次は……」

辰五郎は菖蒲《しょうぶ》のカス札を場に出して、めくりにかけた。五光もあれば一つくらいは出るはずである。

しかしめくられたのは紅葉《もみじ》だった。

「うーむ」

辰五郎は唸った。手札のツキと、めくり札のツキが大きく乖離《かいり》している。

その間にも庄右衛門はカスを集め、ついに辰五郎は五光を切らねばならなくなった。

「こんなこと、あんのかよ」

辰五郎は唇を噛んで〈桜に幕〉を切った。めくり札からは牡丹が出て回収できず、庄右衛門のカス札がすぐに桜をかっさらっていった。

「さっきの男も言ってたな。信じられねえってよ」

「定吉がか？」

「江戸を騒がせている大泥棒らしいが、腰が据わってねえな。いいものを持ってるのに、博打だけに打ち込んじゃいねえから負けるのさ」

「なるほどな」

辰五郎にもそれはわかる。博打をやっているとき、別のことに気を取られるなら、それは負けたも同じことだ。

（定吉の野郎、あいつもいっぱしの博徒だった。請け負った仕事もあるのに、三つ目のことを聞いて我慢しきれなかったんだろうな）

辰五郎は唇を嚙んで〈桐に鳳凰〉を手放した。またもや庄右衛門のカス札がそれをかっさらっていく。

「お前は太いツキを持っているな。だがそれだけじゃ勝てねえ」

庄右衛門が銀煙管を吹かした。どうも旗色が悪い。

次に出した〈松に鶴〉も取られ、三光で庄右衛門が勝負を決めた。

「三光は六文だ」

なんでもなさそうに庄右衛門が一文銭に見立てた駒をさらう。

辰五郎は花札をよくきって、二人に配った。

「次の親は俺だな」

庄右衛門は言うと、先に手札を出した。またカス札を集めている。

「あんた、カスばっかりじゃねえか」

「博打やる奴はカスさ。それがわかっていればカスが味方する」

辰五郎の手札にはまたも濃い札が揃っていた。猪鹿蝶とある。しかしそれもまた役を完成すること無く、庄右衛門の手の内におさまった。

「猪鹿蝶と赤タンで十二文。ありがとうよ」

庄右衛門は手札のカスだけで連勝となった。

（こいつ、俺のツキを食ってやがる！）

普通なら楽々勝てる手なのに、巧妙にカスを押さえられている。いわば庄右衛門は相手の力を利用して勝っている状況だった。

（なるほど、こんな戦い方ならツキがなくても勝てる）

辰五郎は内心唸った。ツキが無くなって借金し、江戸から逃げてきたが、博打を信じていれば、まだ戦い方はあったのかもしれない。

「俺は毎日、博打のことだけを考えている。好きだからな」

庄右衛門が辰五郎の心のうちを読み切ったように言った。

（こいつはやばいな）

これまで旅はしてきたが、博打からはかなり遠ざかっている。所々、博打で路銀を稼いだとはいえ、毎日打っていたわけではない。博打漬けの熱狂の中にいるからこそ、強い手が出せるということもある。

この庄右衛門は来る日も来る日もずっと博打を研究してきているのだ。こうなれば辰五郎も同じ熱狂の中に入るしかない。

「カスと青タンで七文だ。ひと勝負ついたな」

庄右衛門は煙管から煙をたなびかせながら駒を集めた。

「すまねえ、翁丸。今日からお前は庄右衛門の犬だ……」

「わん⁉」

「よいしょっと」

辰五郎は翁丸を抱き上げると、檻の中へ入れた。二匹の犬がくるくると歩き回る。

「お前、それは本当に大事な犬なのか?」

庄右衛門が訝《いぶか》しげに聞いた。

「ああ、命よりもな」

辰五郎は懐から出した手ぬぐいで目をぬぐった。

もちろん涙など出ていない。

(さて、どうするかな)

様子見は終わった。庄右衛門のやり方にも見当がつきはじめているが、いかにして引きずり倒すか。土壇場になるほど、辰五郎の頭はまわる。

やはり博打は楽しい。しかも相手はとびっきりの好敵手である。

庄右衛門を冷血な父だとは思うが、博徒としては一流であった。

「さてどうする。お前は貧しそうだから、もう帰るかい」

庄右衛門が聞いた。

「いや帰らねえ。勝負はこれからだ」

辰五郎は湧いてくる狂気に身を任せ、獰猛《どうもう》に笑った。

「次は三吉を賭けるぜ」

「えっ？」

三吉が驚いたようすで振り向いた。

「こいつは俺の息子だ。俺が負けたら引き取って薪割りでも水くみでもやらせりゃいい」

「父ちゃん、何言うんだよ！」

「三吉、俺は翁丸を失った。あいつはいい犬だったんだ。今度は勝算がある。やらせてくれ」

「でも……」

三吉の目が揺れ動いた。何かを考えている。

「辰五郎さん。私が身代わりになります」

沙夜が言った。

「沙夜。お前……」

「あなたに助けられた命です。もし辰五郎さんが負けたら、私を好きにしてください」

沙夜が庄右衛門に向かって毅然と続けた。

「でも私が惚れた人ですよ。たやすく勝てるなんて思わないでください」

「いい女を嫁にしてるじゃねえか、あんた」

庄右衛門がにやりと笑った。

「けどな、俺は女なんか欲しくねえ。ここらを通る南蛮の船にでも売っちまうがそれでもいいか」

「南蛮だと?」

「そうよ。いいんだな?」

「それは……」

辰五郎は沙夜の腹を見た。そこには自分の子供が宿っている。

「待ってよ、母ちゃん! おいらが駒になるよ」

三吉が前に出た。

「三吉、行ってくれるのか」

「でも、わかってるよね、父ちゃん。絶対に勝ってよ!」

「ああ。任せとけ」

辰五郎はぐっと気合いを入れ、庄右衛門を睨んだ。

「さあ。続けようぜ」

「いいだろう。下衆《げす》だが根性は据わってやがるな」

庄右衛門は花札を鮮やかに繰った。

配られた手札を見ると、菊が集まってきている。

「酒か」

庄右衛門がつぶやくように言った。

辰五郎は内心驚いた。まさに、〈菊に盃〉の札が手にある。この手札があれば〈月見で一杯〉、〈花見で一杯〉の五文役ができる。

（こいつ、見えてやがんのか？　いや、見ているのかもしれねえ）

辰五郎は手札を完全に手の内に隠した。花札自体は辰五郎が買ってきたものであるから、ガン（印）がついているわけではない。

（それともカマかけてやがんのか？）

辰五郎は口を閉ざした。

「またいい札が渡ったようだなぁ」

「うるせえな。黙れよ」

「しゃべるのは俺の勝手さ」

庄右衛門が歯を見せて笑った。憎々しい顔である。

だが辰五郎の手札には良い札が揃っていた。五光札もあるし、短冊も多い。辰五郎はさっそく〈桜に幕〉をカス札に合わせ、自分の手の内に入れた。

しかしこの勝負もそこまでであった。あとはまたしても手札が宝の持ち腐れにされ、盃まで取られてあっさりと逆転負けした。まるで辰五郎の手持ちの札がすっかりわかっているかのようである。さすがは三つ目と異名を取るだけあった。ここまで読み切られては勝てるはずもない。

たとえば、

「次は雨……、いやもう少し寒い。冬の桐だな」

と、庄右衛門につぶやかれると桐札は出しにくい。出させないために言っているのかもしれないし、読み切っているのかもしれない。辰五郎はいつのまにかどっぷりと庄右衛門の言葉の迷路にはまっていた。

「辰五郎とやらよ。あんたは家族を捨てても博打をやるくらいだから、気が強い。気の強い奴はこんなところでカスを打たねえはずだ」

「そりゃどうだかね」

辰五郎は言い返しながらも、顔を強《こわ》ばらせた。多分、つぶやくとともに、辰五郎の反応をじっと見ているに違いない。こんなときは展開に動じず、平静に心を保ち、勝ち負けなどどこ吹く風と構えられればいいが、負けが込むとそうもいかない。三吉も賭けている。負けるわけにいかない博打は弱いものだ。無駄金を賭ければいくらでも勝てるが、命のかかった金となるとそうはいかない。ばからしい失敗もしてしまう。気合いを満身に込めたのに、あと少しのところでやられると、怒髪が天をつきそうだ。たまりかねて辰五郎は顔を手ぬぐいで巻いた。隠せば顔の変化も見取られないだろだが何の効き目もなかった。

「残りの手札は……。そう、藤にほととぎす。だったらこれは取れないな」

庄右衛門は辰五郎の表情も見ずにぴたりと言い当て、藤とは関係のない札を置き、辰五郎が札を合わせるのを防いだ。心の内が筒抜けである。

（こいつはまるでサトリだ。思ったことをみんな知られちまうし、奴の言葉のあやで、こっちの動きまで決められちまう）

辰五郎は背中に冷たい汗が流れるのを感じた。サトリとは、人の考えを何でも見透かしてしまう妖怪のことである。それにくわえ、庄右衛門の発する言葉に辰五郎は振り回されていた。

（考えるな）

辰五郎は必死に抵抗したが、すればするほど、庄右衛門のつぶやきが耳に入ってくる。博打の世界ではこのような戦法を口三味線という。

庄右衛門が口三味線が得意であるというのは、よくわかった。なにせ血がつながっている。辰五郎と同じく口から出まかせで、しのいできたのだろう。

しかし庄右衛門は辰五郎が実の子供だとは知らない。それは辰五郎が少しだけ有利な点だった。

とはいえ、庄右衛門の口技は群を抜いている。こんな奴も世の中にいるのだ。

「あんたは正直な男さ。顔を隠したって、いろいろ見えるところはあるんだぜ」

そう言ってまた憎らしい笑みで辰五郎を嘲った。怒らせて勝負を有利に運ぼうとしているのだとわかってはいるが、気持ちが止まらない。

「おっと、待ってくれ。足袋がゆるんじまった」

辰五郎は言うと、足袋をはき直した。初めから足袋はゆるめてある。流れを止めるときに辰五郎がよく使う手だ。ゆっくりと足下を整えながら動揺をほぐしていく。ある種の決まった流れを作っておくことで、自分を取り戻す方法だ。

ふと視線を感じて顔を上げると、庄右衛門はどこからか取り出した柿を小刀でむいていた。蛇のように落ちていく柿の皮の幅はずっと同じである。

(やりやがる)

辰五郎は尊敬すら覚えた。こっちが心身を調《ととの》えたと思ったら、向こうも心を研ぎ澄ましている。

辰五郎は皮をむいている途中で声をかけた。

「いいぜ」

「そうかい」

言うと庄右衛門はきれいにむいた柿をかじってにやりと笑った。

そのまま畳に手札を叩きつける。

「できた。赤タンとタネだ」

「……」

辰五郎は無言で五文払った。もう一度負ければ三吉を取られてしまう。それまでになんとか庄右衛門の口三味線を破る方法を考えねばならない。

今度は辰五郎が札を切った。手札にはカスが集まってくる。続けざまの好手札で勝てなかったのだから、運気も落ちるだろう。こちらは赤ん坊の強いツキまで使っているのに、まるで歯が立たない。

「今度はよくない手のようだな」

庄右衛門の言葉に思わず体が固くなる。

「泣きっ面に蜂《はち》か」

庄右衛門の声が笑いで躍った。

（しまった）

思ったときはもう後の祭りだった。

心を静め、力まないようにしようと思っても、力まないということに力んでしまい、結局、普段の自分のやり方を乱されている。

「力んで当たり前」という気持ちで受け止めれば、いくらかは落ち着けるが、それも完璧《かんぺき》な状態ではない。

庄右衛門が最初から口三味線を仕掛けてきて、一度負けたときからすでに、蟻地獄《ありじごく》に落ちている。

「父ちゃん、しっかりしてよ！」

三吉が叫んだ。

「まあ待て。あと二回もやれば勝てる」

「ええっ、一回で勝ってよ！」

「こいつは強いんだ。仕方ねえだろ」

もう辰五郎には後がなかった。

しかし配られた手札は弱く、場の札は庄右衛門に支配されている。なすすべもない。

そんな辰五郎をあっさりと庄右衛門の三光が打ち砕いた。

「これで二十文。けりがついたな」

「くそっ、負けた。嘘だろ、一度も勝てないなんてことがあるか！」

辰五郎は頭を抱えた。

「さ、子供は俺のもんだ」

「三吉、すまねえ……」

「父ちゃんのバカ！　甲斐性《かいしょう》なし！」

「おい。茶を淹れてこい」

庄右衛門がさっそく三吉に言った。

三吉はしぶしぶ立ち上がると台所に向かった。もはや庄右衛門の奴隷である。

「さて。次は女房を賭けるかい？」

「くっ……」

辰五郎は歯噛みした。負けてばかりでは後には引けない。しかし沙夜を賭け、負けたら沙夜は売られてしまう。降参するべきなのか——。

「もうやめときな。あんたは雑魚だった。それだけのことだろう」

庄右衛門がしずかに言った。

「雑魚だと⁉」

煽っているのはわかる。しかし、辰五郎もいっぱしの博徒だった。雑魚と言われて黙ってはいられない。

「わかった。女房を賭けよう」

辰五郎は震える声で言った。ここが我慢のしどころだ。

「ほう。思い切るな」

庄右衛門が感嘆したように言った。

「こいつは俺の一部みたいなもんだ。なんせ女房だからな。こいつだけには何でも頼めるんだ、俺は」

「辰五郎さん……」

沙夜の目が潤んだ。

「大丈夫だ、沙夜。今度は勝つ！」

辰五郎の言葉に、庄右衛門が低く笑った。

「気の強い男が大事なものを奪われて泣くのを見るのも悪くないな」

鮮やかな手つきで手札をきり始める。

「一つ聞いていいか、三つ目の」

「なんだ？」

「てめえに大事なもんはねえのか？」

「ある。博打に勝つことだ」

「子供はいねえのか」

辰五郎はするりと聞いた。

「いない。俺には俺がいりゃあいい」

「そうかい。そうだろうな」

辰五郎は少しがっかりしながらも、そんな気持ちが手に取るようにわかった。かつては辰五郎も同じ考えだった。

しかし今は、自分一人だけでいいとは思っていない。

このとき初めて、勝ち目が少し見えたような気がした。強大無比だと思っていた父に、自分にも勝てる要素がある。

（そろそろこっちの番だ）

辰五郎は気合いを込めて庄右衛門の配った手札を開いた。すると〈柳に小野道風〉が見えた。最強の雨札だ。

「いい札が行ったな」

庄右衛門がつぶやいた。

「昔、浅草の見世物小屋に捨てられた男の子がいてな」

辰五郎も語り始めた。口を封じるのは口。しかも相手を凌駕《りようが》するには、より刺激の強い話が必要である。

「その子は幼いころから玉乗りを仕込まれたんだ」

「なんだ、いきなり。変な話しやがって」

庄右衛門の目が細まる。

「その子は来る日も来る日もいじめられた。芸の覚えは悪いし、まわりの者と話を合わせるのも苦手でな。もちろん親に泣きつくこともできねえ」

辰五郎が芒のカスを叩きつけると、めくった場札に〈柳に燕《つばめ》〉が出た。

「わかるか。親のいねえってことがどういうことか」

「さてね」

「生きてないのと同じだ。この世に居場所なんかありゃしねえ」

辰五郎は幼い頃を思い出していた。世の中とずれてしまった違和感が常につきまとっていた。

「どうでもいいさ。すべては博打に勝つか負けるかだ。博打に不公平はねえぜ」

庄右衛門は揺るがなかった。

「そうだな。俺も博打に走った。それで、やっと好きに生きることができた」

「今の話はあんたのことかい？」

庄右衛門が〈芒に月〉を出し、カス札と合わせ取った。

「ああ俺だ。誰よりも早く独り立ちするしかなかったんだ」

辰五郎は〈柳に小野道風〉を出し、〈柳に燕〉を合わせ取った。

「その子が捨てられたのは、三十五年前のことだ」

「三十五年前だと？」

庄右衛門がじっと辰五郎を見た。

「この小野道風の雨札を見ろ。柳に蛙《かえる》が飛びついてるだろう。俺はいつもこんな風だった。頭を撫でてくれる手にあこがれて飛び上がるが、何度も地べたに叩きつけられた」

言いつつ、辰五郎が場札をめくると、〈柳に短冊〉が現れた。

「なんだ。また雨が出やがったのか？」

庄右衛門が首を傾げた。

「俺を捨てたのは博徒だったとよ」

辰五郎は庄右衛門をずいと睨んだ。

「……和助から聞いたのか、そんな話。作り話だな」

庄右衛門は言いざま〈桐に鳳凰〉を切ったが、刹那、動きが止まった。

「こ、こいつは……」

「そいつは取れねえ」

辰五郎が場札の菖蒲を見てにやりと笑った。菖蒲も桐も同じ紫色の花である。庄右衛門は菖蒲を桐と見間違えていた。信じられないしくじりである。

「ちっ。最近は細かいものがよく見えなくなってやがるからな」

庄右衛門が低く呻いて場札をめくると、〈桜に幕〉が出た。しかし他の札と合わない。辰五郎は素早く、桜のカス札を叩きつけてそれを奪った。

（雨法師、今こそお前の技を使わせてもらうぜ）

昔、辰五郎が戦った相手に〈三島の雨法師〉という男がいた。伊勢へのおかげ参りでは、大井川の手前で、雨法師の女房に金をめぐむことにもなったが、辰五郎がかつてどうしても勝てなかった相手である。

雨法師はここぞというときに必ず雨札を引いてきた。

辰五郎は大勝負のあと、「二度と戦わない」という約束をして、その秘訣《ひけつ》を聞いた。

雨法師はぽつりと言った。

涙が雨を呼ぶ、と。

「辰五郎さんよ、博打うちは堪えきれぬ傷を持っていることがある。そしてその傷に気づかず、博打をうって凌《しの》いでる。俺が雨札を引いてくるのは、心にいつもやまない雨が降っていやがるからさ――」

今、辰五郎の心にも雨が降っていた。子供のころの辛《つら》さはもう忘れていたが、消えたわけではない。父親を目の前にして、むしろ土砂降りとなって蘇ってきた。

辰五郎は無言で場札をめくった。雨のカス札が出る。その札で〈柳に短冊〉を叩いた。

「雨島……。俺の勝ちだ」

雨四枚。わずか四文の役だが、初めて辰五郎が勝った。

「もういっちょだ」

庄右衛門が言う。

「いいとも」

「なかなか嘘がうまいな、辰五郎」

「ああ。今言ったことは、全部嘘だ」

「ふん。こんなことで勝ったと思うなよ」

庄右衛門が花札をきろうとした。

「待て。札を伏せていいか」

辰五郎が札を押さえた。

「……好きにしな」

庄右衛門が少し遅れて手を離す。辰五郎は花札を全て伏せ、絵柄が見えないよう裏向きにした。

〈庄右衛門が〈目刺し〉を使ってやがるのはほぼ間違いねえ〉

〈目刺し〉とは絵が見えた札を覚え、花札をきっても、その場所をずっと覚えている技である。人間技ではない。ある意味、イカサマとも言えるだろう。そんな技を使える奴がいるとは、辰五郎はこれまでまったく信じていなかった。しょせん、賭場の与太話であろうと。

だが庄右衛門の読みを見ていると〈目刺し〉を使っているとしか思えない。翁丸と三吉を犠牲にしてようやくそれを確かめることができた。

そうとわかれば庄右衛門に札を見せなければいい。

「さあ、イカサマなしのヒラで勝負と行こうぜ」

辰五郎は腕をまくった。

こうなると勝負は互角である。

だが、庄右衛門には一日の長がある。勝つとすれば、庄右衛門の予想外のこと、つまり伏せ札にしたこの一勝負であろう。

気合いに呼応するように辰五郎の手札に〈桜に幕〉が来た。続いて〈桐に鳳凰〉もやってくる。

庄右衛門は芒のカスを切った。

「庄右衛門さんよ。いい札が行ったな」

辰五郎が口で仕掛けた。

「あんた、俺と騙し合いをしようってのかい？」

「ああ。俺の舌を恐れすぎて、抜こうとした奴がいるくらいだからな」

今でも、阿波の仙十郎にやっとこで挟まれた舌が少し痛む。

「月が見えるな。いい月だ」

辰五郎はさらに言った。

「てめえ、見えてやがるのか？」

庄右衛門が手札から顔を上げ、訝しげに睨んだ。

辰五郎は素早く〈芒に雁《かり》〉で芒のカスを奪った。これで庄右衛門が〈芒に月〉の五光札を手の内に入れることはできない。

手順の回るあいだ、辰五郎は抜け目なく〈桜に幕〉と〈桐に鳳凰〉を手に入れた。

「なぜだ。なぜ俺の札が合わない？」

庄右衛門が呻く。

「ツキがなければ技で勝たなきゃならねえ。でも今は技も互角だ。となると俺のツキが物を言うのさ」

辰五郎は後ろにいる沙夜の腹を撫でると、場札から〈柳に小野道風〉を手に入れ、庄右衛門が渋るように出した〈芒に月〉も奪った。

庄右衛門に残る手札は一枚である。

「さあ出しな。あんたが先番だ」

辰五郎は片膝を立てて身を乗り出した。勝負が決しようとしている。

「わかってる」

「俺もわかってるぜ。その手札が鶴だってことをな」

「なんだと⁉」

「あきらめろ。俺の勝ちだ」

青ざめた庄右衛門の手から〈松に鶴〉がぽろりと落ちた。

すかさず、〈松に赤タン〉を叩きつける。

「五光に月見と花見で二十一文……。俺の勝ちだな」

辰五郎は肩の力を抜いた。ついに三つ目を倒したのだ。

「おい。どうして俺の手札がわかった？」

庄右衛門が、信じられぬという風に呻く。

「閻魔《えんま》さまの目はごまかせても、俺の目はごまかせねえぜ」

辰五郎が気持ちよく見得を切ったとき、

「もういいの、父ちゃん？」

と、三吉が聞いた。

その声に振り向いた庄右衛門が凍りついた。

三吉の手が、鳥のように羽ばたいていたのだ。

「まさか……。てめえ、子供を目にしてやがったのか！」

「さてね」

辰五郎はしらをきったが、仲間を後ろに立たせて手札を知るのは〈壁〉というイカサマである。

「ごめんね。父ちゃんがおいらを賭けて負けたのも、最初から仕込みだったんだ」

三吉がすまなそうに言った。

「なんだと！　てめえ、ヒラの勝負だって言ったじゃねえか」

「悪いな。あれは嘘だ」

「この野郎……」

「口の勝負って言ったろ。庄右衛門さんよ、あんたは捨てちゃならねえものを捨てちまった。博打のためにな。でも俺は捨てなかった。そこがあんたと俺の差だ。お前が三つ目なら、俺は四つ目だ！」

辰五郎は豪快に笑った。辰五郎の二つの目と、三吉の二つの目、合わせて四つ。二人の力を合わせて、辰五郎は勝った。

「負けだ負けだ。てめえ、大した嘘つきだな」

いつのまにか、庄右衛門も笑っていた。

「ああ。まったく誰に似たんだろうな」

辰五郎は立ち上がった。勝負はついていた。欲しいものならなんでも持っていっていいというのが庄右衛門の条件だった。

「三吉。よく気づいたな、あの仕掛けに」

鬼ヶ島の港から舟に乗り、風に乗って進みながら、辰五郎が聞いた。そばには沙夜と翁丸、鼠小僧と金太がいる。

「うん。だって『翁丸はいい犬だ』なんて言うんだもん。それに『あと二回やれば勝てる』って。つまりおいらがあの人の後ろに回れば勝てるということだったんでしょ」

「ああ、ワン公も役に立ったな。お前が翁丸に花札を教える仕草を思い出して、使えると踏んだのさ」

「息が合ってるわね、二人とも」

沙夜が笑う。

「でも父ちゃん、いいの？　あの話は本当だったたって打ち明けなくて」

「ああ、いいんだ。今さらどうでもいいって最初から言ってたろ」

「本当に恨んでない？」

「……ま、思い出すと、ちょいとばかりきつかったがな。でも、さっき俺があいつの子だって匂わせたとき、庄右衛門は動揺して札を間違えただろ？」

「うん」

「俺はそれだけで十分だ」

辰五郎は微笑んだ。

それに、と辰五郎は思う。

自分には三吉がいる。まだ見ぬ赤ん坊もいる。あのとき自分が求めていた家族の温かさを子供たちが味わってくれればそれでいい。旅をしながら、三吉の笑顔を見るたび、胸が温かくなったものだ。そのことが自分のかつての哀しみを癒やしていた。

「しかし兄ィ。見事だったな。あの三つ目を倒しちまうなんて」

鼠小僧が言った。

「てめえが天目茶碗なんか取られるから、びびっちまったじゃねえか！」

「面目ねえ。つい博打の虫が騒いでよ」

鼠小僧が笑った。抜け目がないようで意外とだらしないところもあるらしい。でも、そこがまたいいと思った。

「長州より博打を取るとはあきれた野郎だ」

「でも、面白かったろう？」

「ああ。最高だった」

辰五郎は名残惜しく鬼ヶ島を振り返った。庄右衛門は久しぶりに負けの味を教えてくれた、とむしろ嬉しそうだった。

「でもよ、これから楽しみだなぁ。なんてったって千両ある。長者暮らしだぜ！」

辰五郎は荷物につめた大判をしゃんしゃんと叩いた。ここに持ってきたときは重い小判だったが、庄右衛門が換えてくれたのでずいぶん軽くなった。洞窟に金を貯めているというのは本当だった。

「きっと伊勢と金毘羅の御利益だね」

三吉が言う。

「私の御利益はこの子かしら」

沙夜が愛《いと》おしそうに腹を撫でた。

「もし御利益があったたならな、この千両じゃねえさ」

「えっ、どういうこと？」

三吉と沙夜が辰五郎を見る。

「金なんかどうでもいい。御利益はお前たちに会えたことさ」

言ってから辰五郎は気恥ずかしさに目を逸らした。しかし、沙夜と三吉に会えたからこそ辰五郎は庄右衛門に勝つことができ、ツキを失っても新しい生活を見つけることができた。

ここから先、もう博打はやらないでいいのかもしれない。

「父ちゃん……」

「辰五郎さん……」

ふたりが辰五郎を見つめる。

「なんだよ。照れるじゃねえか」

辰五郎は頭を掻いた。

「う、後ろ！」

「なに？」

「後ろを見てください！」

三吉に続いて沙夜も言う。

辰五郎が振り向くと、翁丸が荷物をくわえ、船べりに立っていた。波に揺られ、足元が怪しい。

「ば、馬鹿！　千両はいってるんだぞ、ワン公！」

翁丸は首を傾げたが、素直に船べりから降りようとした。

「よしよし……。いい子だ」

辰五郎がほっとしたとき、

「わんっ！」

と、翁丸が嬉しそうに吠えた。そのとたん、口が開き、荷物はどぼんと音を立て、波間に沈んだ。

「あーーっ！」

辰五郎が魂を抜かれたような声をあげて船べりに駆け寄った。

千両はあっという間に、海に消えていく。

「こら、ワン公！　拾ってこい！」

辰五郎が翁丸を抱え上げた。

「だめだよ父ちゃん！　翁丸は犬かきもできないんだから！」

「うるせえ！　俺の千両を返せ！」

「さっき、金なんかどうでもいいって言ってたでしょ⁉」

「なくなったらなくなったで困るんだよ！　ああ、俺の千両……」

「兄ィ。ざまあねえな！」

鼠小僧が腹を抱えて笑った。

「なんだと。こうなったらてめえの天目茶碗をよこせ！」

「あれはもう俺が返してもらったもんだ。渡せねえな」

「ちきしょう！　こうなったら花札でケリをつけようぜ」

「兄ィにはもう賭けるもんがねえだろ」

「くっ……。ちきしょう！　釣り竿はねえのか。千両釣り上げてやる！」

「まあまあ、辰五郎さん。お金はまた稼げばいいじゃないですか」

沙夜が笑った。

「そうだよ。柄杓があればまた伊勢までだって行けるしね」

「まったくこのクソ犬め……。やいワン公！　こうなったら大奥まで連れてって、きっちりとつけを払わせてやるからな」

翁丸はそっぽを向いた。

「この野郎！　やっぱり海に沈めてやる！」

「やめなよ父ちゃん！」

「わんっ！」

翁丸は沙夜の後ろにさっと隠れた。

「くそ……。もうお前なんかとは二度と旅してやらねえからな……」

辰五郎は悔し涙を浮かべた。

それを見た翁丸がおかしそうに目尻を下げて笑った。

ま、いつも笑顔だけはかわいい犬だ、と辰五郎は思った。

―――本書のプロフィール―――

本書は、二〇一七年に小学館から刊行された単行本を文庫化したものです。

小学館文庫

駄犬道中《だけんどうちゅう》こんぴら埋蔵金《まいぞうきん》

著者 土橋章宏《どばしあきひろ》

二〇二〇年五月十三日 初版第一刷発行
二〇二〇年六月七日 第二刷発行

発行人 鈴木崇司
発行所 株式会社 小学館
〒一〇一-八〇〇一
東京都千代田区一ツ橋二-三-一
電話 編集〇三-三二三〇-五九六一
販売〇三-五二八一-三五五五
印刷所――――――凸版印刷株式会社

この文庫の詳しい内容はインターネットで24時間ご覧になれます。
小学館公式ホームページ https://www.shogakukan.co.jp

ISBN978-4-09-406773-6